20세기 파리
Paris au XXe siècle

20세기 파리
Paris au XXe siècle

쥘 베른

김남주 옮김

일러두기

1. 이 책은 쥘 베른 사후 70여 년 만에 원고가 발견되어 1994년 마침내 세상에 나오게 되었다.

2. 《Paris au XXᵉ Siècle》(Hachette Livre, 1994)를 우리말로 옮겼다.

3. 모든 각주는 옮긴이 주다. 프랑스어 아셰트판 편집자가 19세기 정보들을 따로 정리해 부록으로 실은 것을 참고하여 보충했다.

———

"오, 신도 왕도 섬기지 않고 속세의 과학, 곧 천박한 기계 산업에만 열중하는 이 족속의 영향력은 얼마나 끔찍한가! 위험한 패거리들! 그들을 이 지식과 발명과 개량의 악령에 내맡겨둔다면 무슨 일인들 못하리."

– 폴 루이 쿠리에*

———

* Paul-Louis Courier(1772~1825): 프랑스의 고전학자. 정치평론가, 뛰어난 문체의 독설가로 유명하다.

차례

1장

교육기금공사

1960년 8월 13일 파리 전역의 수많은 철도역들은 엄청난 시민들로 붐볐다. 사람들은 환승역에서 열차를 갈아타고 옛 연병장 샹 드 마르스[1]로 모여들었다.

초대형 공공교육기관인 교육기금공사[2]의 시상식 날이었다. 공사 사장인 '파리정비사업국'[3] 국장이 그 성대한 의식을 주재하게 되어 있었다.

---

1 Champ-de-Mars: 파리 사관학교와 센강 사이에 있는 광장. 지난날 왕립사관학교의 연병장이었다.

2 1852년에 설립된 페레르Pereire 형제의 '크레디 모빌리에Crédit Mobilier'를 모델로 하여 만들어진 산업기금기관을 풍자한 것. 페레르 형제는 프랑스의 금융 및 기반 시설개발에 중요한 인물이었다. '크레디 모빌리에'는 제2제정 하에서 과감한 운영을 통해 프랑스의 경제발전에 크게 기여했다.

3 파리정비사업: 1853년부터 1870년까지 진행된 프랑스의 수도 파리를 재건설하였던 사업. 조르주외젠 오스만(Georges-Eugène Haussmann, 1809~1891)

교육기금공사는 20세기의 산업 추세, 곧 지난 1세기 동안 엄청난 발전을 이룩한 이른바 '진보'에 완벽하게 부합하는 교육기관이었다. 이 완벽의 극치인 독점기업은 프랑스 전체를 장악했다. 공사의 지점이 늘어나고 자리를 잡고 체계화되었다. 이런 뜻밖의 성과를 보았다면 우리 조상들은 몹시 놀랐으리라.

　　자금은 부족하지 않았다. 철도가 특정 개인들의 손에서 국가의 손으로 넘어가자 국가의 재정이 비대해져 쓸 곳을 찾기 어려워 돈이 남아돈 적도 있었다. 따라서 확보한 자금이 풍부했고, 나아가 금융 활동이나 제조업에 투자하고 싶어 하는 자본가도 많았다.

　　19세기의 파리 시민들이 들었다면 도저히 믿을 수 없을 정도로 깜짝 놀랄 만한 것들이 이제는 당연해졌다. 교육기금공사의 창립 역시 그중 하나였다. 설립된 지 30년이 지난 지금 공사는 베르캉팽 남작의 재무관리 하에 성공적으로 운영되고 있었다.

　　대학교, 고등학교, 중학교, 초등학교, 기독교계 기숙학

남작의 파리 정비사업을 암시한다. 파리의 재정비를 구상하였던 나폴레옹 3세(루이 나폴레옹)는 1853년 오스만 남작을 파리 시장에 임명한 후 그에게 대대적인 도시 정비사업을 맡겼다. 복잡하고 비위생적인 파리의 도시공간은 전면적으로 개혁되기 시작한다.

교, 초등준비과정, 양성소, 학원, 유치원, 고아원 등 지점
이 다양화되고 늘어남으로써 사회의 최하층 사람들까지
여러 가지 교육의 혜택을 받을 수 있게 되었다. 문맹은
사라졌다. 모든 사람들이 적어도 읽고 쓸 줄은 알았다. 사
회적 지위가 낮은 농부나 장인의 자손으로 야심있는 사
람들은 거의 관공서에서 일하는 이른바 공무원이 되고
싶어 했다. 관료주의가 있을 수 있는 온갖 형태로 전개되
었다. 다른 장에서 자세히 나오겠지만, 정부는 고용된 이
들을 군대식으로 관리했다.

여기서는 교육받을 사람들의 수가 늘어남에 따라 어떻
게 교육기관들의 수가 늘어났는지를 설명할 것이다. 19
세기에 부동산투자회사가 생기고 기업의 지점이 늘어나
고 크레디 퐁시에[4] 은행이 설립된 것은 새로운 프랑스,
새로운 파리를 만들기 위해서가 아니었던가?

그런데 건설이든 교육이든 모두 사실은 기업가의 이익
에 봉사한다고 할 수 있었다. 실제로 교육 역시 조금 덜
견고한 건설의 한 형태라고 해도 과언이 아니었다.

방대한 금융 사업을 벌이는 것으로 유명한 베르캉팽
남작은 1937년 바로 그런 점에 착안했다. 그는 한 그루

---

4 Crédit Foncier: 부동산투자은행(주택금융공사). 1852년에 설립되어 현대
   적인 금융시스템이 가동된다.

나무를 심듯 초대형 중등학교를 세워 그로부터 수많은 가지를 뻗어나가게 하겠다는 아이디어를 냈다. 그 나무를 국가의 손에 맡겨 원하는 대로 가지를 쳐내고 벌레를 소탕하는 작업을 진행한다는 것이었다.

남작은 수도 파리의 고등학교들과 생바르브, 롤랭 같은 지방의 고등학교들 그리고 여러 특수 교육기관들을 하나의 기관으로 통폐합했다. 프랑스 전체의 교육기관이 하나로 중앙집권화되었다. 그는 이 일을 사업 형태로 추진했으므로 필요한 자본을 원하는 만큼 모을 수 있었다. 금융 문제에 관한 남작의 능력은 아주 뛰어났다. 자금이 속속 들어왔다. 공사가 창립되었다.

1937년 나폴레옹 5세 치하에서 사업이 시작되었다. 4,000만 부가 인쇄된 공사의 안내서 첫머리에는 다음과 같은 내용이 적혀 있었다.

〈교육기금공사〉

이 주식회사는 1937년 4월 6일, 파리의 공증인 변호사
모카르[5]와 그 동료의 입회하에 서류가 통과되어

---

5   Maître Mocquart: 나폴레옹 3세(1808~1873)의 핵심 인물이었던 프랑스의 변호사이자 언론인 '모카르(Jean-François Constant Mocquard, 1791~1864)'의 이름을 떠올리게 한다. 그는 1851년 쿠데타에 가담해 1864년 죽을 때까지 내각 수장을 맡았다.

1937년 5월 19일 황제령으로 승인되었다.

자본금은 총 1억 프랑으로, 1,000프랑짜리 주식 10만 주가 발행되었다.

이사회의 구성은 다음과 같다.

이사장 : 베르캉팽 남작(수훈자), 몽토(수훈자, 오를레앙 철도청장)

부이사장: 가라쉬(은행가), 앙피스봉 후작(수훈자, 상원의원),

로카몽(헌병 대령, 수훈자), 데르망장(하원의원),

프라플루(교육기금공사 사장)[6]

이어 금융용어로 공사의 사규가 **빽빽**하게 실려 있었다. 이사진 명단에서 학자나 교수의 이름은 전혀 찾아볼 수 없었다. 교육기금공사는 일반 회사나 다름없었다.

공사의 운영은 정부 조사관이 감독하고 파리정비사업국장의 의견을 구하게 되어 있었다.

남작의 착상은 훌륭했고 무엇보다도 실제적이었다. 또한 기대 이상의 성공을 거두었다. 1960년 교육기금공사에는 최소 15만 7,342명의 학생이 소속되어 기계적인 방식으로 학문을 주입받았다.

문예나 고전 언어(프랑스어도 이에 포함되었다)에 대한 연구는 점차 사라져갔다. 라틴어와 그리스어는 죽은 언

---

6 Frappeloup: 제2제정 하에서 최고행정재판소와 해군성 및 식민지 장관을 지낸 프랑스 식민주의의 옹호자, 쥐스탱-프로스페 드 샤셀루-로바(Justin-Prosper de Chasseloup-Laubat, 1805~1873)의 인물과 가깝다.

어에서 끝나지 않고 아예 땅에 묻혀버렸다. 몇몇 인문 강의들이 형식상 아직 남아 있었지만 겨우 명맥만 유지할 뿐 중요하게 여겨지지도 존중받지도 못했다. 일반 사전, 운율사전, 문법책, 작품집이나 해석집, 고전주의 작가들의 작품,《데 비리스》[7], 퀸투스 루푸스[8], 살루스티우스[9]의 저작들, 티투스 리비우스[10]의 작품 같은 고서 더미들이 아셰트 출판사의 낡은 서가에서 조용히 먼지가 되어갔다. 반면《수학개론》,《기술개론》,《기계공학개론》,《물리학개론》,《화학개론》,《천문학개론》,《실용산업 강의》,《산업개론 강의》,《금융 강의》,《산업기술 강의》같은, 오늘날의 투기적 추세와 걸맞는 책들은 수백만 부씩 팔려나갔다.

공사의 주가는 22년 동안 엄청나게 올라서 현재 주당 1만 프랑을 호가한다.

공사가 얼마나 번창했는지를 이보다 더 잘 증명하는 것도 없으리라. 은행가의 말을 빌자면 숫자가 모든 것을 말해주는 법이니까.

---

7 4세기 가톨릭 사제인 히에로니무스가 라틴어로 쓴 전기 모음집.
8 1세기 로마의 역사가로《알렉산더 대왕의 역사》를 남겼다.
9 고대 로마의 역사가.
10 고대 로마의 역사가. 총 142권에 달하는 방대한 역사서《로마사》를 저술했다.

에콜 노르말(사범학교)은 19세기 말 이후 눈에 띄게 쇠퇴했다. 사범학교에 가려는 젊은이들이 더 이상 없었고, 소명 의식을 갖고 인문 학부를 선택하는 이들도 없었다. 뛰어난 교수들 중 많은 이들이 교수직을 내려놓고 기자나 작가로 전업을 시도했다. 하지만 이런 딱한 광경조차도 이제는 볼 수 없었다. 벌써 10년 전부터 사범학교 입학시험에는 이공 학부에 한해서만 응시자가 몰려들었던 것이다.

마지막으로 남은 그리스어나 라틴어 교수들이 강좌에 수강자가 거의 없는 바람에 설 자리를 잃는 반면, 이공 학부 교사들은 대단한 지위를 누리고 있다. 그들은 급료를 받는 태도조차 오만했다!

이공 계열은 6개 학부[11]로 나뉘었다. 산술과, 기하과, 대수과가 있는 수학부가 있었고 천문학부, 기계공학부, 화학부, 그리고 마지막으로 가장 중요한 응용과학부가 있는데 이는 다시 야금과, 공장설립과, 기계공학과, 응용기술화학과로 나뉘었다.

오늘날 실제로 사용되는 언어를 배우는 것은 인기가 있었으나 정작 국어인 프랑스어는 그렇지 않았다. 모두들 외국어 공부에 특별히 열을 올렸다. 언어를 공부하고

---

11 이후 상술된 것을 보면 5개 학부.

싶어 하는 이들은 교육기금공사에서 전 세계에서 사용되는 2,000개 언어와 4,000개 방언을 배울 수 있었다. 중국어과는 코친차이나[12]가 식민지화된 후 학생들의 수가 크게 늘어났다.

교육기금공사는 대형 건물들을 소유했다. '마르스'[13]에 더 이상 예산을 할애할 필요가 없게 된 후 불필요해진 옛 샹 드 마르스 부지에 국가는 많은 건물들을 세웠다. 그곳은 그 자체로 말 그대로 낭트나 보르도 같은 하나의 완전한 도시로, 그 안에 구역과 광장, 거리, 관저, 성당, 기숙사가 구비되어 자습감독교사를 포함해 18만 명을 수용할 수 있었다.

아치 기념물을 지나면 '교육복합단지'라는 이름이 붙은 드넓은 안뜰이 나왔고, 그 주위를 학군이 둘러싸고 있었다. 구내식당, 기숙사, 3,000명의 학생을 넉넉히 수용할 수 있는 시험장 등은 방문해볼 가치가 있었지만, 지난 50년 동안 수많은 발전에 이미 익숙해진 사람들은 그런 것에는 별달리 감탄하지 않았다.

엄청난 인파가 흥미롭고 성대한 시상식을 보기 위해

---

12 프랑스령 인도차이나에서 베트남 사이공에 이르는 남부지역.
13 Mars: 로마 신화의 군신. 여기서는 국방기관을 말한다.

속속 모여들었다. 학생과 그들의 부모, 친구, 지인 등으로 구성된 인파가 50만 명에 이르렀다. 또한 위니베르시테[14]가 끝에 있는 그르넬 철도역을 이용한 사람들도 많았다.

하지만 엄청난 수의 사람들이 한 장소를 향해 모여들었음에도 모든 것이 질서가 있었다. 공무원들이 문이란 문을 미리 다 열어놓았던 것이다. 그들은 지난날 학교를 관리하던 이들에 비해 열의가 훨씬 덜했지만 위압적이지도 않았다. 많은 사람이 몰릴 때에는 출입구를 제한하는 것보다는 늘리는 것이 낫다는 진리를 150년이 걸려서야 깨우친 셈이었다.

교육복합단지는 이 성대한 행사를 위해 만반의 준비를 갖추었다. 하지만 그 드넓은 공간도 엄청난 인파 앞에서는 크다고 할 수 없었다. 안뜰에는 더 이상 서 있을 자리가 없었다.

세 시가 되자 파리정비사업 국장이 베르캉탱 남작 및 이사진과 함께 권위 있게 입장했다. 남작은 장관의 오른쪽에 섰고 프라플루가 그의 왼쪽을 지켰다. 단상 위에서 보면 사람들의 머리가 무슨 대양처럼 끝도 없이 펼쳐졌

---

14 '대학'이라는 뜻. 프랑스 대학의 종류에는 위니베르시테(일반 대학교), 에콜(직업전문학교), 그랑제콜(특수 대학교, 엘리트 양성을 위한 고등교육기관) 등이 있다.

다. 이욱고 교육기금공사의 다향한 음악이 음과 리듬이 서로 상충되는 가운데 요란하게 터져 나왔다. 이 규칙적인 불협화음이 25만 쌍의 귀[15]에는 그렇게 충격적이지 않은 모양이었다. 소리가 청중 사이로 잦아들었다.

식이 시작되었다. 나직하게 수런거리는 소리가 들렸다. 연설 시간이었다.

지난 세기에 카르[16] 같은 사람은 시상식장에서 라틴어만 인용할 게 아니라 공식적인 연설을 해야 하지 않느냐고 신랄하게 비꼬았다. 하지만 그가 이 시대에 살았다면 그런 농담은 할 수 없었을 것이다. 왜냐하면 장중한 라틴어 문장 같은 것은 더 이상 통용되지 않았던 것이다. 라틴어의 말뜻을 누가 알아듣는단 말인가? 수사학과 과장조차도 모를 것이다.

이제는 연설에서 중국어가 라틴어의 자리를 대신했다. 중국어 구절이 포함된 연설을 듣는 청중 사이에서 수궁의 중얼거림이 일었다. 순다 열도[17]의 비교 문명에 대한 멋진 연설은 앙코르를 받기도 했다. 사람들은 라틴어보

---

15 50만 쌍의 오류인 듯.

16 Alphonse Karr(1808~1890): 프랑스의 비평가, 언론인, 소설가. 에첼의 친구이며, 풍자적인 말솜씨로 유명하다.

17 말레이제도 가운데, 인도네시아에 속하는 섬의 무리. 세계적인 화산지대이다.

다 중국어를 더 잘 알아들었다.

이윽고 응용과학부의 학부장이 자리에서 일어섰다. 엄숙한 순간이었다. 행사의 백미였다.

그 격한 연설은 증기기관에서 나오는 쉭쉭, 칙칙, 꾸르릉 소리 같은 온갖 불유쾌한 소리와 혼동할 정도로 비슷했다. 연설자의 서두르는 어조가 전속력으로 돌아가는 풍차 날개와 닮아 있었다. 속도를 낸 그 장광설에 제동을 걸기란 불가능해 보였다. 문장들이 톱니바퀴가 맞물리듯 줄곧 쏟아져 나왔다.

그런 환상에 걸맞은 모습을 연출하기 위해 학부장은 진땀을 흘렸다. 그의 머리부터 발끝까지가 증기에 싸여 있는 것 같았다.

"맙소사!" 한 노인이 옆 사람에게 미소를 지어 보이며 말했다. 그의 섬세한 얼굴에 한심한 연설에 대한 경멸이 뚜렷하게 떠올라 있었다. "자네는 저 연설을 어떻게 생각하나, 리슐로?"

리슐로라고 불린 남자는 대답 대신 어깨를 한번 으쓱해 보였다.

"지나치게 열 받았는걸. 저 사람에겐 안전밸브가 있을 거라고 자넨 말하겠지." 질문을 던진 노인이 비유를 계속했다. "응용과학부의 학부장이 밸브 없이 감정을 폭발시키는 끔찍한 전례를 남기진 않을 거라고 말이야!"

"자네 말이 맞아, 위그냉." 리슐로가 대답했다.

주위에서 거칠게 쉿, 하고 주의를 주는 소리가 들려왔다. 그들은 입을 다물고 웃음 띤 얼굴로 눈길을 교환했다.

연설자의 어조가 더 격해졌다. 그는 과거를 되짚어보려는 최소한의 노력도 하지 않은 채 오늘날의 과학기술 발전에만 압도적인 찬사를 퍼부었다. 현대의 발명품들을 길게 나열하면서 격찬했다. 이러한 추세라면 미래에는 더 이상 발명할 것이 없어질 것이라고까지 했다. 그는 1860년대의 비루한 파리 상황과 19세기 프랑스의 한심한 상황을 경멸하는 어조로 언급했다. 그리고는 이 시대에 누리는 혜택에 대해 감탄과 칭찬을 늘어놓았다. 수도 파리의 곳곳이 거미줄처럼 복잡하고 빠르게 연결되고, 열차가 아스팔트 대로를 누비며, 동력이 가정으로 공급되고, 탄산이 증기를 대신했다. 그리하여 마침내 바다가, 대서양이 그르넬 기슭까지 들어와 그 물결을 출렁이게 되었다. 연설은 엄숙하고 서정적이고 지나치게 찬양일색이었다. 다시 말해서 그런 경이로운 20세기의 문명이 19세기에 발아한 것임을 부당하고 어이없게도 까맣게 잊고 있었다.

열광적인 박수가 터져 나왔다. 그곳은 170년 전 혁명

파 시민연맹의 축제가 열렸던 바로 그 장소였다.

하지만 이승의 모든 것에는 끝이 있는 법. 연설도, 기계 이야기도 끝났다. 별다른 사고 없이 연설 순서가 끝나고 시상식이 시작되었다.

학년말 고등수학 시험에는 다음과 같은 문제가 출제되었다.

"두 개의 원주 O과 O'가 있다. O위의 한 점 A를 취해 O'까지 접선을 긋는다. 이 접선들과 만나는 접점들을 연결한다. A의 접선을 원주 O'로 연결한다. 이 접선이 원주 O'의 접촉면과 만나는 교차점은 어디인가?"

이런 정리의 중요성을 모르는 사람은 없었다. 오트알프스 지역 브리앙송 출신의 프랑수아 네모랭 지구죄가 이 문제를 새로운 방식으로 풀었다는 것은 이미 다들 알고 있었다. 그의 이름이 불리자 박수가 터져 나왔다. 이 기념할 만한 날 동안 지구죄의 이름은 무려 74차례나 불렸다. 사람들은 수상자를 축하하기 위해 의자를 때려 부쉈다. 극도의 흥분을 표상하는 이 은유적인 행동은 1960년에도 유효했다.

지구죄는 이런 분위기에서 부상으로 3,000권의 책을 받았다. 교육기금공사는 일을 효율적으로 처리했다.

이 교육의 병영에서 가르치는 수많은 학문의 이름을

하나하나 언급할 수는 없다. 오늘 상을 받은 탁월한 학생들의 증조부들이 그 목록을 보았다면 깜짝 놀랐으리라. 시상식이 계속되었다. 인문 학부 라틴어 작문상이나 그리스어 번역 우수상 수상자가 자신의 이름이 불린 데 대해 수치스러워하는 듯한 태도로 상을 받을 때면 청중 사이에서 비웃음이 터져 나왔다.

야유하는 소리가 갑자기 커졌다. 조롱의 말들이 여기저기서 쏟아졌다. 프라플루 사장이 이렇게 호명했던 것이다.

"라틴어 시 부문 대상, 모르비앙 지역 반[18] 출신 미셸 제롬 뒤프레누아이."

대부분의 사람들이 큰소리로 웃음을 터뜨리며 야유를 보냈다.

"라틴어 시 부문 상이라니, 그런 게 아직도 있네!"

"시를 제출한 사람이 딱 한 사람뿐이었나 봐!"

"저 친구는 아마 핀도스[19] 산악 지역 출신일걸!"

"지금도 헬리콘산[20]에 살고 있는 거 아냐!"

---

18 Vannes: 프랑스 서부 브르타뉴 지방 모르비앙주의 주도.
19 그리스 북부와 알바니아 남부에 걸친 핀두스산맥. '그리스의 척추'로 여겨진다.
20 그리스 보이오티아에 있는 헬리콘산맥에 속한 산. 뮤즈의 아홉 여신이 즐겨 나타나는 곳으로 고전문학에서 많이 인용되었다.

"파르나소스산[21]을 자주 드나드는 모양이지."

"저 친구는 또 갈걸! 아니 안 가려나?"

하지만 미셸 제롬 뒤프레누아이는 침착하게 단상 앞으로 걸어 나왔다. 자신에게 쏟아지는 비웃음에도 의연했다. 금발에 매력적인 얼굴을 한 청년의 선한 눈빛에는 당혹감이나 서투름 같은 것은 보이지 않았다. 긴 머리 때문에 조금 여성적으로 보였다. 이마가 빛났다.

단상에 오른 그는 공사 사장의 손에서 낚아채듯 상을 받았다. 상품은 《훌륭한 공장 경영자가 되는 법》이라는 책이었다.

미셸은 경멸에 찬 눈빛으로 책을 훑어보더니 그냥 바닥에 내던졌다. 머리에는 화관을 쓴 채 사장의 뺨에 입맞춤도 하지 않고 차분한 걸음으로 자리를 향해 걷기 시작했다.

"잘했어." 리슐로가 말했다.

"대단한 녀석인걸." 위그냉이 말했다.

사방에서 웅성거림이 터져 나왔다. 미셸은 의연한 미소로 대처하며 동급생들의 비웃음 속에서 제자리로 돌아

---

[21] 그리스 중부 핀두스산맥에 있는 석회암 산으로 그리스 신화에서 신성하게 여겨진다. 남쪽 기슭에 델포이 신전의 유적이 있으며, 그리스 신화의 아폴로와 뮤즈가 살았다고 전한다.

갔다.

이 웅대한 의식은 혼잡으로 인한 별다른 사고 없이 오후 7시경 끝났다. 수여된 대상은 5만 개, 우수상은 2만 7,000개였다.

이공 학부 주요 수상자들은 그날 저녁 베르캉탱 남작의 저택에서 열리는 공사 이사진 및 대주주들과의 만찬에 초대되었다.

대주주들의 기쁨은 숫자로 대변되었다. 1960년도의 이익배당금은 주당 1,169프랑 33상팀에 달했다. 수익금이 이미 발행가를 넘어선 것이다.

2장

파리의 도로 개관

＊

미셸 뒤프레누아이는 사람들을 따라 걸었다. 무너진 댐에서 나온 강물이 도랑으로 바뀌듯 인파가 흩어지고 있었다. 그의 흥분은 가라앉았다. 라틴어 시의 수상자가 즐거워하는 무리 한가운데서 침울한 청년이 되었다. 이 방인이 된 듯 외롭고 고립되고 공허했다. 다른 학생들은 빠른 걸음으로 걷고 있었지만, 미셸은 만족스럽게 부모와 재회한 동급생들 속에서 자신이 고아라는 것을 더욱 실감하며 무거운 발걸음으로 천천히 걸어간다. 그는 자신의 공부, 학교, 스승 등 모든 것이 서글펐다.

부모를 모두 여읜 그는 이해해주는 사람 하나 없는 집으로 들어가야 했는데 식구들은 그가 라틴어 시 부문에서 대상을 받았다는 것을 탐탁지 않게 여길 것이 분명했다.

"어쨌든 용기를 내자! 그들의 불만에 찬 태도를 참을성 있게 견뎌내자!" 그가 중얼거렸다. "고모부는 실용을 중시하는 사람이고 숙모는 현실적이며 사촌형은 이재에 능하다. 나라는 사람이나 내 생각이 그 집에서 환영받을 리가 만무하다. 그래도 어쩌겠는가? 가자!"

무슨 해방을 맞기라도 한 것처럼 방학을 맞은 것을 기뻐하며 달려가는 다른 학생들과는 달리 그는 전혀 서두르지 않았다. 그의 후견인인 고모부는 시상식에 참석하지 않는 편이 낫겠다고 판단했다. 그는 조카가 '무능한 학생'임을 잘 알고 있다고 말하곤 했다. 조카가 젖먹이 뮤즈로서 상을 받는 장면을 보았다면 몹시 수치스러워했으리라.

군중이 그 불행한 수상자를 떠밀고 있었다. 물속으로 빨려 들어가는 익사자처럼 그는 사람들의 흐름에 휩쓸리는 것을 느꼈다.

'적절한 비교야. 나는 지금 바다 한가운데로 떠밀려가고 있어'. 그가 생각했다. '새의 본능을 지닌 채 물고기의 소질이 필요한 곳으로 가고 있다고. 나는 사람들이 더 이상 가지 않는 창공에서, 이상의 영역에서 살고 싶어. 사람

들이 거의 발길을 끊은 꿈의 나라에서 살고 싶어!'

미셸은 생각에 잠긴 채 사람들에게 부딪히고 흔들리면서 그르넬 도시철도역에 이르렀다.

이 철로는 오를레앙역에서부터 교육기금공사까지 펼쳐진 생제르맹 대로와 나란히 놓여 센강 좌안으로 통하게 되어 있었다. 거기에서 센강 쪽으로 구부러지면서, 철로 운행을 위해 개축된 이에나 다리를 통해 강 건너 우안으로 연결되었다. 우안의 철로는 트로카데로 터널을 통해 샹젤리제 거리로 이르렀고, 대로와 나란히 바스티유 광장을 지나 오스테를리츠 다리를 건너 다시 좌안의 철로로 연결되었다.

이런 1호 환상선(파리 주위를 도는 철로)은 루이 15세 시대의 옛 파리 지역을 에워싸는 식이었는데, 옛 파리의 장벽 위에는 이런 재미있는 음률의 시구가 남아 있었다.

르 뮈르 뮈랑 파리 렁 파리 뮈르뮈랑

(*Le mur murant Paris rend Paris murmurant*):

파리를 둘러싸는 담장이 파리를 속삭이게 하리니.[1]

---

1 '뮈르 뮈랑'(mur murant: 둘러싼 담장)과 '뮈르뮈랑'(murmurant: 속삭이는)을 대치시킨 음성학적 효과.

2호선은 파리의 옛 교외를 연결하는 총길이 32킬로미터의 철도로, 과거 외곽 도로 너머에 있던 지역들까지로 확장되었다.

옛 환상선을 연결하는 3호선은 그 길이가 56킬로미터에 달했다.

마지막으로 '요새 순환선'을 연결하는 4호선은 길이가 100킬로미터가 넘었다.

이처럼 파리는 1843년의 경계를 넘어 불로뉴 숲, 이시, 방브, 비양쿠르, 몽루즈, 이브리, 생망테, 바놀레, 팡탱, 생드니, 클리쉬, 생투앵 평원까지 확장되었다. 뫼동 언덕, 세브르 언덕, 생클루 언덕이 서쪽의 경계가 되어 주었다. 현재 수도의 경계선은 몽발레리앙 요새와 생드니 요새, 오베르빌리에 요새, 비세트르 요새, 몽루즈 요새, 방브 요새, 이시 요새였다. 총 108킬로미터에 이르는 도시 안에서 센강 유역은 일부에 지나지 않았다.

동심원으로 된 철로선 네 개가 도시철도망을 이루었다. 각 철로선 사이는 환승역으로 연결되었다. 이 역들은 센강 우안에서는 마젠타가와 말레셰브르가로 연결되고, 좌안에서는 렌가와 포세생빅토르가로 연결되었다. 파리의 끝에서 끝까지를 순식간에 돌파할 수 있었다.

이 철도는 1913년부터 있었다. 지난 세기 조안[2]이라는 기술자가 제안한 시스템에 따라 국비로 건설된 것이다.

그즈음 이 모든 계획을 정부가 추진했다. 1889년 에콜 폴리테크니크[3]가 폐교된 이후 교량이나 도로 기술자들은 더 이상 찾아볼 수 없었으므로, 정부는 민간기술자협회에 계획의 검토를 의뢰했다. 그런데 이 협회에서는 이 계획에 대해 오랫동안 의견의 일치를 보지 못했다. 어떤 이들은 파리 주요도로에 높이 차이를 두어 도로를 건설하자고 했고, 또 어떤 이들은 런던의 철로를 본 딴 지하도로망을 제안했다. 하지만 첫 계획을 실행하기 위해서는 열차가 지나갈 수 있도록 폐쇄형 장벽을 설치해야 했다. 그렇게 되면 보행자와 자동차, 짐차들이 혼잡에 휩싸이리라는 것을 쉽게 예상할 수 있었다. 두 번째 계획은 실행하는 데 막대한 어려움이 따랐다. 게다가 지하터널 속을 끝없이 달려간다는 것은 승객의 입장에서 전혀 기분 좋은 일이 아니었다. 이러지도 저러지도 못하는 이런 상황에서 지난날 노후된 철로들을 모두 다시 건설해야 하는 상황이었다. 그중 다리와 지하통로가 많은 불로뉴 숲 노선의 철도를 타는 승객들은 23분간 스물일곱 차례나

---

2 Adolphe Joanne(1813~1881): 프랑스의 지리학자. '블뢰 가이드'의 모범이 된 〈조안 가이드〉를 만들어 철도여행에 관한 체계를 잡았다.
3 프랑스의 명문 공학계열 그랑제콜.

신문 보는 것을 중단해야 할 정도였다.

조안 시스템은 속도의 확보와 용이한 시공, 안락한 승차감을 모두 만족시킨 듯했다. 실제로 그렇게 건설된 도시철도는 지난 50년 동안 전반적으로 만족스럽게 작동해 왔다.

시스템에서는 두 개의 길을 따로 만들었다. 하나는 가는 방향, 다른 하나는 돌아오는 방향이었다. 그래서 열차들이 서로 부딪칠 위험이 없었다.

각각의 철로는 대로를 축으로 삼아 건물들로부터 3미터 간격을 두고 보도의 바깥 테두리 위로 건설되었다. 도금된 청동으로 만들어진 멋진 기둥이 철로를 받쳐주었고, 빛이 들어오도록 창을 낸 철골조가 기둥 사이를 연결해주었다. 이 거대한 기둥들은 강변의 건물들 위로 일정한 사이를 두고 설치되었고 지지점을 가로지르는 아케이드에 의해 보강되었다.

그렇게 해서 철로를 받쳐주는 이 긴 고가교는 지붕 달린 아케이드를 이루어, 그곳을 지나가는 사람들에게 햇빛과 비를 피하게 해주었다. 아스팔트 도로는 자동차 전용이었다. 고가교는 멋진 다리를 통해 통행에 방해가 되는 간선도로들을 뛰어넘었다. 중이층 높이로 매달려 있는 철로의 통행을 막는 것은 아무것도 없었다.

강가의 건물 몇 채는 대합실을 갖춘 역으로 쓰였다. 역은 폭넓은 육교를 통해 철로와 연결되었다. 그 아래로 양쪽에 난간이 달린 층계가 설치되어 대합실로 통했다.

대로의 철도역은 트로카데로 광장, 마들렌 성당, 본 누벨 시장, 텅플가, 바스티유 광장 등에 설치되었다.

단순한 기둥들로 떠받쳐진 이 고가교는, 지난날이었다면 육중한 기관차의 무게를 버텨내지 못했을 것임에 분명했다. 하지만 새로 발명된 추진 장치를 채용한 덕택에 수송 열차들의 무게는 비약적으로 가벼워졌다. 열차들은 10분 간격으로 줄곧 운행되었다. 빠르고 안락하게 배치된 열차마다 수많은 승객이 타고 있었다.

강변에 있는 건물이 수증기나 연기 때문에 고통받는 일 같은 것도 더 이상 없었다. 이유는 간단했다. 증기기관차가 아니었던 것이다. 열차는 압축 공기의 동력으로 운행되었다. 19세기 중엽 명성이 높았던 조바르[4]가 채용한 '윌리엄 시스템' 덕분이었다.

지름 20센티미터, 두께 2밀리미터의 매개 튜브가 철로 전체의 양 레일 사이에 설치되었다. 그 안에는 연철로 된 클러치 디스크가 들어 있어, 파리지하터널공사에서 공급

---

4   Jean-Baptiste Jobard(1792~1861): 프랑스계 벨기에 기술자이자 발명가.

되는 일정 압력의 압축 공기의 힘으로 내부에서 돌게 되어 있었다. 매개 튜브 속에서 취관 속의 총알처럼 맹렬한 속도로 추진된 이 디스크가 바로 기관차를 끌어가는 힘이었다. 그런데 외부와 완전히 단절된 튜브 안에 든 디스크가 어떻게 기관차와 연결되는 것일까? 다름 아닌 자력을 통해서였다.

실제로 맨 앞의 열차 곧 기관차 바퀴 사이에는 매개 튜브의 좌우에 최대한 가깝게, 하지만 서로 닿지는 않도록 자석이 배치되었다. 자석들은 사이에 튜브가 있음에도 연철로 된 클러치에 영향을 미친다(만약 전자석 하나가 접촉 시 1,000킬로그램의 무게를 지탱할 수 있다면 그 견인력은 거리 5밀리미터 당 100킬로그램 이상이 된다). 압축 공기가 틈이나 구멍으로 빠져나가지 않는 한 이 디스크가 돌아가면서 열차는 운행을 계속하게 되는 것이다.

열차를 정지시켜야 할 때면 해당 역의 직원이 밸브를 돌리면 되었다. 그러면 공기가 빠져나가고 클러치 디스크가 회전을 멈추었다. 그런 다음 다시 밸브를 조이면 압축 공기가 박차를 가해 열차가 즉각 맹렬한 속도로 달려 나갔다.

이토록 간단한 시스템이 채용되자 철도는 관리가 무척 쉬워지고 연기나 수증기도 나지 않고 충돌의 위험도 없고 아무리 높은 비탈이라도 오를 수 있게 되었다. 철로는 태고 적부터 있어온 것처럼 거기 있었다.

미셸 뒤프레누아이는 그르넬역에서 표를 샀다. 그는 10분 후 마들렌역에서 내렸다. 그런 다음 대로로 내려가 오페라 극장을 축으로 튈르리 공원까지 뻗은 앵페리앙가를 향해 걸었다.

길은 사람들로 붐볐다. 어둠이 내리기 시작했다. 호화로운 상점가로부터 눈부신 전등 불빛이 멀리까지 퍼져나갔다. 수은 섬유를 충전해 작동하는 '웨이 시스템'을 채용해 설치된 가로등[5]이 대낮같이 환하게 어둠을 밝혀주었다. 가로등은 지하에 묻힌 전선으로 서로 연결되어 있었다. 그래서 파리에 있는 10만 개의 가로등을 같은 시각에 한꺼번에 켤 수 있었다.

하지만 몇몇 상점에서는 아직도 시대에 뒤떨어진 옛 탄화수소 가스등을 고집했다. 사실 새로운 탄광이 채굴되어 탄화수소 값이 세제곱미터 당 10상팀으로 하락했다. 가스회사는 특히 그것을 기계공학의 매개로 널리 보급함으로써 막대한 이익을 보았다.

---

5 전기로 작동하는 가로등이 일반화된 것은 에디슨식 백열전구가 사용된 18세기 말에 이르러서였다.

실제로 대로를 질주하는 수많은 차들 중 대부분이 말의 힘으로 달리는 마차가 아니었다. 보이지 않는 동력, 곧 가스를 연소시킴으로써 팽창된 공기 모터에 의해 움직이는 자동차였다. '르누아르 기계장치'[6]를 차에 적용한 것이다.

1859년 발명된 이 기계장치의 가장 큰 장점은 보일러, 화실, 연료 등을 없앴다는 것이었다. 약간의 점등용 가스가 피스톤 아래로 들어온 공기와 섞여 전기 스파크에 의해 불이 붙음으로써 동력을 만들어냈다. 자동차는 역마다 설치된 가스충전소에서 필요한 수소를 공급받게 되어 있었다. 새로운 개량에 힘입어, 자동차 실린더를 식히기 위해 과거에는 꼭 필요했던 냉각수도 이제는 필요 없었다.

따라서 자동차는 편리하고 '단순하고 다루기 쉬운 것'이었다. 운전자는 자리에 앉아 핸들만 움직이면 되었다. 발밑에 설치된 페달로 자동차의 진행과 멈춤을 즉각적으로 조종할 수 있었던 것이다.

자동차를 움직이는 비용은 마력으로 치면 하루에 8분의 1마력 값도 들지 않았다. 가스 사용을 적절한 방식으

---

6   르누아르(Jean-Joseph-Étienne Lenoir, 1822~1900)는 오늘날 모든 자동차 모터의 기본이 된 가스 모터를 발명했다.

로 관리해 자동차의 유효 에너지를 계산해낼 수 있었으므로 가스회사는 지난날 마부들에게 속았던 것 같은 손해도 더 이상 보지 않았다.

가스 승용차들은 막대한 양의 가스를 소비했다. 돌이나 자재를 싣고 20에서 30마력의 힘을 과시하는 거대한 화물차들의 소비량은 말할 것도 없었다. 르누아르 시스템에는 또한 차가 정지하는 동안에는 연료비가 들지 않는다는 장점이 있었다. 움직이지 않을 때에도 연료가 드는 증기기관으로서는 불가능했던 것이었다.

도로가 전에 비해 훨씬 덜 붐비게 된 덕분에 자동차들은 속도를 낼 수 있었다. 교통부 장관의 지시로, 아침 10시 이후에는 짐마차, 짐수레, 화물차는 전용도로 이외에는 다닐 수 없었다.

업무가 복잡해져 휴식이나 지체를 허락하지 않는 빡빡한 시대의 요구에 맞추어 이런 여러 가지 개선조치들이 취해졌다.

대낮처럼 환한 대로의 가로등 불빛, 아스팔트 도로 위를 조용히 달려가는 수많은 자동차, 눈부신 불빛이 쏟아져 나오는 궁전처럼 호화로운 상점, 광장처럼 널찍한 길, 평원처럼 드넓은 광장, 2만 명의 여행객이 안락하게 묵을 수 있는 대형 호텔, 초경량 고가교, 길게 이어진 멋진 아케이드, 거리와 거리를 가로질러 이어주는 다리, 환상적인 속도로 대기를 가르며 달리는 멋진 열차, 이 모든 것을 우리 조상이 보았다면 어떤 반응을 보였을까?

너무나도 놀란 나머지 믿기지 않아 자기 살을 꼬집어 보았으리라. 하지만 1960년대의 사람들은 이런 놀라운 것들에 더 이상 감탄하지 않았다. 그들은 그것들을 당연한 듯 이용하면서 과거보다 더 행복해졌다고 느끼지 않는 듯했다. 사람들의 바쁜 듯한 태도, 서두르는 몸짓, 미국인들 같은 성급함을 보면, '자본의 악마'가 휴식도 감사도 허락하지 않고 그들을 끊임없이 앞으로 떠밀고 있음을 알 수 있었다.

3장
탁월한 실용주의[1] 가족

---

1   19세기 말에 미국을 중심으로 일어난 철학 사상. 실용주의(실리주의)는 당시 미국의 청교도 정신과 근대 과학주의를 조화시키려는 움직임에서 일어났다. 행동을 중시하며 실생활에 효과가 있는 지식을 진리라고 주장하였으며, 생각과 이론의 현실성, 실용성, 효과성에 큰 비중을 둔다.

이윽고 미셸은 고모부 집에 도착했다. 미셸의 고모부 스타니슬라브 부타르댕은 은행가이자 파리지하터널공사 사장이었다.

그 대단한 인물은 앵페리알가의 멋진 건물에서 살고 있었다. 취향은 형편없지만 잘 지어진, 창문이 많은 대형 건물이었다. 원래 병영이었던 것을 일반 건물로 개조한 것으로 중후하다기보다는 위압적인 느낌을 주었다. 건물의 일층과 별관은 사무실로 쓰였다.

'이제 이곳에서 내 삶이 펼쳐지겠구나. 희망이란 희망은 모조리 문밖에 두고 들어가야 해.' 건물로 들어서면서 미셸이 생각했다.

3장 탁월한 실용주의 가족

잠깐 동안 그는 도망치고 싶은 저항하기 어려운 충동을 느꼈다. 하지만 그런 충동을 가까스로 누르고 문에 설치된 전자벨을 눌렀다. 문은 보이지 않는 용수철에 의해 소리 없이 열렸다가 그가 들어가자 다시 닫혔다.

넓은 뜰 너머로 반투명 유리로 된 지붕 아래 둥글게 배치된 사무실들이 자리 잡고 있었다. 한구석에는 커다란 차고가 있고 그 안에서 가스 승용차들이 주인을 기다리고 있었다.

미셸은 승강기로 갔다. 쿠션을 댄 의자가 빙 둘러 설치된 승강기 안에 오렌지색 제복을 입은 직원이 서 있었다.

"부타르댕 씨 계십니까?" 미셸이 물었다.

"부타르댕 씨는 조금 전 식당으로 가셨는데요." 제복을 입은 직원이 대답했다.

"조카 뒤프레누아이가 왔다고 전해주십시오."

직원은 나무판 안에 설치된 금속 버튼을 눌렀다. 승강기가 보이지 않는 동력에 의해 식당이 있는 2층으로 올라갔다.

직원이 미셸의 방문을 알렸다.

식탁에는 부타르댕이 아내, 아들과 함께 앉아 있었다. 청년이 들어서자 무거운 침묵이 흘렀다. 그가 앉을 자리가 준비되어 있었다. 식사가 막 시작된 듯했다. 미셸은 고모부의 손짓에 따라 자리에 앉았다. 아무도 그에게 말을 걸지 않았다. 졸업식장에서 있었던 일을 알고 있음이 분명했다. 미셸은 음식이 목으로 넘어가지 않았다.

식사는 음울한 분위기 속에서 진행되었다. 직원들이 조용히 음식을 날라 왔다. 벽 속에 설치된 장치를 통해 음식이 줄곧 올라왔다. 일가는 부유하지만 인색해 보였고, 객식구에게 식사를 제공하는 것을 좋아하지 않는 듯했다. 우스꽝스럽게 금칠이 된, 생기라고는 없는 식당에서 그들은 열의 없이 재빨리 음식을 먹어치웠다. 실제로 먹을 것을 즐기는 건 중요하지 않았다. 먹을 것을 버는 게 중요했다. 그 미묘한 차이를 감지하자 미셸은 숨이 막히는 듯했다.

후식이 나왔을 때 부타르댕이 처음으로 입을 열었다.

"내일 아침 일찍 나와 얘기 좀 하자."

미셸은 대답 없이 그 자리를 물러났다. 오렌지색 제복을 입은 직원이 그를 방으로 안내했다. 청년은 자리에 누웠다. 육각형의 천장을 보자 수많은 기하학 정리들이 떠올랐다. 그는 삼각형과 그 정점에서 뻗어나간 빗변을 떠올리지 않을 수 없었다.

'무슨 이런 가족이 있을까.' 그가 불안하게 뒤척이며 생각했다.

3장 탁월한 실용주의 가족

스타니슬라스 부타르댕은 이 산업사회의 시대가 낳은 자식이었다. 그는 대자연이 아니라 보호막이 쳐진 온실에서 성장했다. 무엇보다도 매우 실리적인 인간으로 쓸모에 지나치게 집착하고 유용성을 극히 자기중심적으로 해석했다. 호라티우스의 말대로 실리와 역겨움이 결합된 인물이었다. 그의 말투는 자만에 차 있고, 태도는 더더욱 그러했다. 자기 그림자가 자기를 앞서는 것도 허락하지 않을 것 같았다. 생각을 그램과 센티미터로 표현했고, 언제나 계측자를 갖고 다녔다. 숫자를 통해 사태를 파악했기 때문이었다. 그는 예술을 철저하게 무시했는데, 그 사실로 그가 예술의 존재를 알기는 한다는 것을 알 수 있었다. 그가 아는 회화는 담채화까지였다. 그에게 있어서 데생은 설계도, 조각은 주조물, 음악은 열차 소리, 문학은 증권거래소의 게시판일 뿐이었다.

기계 속에서 성장한 그는 톱니바퀴와 전동장치를 통해 삶을 파악했다. 그의 행동은 마치 정교하게 제작된 실린더 속의 피스톤처럼 최소한의 마찰만을 일으키며 규칙적으로 이루어졌다. 그는 자신의 이런 획일적인 태도를, 아내와 아들과 고용인과 직원들에게 전염시켰다. 그들은 그라는 대형 모터가 세상으로부터 최대의 이익을 끌어내기 위해 동원하는, 말 그대로 공작기계들이었다.

요컨대 그는 선하게도 악하게도 행동할 수 없는 묘한 성격으로 실제로 선하지도 악하지도 않았다. 무심하고 종종 고지식하고 잔소리가 심하고 무서울 정도로 평범했다.

그는 이른바 큰 재산을 일군 사람으로, 이 시대의 비약적인 산업 발전에 열광했다. 또한 산업을 존중하고 여신인 양 숭배했다. 그는 일가와 자신이 입는 옷을 1934년경 처음 발명된 철섬유로 그 누구보다 먼저 바꾸었다. 새로 개발된 이 섬유는 감촉이 캐시미어처럼 부드러웠다. 따뜻하지는 않았지만 겨울철에는 적당한 안감을 대어 그 문제를 해결할 수 있었다. 한동안 입지 않아 옷에 녹이 슬면 줄로 다듬어 유행하는 색깔을 다시 입히면 되었다.

그는 은행가이자 파리지하터널 및 가정용 동력공급공사의 사장이라는 사회적 지위를 누리고 있었다.

공사의 업무는 오래전부터 사용되지 않는 거대한 지하통로에 공기를 저장해 40에서 50기압으로 압축한 다음 파이프를 통해 작업장, 제조소, 일반 공장, 섬유공장, 제분공장 등 기계의 힘이 필요한 모든 곳에 공급하는 것이었다. 압축 공기는 앞에서 살펴본 것처럼 대로의 철로 위를 달리는 열차들의 동력원이었다. 몽루즈 평원에 세워진 1,853개의 풍차들이 펌프질로 이 거대한 저장소 속의 공기를 압축했다.

은행가 부타르댕은, 자연력을 이용한다는 취지에서 나온 극히 실제적인 이 아이디어를 채용했다. 그는 이 공사의 사장이자 15 내지 20명으로 구성된 감독위원회의 위원이었고 견인열차공사의 부사장이자 도로포장공사의 이사 등등의 직함을 갖고 있었다.

그는 결혼한 지 40년이 되었다. 미셸의 고모인 아테나이스 뒤프레누아이는 은행가의 아내답게 무뚝뚝했다. 부기장과과 회계에 정통한 못생기고 뚱뚱한 여자로 여성적인 아름다움이라고는 찾아볼 수 없었다. 수지 계산에 밝았고 이중 부기를 즐겼다. 필요하다면 삼중 부기라도 해낼 터였다. 그녀는 경영인의 아내, 아니 명실상부한 경영인이었다.

부타르댕과 그의 아내는 서로를 사랑했을까? 사랑을 실업가의 마음으로 할 수 있다면 그러하리라. 두 사람의 관계를 단적으로 비유하자면 그는 기관사, 그녀는 기관차였다. 그는 그녀를 닦고 기름 치고 적절한 상태로 유지시켰고, 그녀는 지난 50년 동안 '크램튼 기관차'[2] 같은 독

---

2 영국인 엔지니어 크램튼(Thomas Russell Crampton, 1816~1888)이 설계하고 1846년부터 여러 회사에서 제작한 증기 기관차.

창성과 감각을 갖고 작동해왔다.

그녀가 결코 탈선하지 않으리라는 것은 부언할 필요도
없으리라.

이런 부타르댕과 그의 아내를 곱하면 카스모다주 은행
의 동업자이자 부타르댕의 아들인 아타나즈 부타르댕이
라는 계수가 나왔다. 아타나즈 부타르댕은 매너가 좋은
청년으로 아버지에게서는 기민함을, 어머니에게서는 정
중함을 물려받았다. 그의 앞에서는 재치 있는 말 같은 것
은 할 필요가 없었다. 유머감각이란 게 아예 없는 듯 재
담을 들으면 멍한 눈빛으로 눈썹을 찌푸리곤 했다. 그는
큰 대회에서 최우수 은행상을 휩쓸었다. 그가 돈을 벌어
들이는 데 그치지 않고 아예 돈을 훔쳤다고들 말했다. 그
에게서는 고리대금업자의 냄새가 풍겼다. 그는 두둑한
지참금이 추한 외모를 충분히 보상해주는 끔찍한 여자를
배우자감으로 골랐다. 20세의 나이에 벌써 알루미늄 안
경을 끼기 시작한 그는 편협하고 틀에 박힌 지식으로 모
든 일을 꼬치꼬치 캐고 쓸데없이 간섭함으로써 직원들을
불안하게 했다. 그에게는 사실, 지금 이미 금화와 지폐로
가득 차 있는 자신의 금고를 더더욱 채워야 한다는 강박
관념에서 벗어나지 못하는 나쁜 습관이 있었다. 그는 젊
음도, 감성도, 친구도 갖지 못한 딱한 남자였다. 하지만

그의 아버지는 이런 아들을 무척 자랑스럽게 여겼다.

뒤프레누아이가 도움과 보호를 청해야 할 사람들은 바로 이 일가 삼인조였다. 뒤프레누아이의 아버지는 부타르댕 부인의 남동생으로 온화하고 풍부한 감성과 섬세한 우아함을 지닌 사람이었다. 그런 특징이 부타르댕 부인에게서는 이따금씩만 드러나곤 했다. 미셸의 아버지, 그 가엾은 예술가는 놀라운 음악적 재능을 지녔으나 시대를 잘못 타고나 혼신의 힘을 바쳐 작곡을 하다가 젊은 나이에 세상을 떠났다. 그가 아들 미셸에게 물려준 것은 시적인 성향과 소질, 열정뿐이었다.

미셸에게는 다른 삼촌이 있었지만 연락이 끊기고 말았다. 부타르댕 일가는 위그냉이라는 그 삼촌에 대한 이야기를 거의 입에 올리지 않았다. 이 부유한 일가는 학식 있고 겸손하고 가난하고 체념에 익숙한 위그냉을 수치스럽게 여겼다. 그들은 미셸이 그를 만나는 것을 막았다. 사실 미셸은 위그냉을 본 적조차 없었으므로 그를 만날지도 모른다는 걱정 같은 건 할 필요도 없었다.

이런 세상에서 고아 청년의 처지는 분명했다. 다른 삼촌이 하나 있기는 했지만 그에게 도움을 받을 수 없었고, 유일하게 의지해야 할 이 부유한 일가는 돈에 집착했다.

미셸로서는 신의 섭리에 감사할 것이 전혀 없는 상황

이었다.

다음날 미셸은 고모부의 사무실로 내려갔다. 분위기가 엄숙한 사무실에 안정된 느낌의 카펫이 깔려 있었다. 은행가와 그의 아내, 아들이 위압감을 느끼게 하는 뻣뻣한 태도로 앉아 있었다.

부타르댕은 벽난로 앞에 서서 조끼 주머니에 한 손을 찔러 넣은 채 거칠게 숨을 몰아쉬며 말했다.

"미셸, 지금부터 내가 하는 말을 머릿속에 새기길 바란다. 네 아버지는 예술가였어. 그게 모든 걸 말해주지. 네가 아버지의 불행한 재능을 물려받지 않았기를 바란다. 하지만 네겐 이미 그런 싹이 엿보이는데 그걸 없애버려야 해. 넌 지금까지 이상의 사막을 자유롭게 돌아다녔어. 그런 네 노력을 가장 분명하게 보여주는 게 바로 어제 네가 받은 그 수치스러운 라틴어 시 부문 일등상이야. 상황을 따져보자. 미셸, 네겐 재산이 없어. 고약한 일이지. 게다가 부모도 없고. 맙소사, 잘 알아둬, 내가 우리 집안에서 시인이 나오는 걸 바라지 않는다는 걸 말일야! 난 사람들 면전에 시를 뱉어내는 그런 사람을 바라지 않는다. 잘 들어라. 네겐 부유한 친척이 있다. 그 평판을 더럽히지 마라. 예술가란 과장된 표정으로 얼굴을 실룩거리는 광대나 다를 바 없어. 소화에 도움을 준 대가로 나는 그들에게 동전을 던져주지. 무슨 말인지 알 거야. 재능 같은 건 필요 없어. 그냥 능력만 있으면 돼. 나로서는 미셸, 네게서 별달리 특별한 능력을 발견할 수가 없군. 그래서 너를, 네 사촌형이자 내 아들이 경영진으로 있는 카스모다주 은행에 입사시키기로 결정했어. 형을 본받도록 해. 실리적인 사람이 되기 위해 노력하라고! 네게도 부타르댕 가의 피가 흐르고 있다는 걸 기억해. 내 말 한마디 한마디를 명심하고 결코 잊지선 안 돼."

1960년에도 노동재판소 심판관 같은 족속들은 여전히 건재했다. 그들은 그 대단한 전통을 이어나가고 있었다. 이런 장광설에 미셸이 어떤 대답을 할 수 있었겠는가? 할 말이 없었다. 그는 아무 대답도 하지 않았다. 고모와 사촌형은 고개를 끄덕이며 부타르댕의 말에 동의했다.

"네 휴가는 오늘 아침에 시작해서 오늘 저녁에 끝난다. 내일부터 카스모다주 은행에 출근해야 하니까 말일야. 그만 가봐." 은행가가 다시 말했다.

미셸은 고모부의 사무실을 나왔다. 그의 두 눈에 눈물이 고여 있었다. 하지만 그는 마음을 굳게 먹고 절망하지 않으려 애썼다.

"하루뿐인 휴가지만 적어도 오늘 하루만큼은 내 마음대로 보낼 수 있잖아. 돈도 조금 있고." 그가 자신에게 말했다. "지난 세기 유명한 작가들, 위대한 시인들의 작품들로 나만의 서가를 만들어보자. 매일 저녁 그 책들을 읽으며 낮 동안의 괴로움을 위로받을 수 있을 거야."

19세기 위대한 작가들,
그리고 그들의 작품을 구하는 것의 어려움

✳

미셸은 서둘러 집을 나와 '세계오대륙서점'으로 향했다. 그 서점은 라페가에 있는 대형 건물로 정부 고위 공무원이 운영하고 있었다.

'여기에는 인류의 정신적 유산이 모두 모여 있을 거야.' 그가 생각했다.

그는 건물의 넓은 로비로 들어섰다. 중앙에 있는 전신국에서는 지리적으로 멀리 떨어진 각 지점들과의 교신이 이루어졌다. 많은 직원들이 끊임없이 움직이고 있었다. 평형추처럼 생긴 장치를 통해 직원들은 서가 꼭대기까지 오르내릴 수 있었다. 많은 사람들이 자리에 앉아 일하고 있었고, 우편집배원들이 책더미를 나르고 있었다.

미셸은 얼떨떨한 기분으로 사면을 가득 채운 수많은 책들이 얼마나 되는지 헤아려보려 했으나 불가능했다. 줄곧 이어지는 이 화려한 공간의 끝이 어딘지 가늠도 되지 않았다.

'아무리 애써도 이 책들을 다 읽을 수는 없겠군.' 그는 안내대 앞에 줄을 서며 생각했다. 이윽고 그의 차례가 왔다.

"뭘 도와드릴까요, 고객님?" 담당자가 물었다.

"빅토르 위고 전집을 사고 싶은데요." 미셸이 대답했다.

점원이 눈을 크게 뜨며 물었다.

"빅토르 위고? 그게 누구죠?"

"19세기 가장 위대한 시인 중 하나죠. 최고의 시인이라고도 할 수 있겠네요." 미셸이 얼굴을 붉히며 대답했다.

"혹시 누굴 말하는지 아세요, 부장님?" 점원이 분류진열부 부장에게 물었다.

"한 번도 들어본 적이 없는데요. 저자명이 정확한가요?" 부장이 청년에게 물었다.

"틀림없습니다."

"문학 작품을 찾는 분이 거의 없어서요." 하고 점원이 말을 이었다. "하지만 저자명이 정확하다면, 뤼고, 뤼고라……." 그가 전신을 보내며 중얼거렸다.

"위고입니다. 또 발자크와 뮈세, 라마르틴의 책들도 있는지 알아봐주십시오." 미셸이 다시 말했다.

"학자들인가요?"

"아뇨! 작가들입니다."

"요즘 작가들인가요?"

"한 세기 전에 죽은 이들입니다."

"고객님, 최선을 다해 찾아보겠습니다만 시간이 좀 걸릴 것 같네요. 혹시 없을 수도 있고요."

"기다리겠습니다." 미셸이 대답했다.

그는 충격을 받고 구석으로 물러났다. 겨우 1세기가 지났을 뿐인데 그 유명한 작가들이 잊히다니!《동방 시집》(위고, 1829),《명상 시집》(라마르틴, 1820),《초기시편》(뮈세, 1829~1835),《인간희극》(발자크, 1842) 같은 작품들이 잊히고 유실되고 사라지고 묻히고 무시되다니!

하지만 저렇게 많은 책들이 있지 않은가. 뜰 한가운데에서는 거대한 증기 크레인이 책 더미를 부리고 있었고 판매대 앞은 책을 사려는 사람들로 붐볐다. 어떤 사람은 20권으로 된《마찰이론》을 사고, 또 어떤 사람은《전기학 개론》을 골랐다.《차바퀴에 윤활유 치는 법》을 사는 사람이 있는가 하면,《새로운 뇌암에 대한 연구》를 고른 사람도 있었다.

'이게 뭔가, 과학책들! 기술 서적들! 여기는 마치 학교

4장 19세기 위대한 작가들, 그리고 그들의 작품을 구하는 것의 어려움

같다. 예술 서적을 찾을 수 없다니! 문학 작품을 찾으면 이상한 사람 취급을 받다니! 정말 내가 잘못된 것일까?' 미셸은 생각했다.

미셸의 생각은 오랫동안 계속되었다. 그가 원하는 책들을 아직 찾지 못한 모양이었다. 전신기가 줄곧 울리고 저자의 이름이 거듭 확인되었다. 구석구석을 모두 찾았지만 소용없었다. 포기해야 했다.

마침내 분류진열부 부장이 청년에게 말했다. "고객님, 그 책은 저희 서점에 없습니다. 말씀하시는 작가들은 그 시대 이후 잊힌 모양입니다. 이제 그들의 책들은 더 이상 발행되지 않습니다."

"《노트르담 드 파리》[1] 같은 작품은 50만 부가 발행되었는데요." 미셸이 반박했다.

"저도 그 말을 믿고 싶습니다, 고객님. 하지만 옛날 작가 중에서 절판되지 않고 줄곧 발행되는 사람은 지난 세기의 모럴리스트 폴 드 콕[2]뿐입니다. 작품이 무척 좋은

---

[1] *Notre-Dame de Paris*: 빅토르 위고, 1831년 발표. 이 소설은 《레미제라블》과 더불어 빅토르 위고의 대표작인 동시에 프랑스 '낭만주의문학'의 대표작이다.

[2] Paul de Kock(1793~1871): 프랑스의 소설가, 오페라 대본작가. 낭만주의 시대 문화계에서 평단의 비웃음을 받았지만 대중적인 인기가 높았다. 100여 권의 책을 쓴 폴 드 콕은 형편없는 저급 출판물로 문학적 명성을 얻었으며, 1830년까지 유럽에서 가장 인기 있는 작가 중 한 명이 되었다.

것 같더군요. 원하신다면…….”

“다른 데 가보겠습니다.” 미셸이 발길을 돌리며 대답했다.

“이런! 파리를 전부 뒤져도 못 찾으실 겁니다. 여기 없으면 없거든요.”

“찾아보면 알겠죠.” 하고 대답하며 미셸은 걸음을 옮겼다.

“저, 고객님. 요즘 나오는 문학 작품은 필요하지 않으신지요?” 열성에 있어서만은 충분한 자격을 갖춘 점원이 물었다. “최근 몇 년 사이에 큰 반향을 일으킨 작품들이 좀 있습니다. 시집치고는 잘 팔리는 편입니다만…….”

“그렇군요! 현대 시집들이 있다고요?” 미셸이 호기심을 느끼며 반문했다.

“있고말고요. 과학원상을 받은 마르티악의 《전자 화음》, 필파스의 《산소에 관한 명상》,《시적인 평행사변형》,《탈탄산 서정시》 등등…….”

미셸은 더 이상 점원의 말을 듣고 있을 수가 없었다. 이윽고 그는 충격을 받고 얼떨떨한 채 자신도 모르게 거리로 나와 있었다. 예술은 이 시대의 치명적인 영향권에서 벗어나지 못했다! 과학, 화학, 기계공학이 시의 영역을 점거하고 말았다.

'사람들이 읽는 건 그런 책들이야. 대개 그런 책들을 사지! 그런 책들이 인정을 받는다고! 문학 서가의 자리를 그런 책들이 차지하고 있어. 발자크와 위고의 작품을 찾아봐야 헛일이야!' 거리를 달리며 그는 생각했다. '도대체 어디 가서 그런 책들을 구한단 말인가, 아! 도서관에는 있겠지.'

미셸은 서둘러 파리국립도서관으로 향했다. 잔뜩 늘어난 도서관 건물들이 리슐리외 가 대부분을 차지하면서, 뇌브데프티샹가에서부터 증권거래소가까지 늘어서 있었다. 장서의 수가 줄곧 늘어나서 네베르관에 다 소장할 수 없었던 것이다. 매년 엄청난 부수의 과학 서적들이 출판되었다. 일반 출판사들로만은 역부족이어서 국가가 직접 그런 책들을 출판했다. 샤를 5세가 남긴 900권의 책들은 수없이 판을 거듭해 지금은 도서관에 엄청나게 소장되어 있었다. 1860년 그 수는 80만 권에 이르렀고 이제는 200만 권 이상이 되었다.

미셸은 인문 서적들이 소장된 건물을 찾아냈다. 상형문자처럼 어지러운 낡은 층계를 올랐다. 일꾼들이 곡괭이질을 하며 계단을 수리하고 있었다.

인문학 책들이 있는 방이 나왔다. 방 안에는 사람이 거의 없었다. 열의를 가진 사람들로 붐비던 지난날보다 이렇게 사람들로부터 외면당한 오늘의 현실이 더 흥미로웠다. 마치 사하라 사막을 보러 가듯이 몇몇 사람들이 아직도 그곳까지 찾아왔다. 어떤 테이블에는, 한 아랍인이 평생 같은 자리에서 책을 읽다가 1875년 숨을 거두었다는 설명이 붙어 있었다.

책을 신청하는 절차는 점점 더 복잡해졌다. 신청자의 이름을 적은 용지에 도서명, 판형, 출판일, 판수, 저자명 등 요컨대 학자가 아니고서는 알 수 없는 사항을 적어 넣어야 했다. 또 신청자는 나이, 주소, 직업, 책을 찾는 목적 등을 밝혀야 했다.

미셸은 규정에 맞게 신청서를 작성해 사서에게 제출했다. 사서는 졸고 있었다. 그를 본을 받은 듯 다른 직원들도 의자를 벽에 기대놓고 앉아 요란하게 코를 골며 자고 있었다. 그 일은 오데옹 극장의 안내원 자리만큼이나 인기가 없음이 분명했다.

사서가 깜짝 놀라 잠을 깨서 청년을 바라보았다. 그는 도서 신청서를 읽어보더니 청년이 찾는 책이 무엇인지 도통 모르겠다는 듯한 표정을 지었다. 한참 궁리한 끝에 그는 놀랍게도 청년을 자기 부하 직원인 듯한 사람에게 안내했다. 그 직원은 창가 옆 작은 책상에서 일하고 있었다.

미셸은 활기찬 표정, 미소 띤 얼굴, 모든 것을 초월한 듯한 태도를 지닌 학자로 보이는 70세 가량의 남자 앞에 섰다. 노인은 겸손한 태도로 미셸의 신청서를 받아 들어 주의 깊게 읽었다.

"19세기 작가들의 작품을 찾는군요. 그 작가들이 몹시 기뻐하겠네요. 그동안 쌓이고 쌓인 책 위의 먼지를 털 수 있을 테니까요. 성함이…… 미셸 뒤프레누아이?"

이름을 읽자마자 노인이 깜짝 놀라 고개를 들었다.

"미셸 뒤프레누아이, 조금 전엔 사실, 네 얼굴을 제대로 보지 못했어!" 그가 소리쳤다.

"저를 아시나요……?"

"알다마다……!"

노인은 말문이 막히는 모양이었다. 온화한 얼굴에 벅찬 감정이 떠올라 있었다. 그는 미셸에게 악수를 청했고, 미셸은 감동해 힘 있게 그의 손을 잡았다.

"나는 네 삼촌이다. 네 외삼촌 위그냉이야. 가엾은 네 어머니의 오라비란다." 노인이 말했다.

"제 삼촌이시라니오! 어르신이오!" 미셸이 흥분해 외쳤다.

"넌 내 얼굴을 알아보지 못할 거야! 하지만 난 너를 안단다, 얘야. 네가 자랑스럽게도 라틴어 시 부문에서 일등상을 탔을 때 나는 거기 있었어. 심장이 두근거리더구나.

하지만 넌 전혀 몰랐을 거야."

"삼촌!"

"나를 모르는 게 네 잘못이 아니라는 건 나도 잘 안다, 미셸. 너를 찾아가지 않은 사람은 바로 나니까. 고모 집에 얹혀사는 네가 불편해질까봐 그랬어. 하지만 네가 공부하는 건 줄곧 지켜보았지! 내 누이와 위대한 예술가였던 매제의 아들이 아버지의 시적인 소질을 이어받지 않았을 리가 없다고 생각했지. 내 생각은 틀리지 않았어. 네가 여기 와서 위대한 프랑스 시인들의 책을 찾고 있잖아! 그래, 애야! 원하는 책들을 찾아줄 테니, 함께 읽자꾸나! 아무도 우리를 방해할 수 없어, 아무도 우리를 쳐다보지 않을 거야! 너를 안을 수 있어서 얼마나 기쁜지!"

노인은 청년을 품에 안았다. 그 포옹 속에서 청년은 자신이 다시 태어나는 것 같은 느낌이 들었다. 평생 처음으로 맛보는 안온한 느낌이었다.

"그런데요, 삼촌. 저를 줄곧 지켜보셨다고 했는데 어떻게 그러실 수 있었나요?" 그가 물었다.

"애야, 내 좋은 친구 하나가 널 무척 아끼거든. 네 라틴어 교사였던 리슐로가 바로 내 친구란다. 나는 그를 통해서 네가 우리와 동류라는 것을 알았지. 나는 네 작품을 통해 널 알 수 있었어. 라틴어로 지은 네 시를 읽었지. 소재가 좀 까다롭더구나. 그러니까 '말라코프 망루 위의 펠리시에 원수' 같은 고유명사들 때문에 말이다. 하지만 역사적인 소재라는 건 항상 그렇지. 그런데 넌 그걸 멋지게 다루었더구나!"

"아!" 미셸이 소리쳤다.

"정말 그래. 펠리시에[3]에 대해 넌 긴 문장 둘, 짧은 문장 둘을 만들었더구나. 말라코프에 대해서는 짧은 문장 하나와 긴 문장 둘을 썼고, 잘했어. 자, 난 지금도 그 아름다운 두 문장을 이렇게 외우고 있단다.

> 잠 펠레시에로 펜덴티 엑스 튀레 말라코프
>
> 세바스토폴리탐 콘세디트 주피테르 우르벤……
>
> (펠리시에의 운명은 말라코프 망루에 달려 있었고,
>
> 주피터는 세바스토폴시를 넘겨주었다.)

아, 미셸, 나를 경멸하는 그 일가만 없다면 얼마나 좋을까 하는 생각을 수없이 했어. 하지만 그들이 너의 학비를

---

3 Jean-Jacques Pélissier(1794~1864): 펠리시에 총사령관, 말라코프 공작. 크림전쟁(1853~1856) 때 11개월간의 포위 공격을 한 끝에, 1855년 9월 세바스토폴(우크라이나 크림반도 서남쪽에 있는 항구도시)을 방어하는 말라코프 성채를 정복하였으며, 다음날 도시 세바스토폴을 함락시켰다. 펠리시에는 세바스토폴의 프랑스군 총사령관이 되었다.

댄 건 사실이야. 난 너의 탁월한 상상력을 정말이지 칭찬해주고 싶었단다. 이제 자주 나를 보러 오렴."

"매일 저녁 올게요, 삼촌. 일을 마치는 대로 말이에요."

"하지만 넌 이제 할일이 없을 것 같은데……."

"할일이 없다니오, 삼촌! 저는 내일 아침부터 사촌형의 은행으로 출근해야 해요!"

"네가! 은행에 들어가다니! 네가! 은행 사무를 보다니! 정말인가 보구나! 넌 이제 어떻게 될까? 너 같은 청년이 아무 쓸모가 없다니 이렇게 딱할 데가! 아, 얘야! 이런 생각, 이런 재능을 지닌 너는 시대를 잘못 타고 났어. 더 일찍 태어났어야 했는데. 지금처럼 정신없이 돌아가는 세상에서는 미래에 대한 희망조차 가질 수 없구나!"

"하지만 고모부의 지시를 어떻게 거부하겠어요? 전 아직 자유로운 성인이 아니잖아요?"

"그래! 넌 지금 자유롭지 않아. 부타르댕은 네 고모부일 뿐 아니라 후견인이기도 하지. 하지만 나로서는 그 암담한 일을 하라고 너를 격려하고 싶지도 않고 그럴 수도 없어. 아니, 넌 젊어. 일을 해서 당당히 자립하면 돼. 그럴 수 있는 때가 올 거야. 그때에도 문학을 사랑하는 네 성향이 변하지 않는다면 나를 찾아오렴. 내가 그때까지 살아 있다면 말이다."

"하지만 전 은행 일이 두려워요." 미셸이 흥분한 어조로 대답했다.

"물론 그렇겠지, 미셸. 내 집에서 두 사람이 잘 지낼 수만 있으면, '내게 오렴. 우리는 행복하게 지낼 수 있을 거야.'라고 말했을 거야. 하지만 그런 삶은 네게 도움이 되지 않아. 뭔가를 이뤄내야만 해. 수동적으로만 살 수는 없어. 아냐! 일을 해! 몇 년 동안 나를 잊으렴. 나는 네게 도움이 되지 않는 충고만 하게 될 테니까. 나를 만났다는 이야기는 하지 말거라. 나는 오래전에 죽은 사람이나 다름없어. 이 서가에 있는 오랜 친구들을 매일같이 만나러 오는 행복한 습관이 없었다면 말이야."

"제가 자유로워지면 삼촌을 찾아올게요." 미셸이 말했다.

"그래! 2년 후에 보자꾸나! 넌 지금 열여섯 살이지. 열여덟 살이 되면 자립할 수 있을 거야. 우리 기다리자. 하지만 잊지 말아라, 미셸. 언제나 너를 붙잡아주고 충고해주고 기꺼이 호의를 베풀고자 하는 내가 있다는 것을 말이다. 우리 집에 들르렴." 노인은 조카를 보지 않겠다는 결심을 깨고 말했다.

"그럼요! 그럴 게요, 삼촌! 어디 살고 계세요?"

"여기서 멀어. 아주 멀단다! 생드니 평원 근처야. 하지만 말레세르브 대로의 환승역에서 얼마 안 걸려. 그곳의 내 집은 비좁고 썰렁해. 하지만 네가 온다면 오히려 넓게 느껴지고, 네 손을 잡으면 온기로 가득 차겠지."

삼촌과 조카의 대화는 이런 식으로 이어졌다. 노인은 청년의 마음속에서 타오르는 놀랍고 아름다운 시심을 지혜롭게 가라앉히고 싶었지만 그의 입에서는 매순간 그의 의지에 반하는 말이 흘러나왔다. 그는 이 시대에 예술가의 처지가 불편하고 낙오되고 비현실적인 것임을 알았다.

그들은 다양한 화제로 이야기를 나누었다. 노인은 마치 오래된 책과도 같았다. 청년이 뒤적이는 대로 지난 시대의 온갖 이야기들을 들려주었다.

미셸은 자신이 도서관을 찾아온 이유를 설명하고 문학의 쇠퇴에 대해 어떻게 생각하는지 노인에게 물었다.

"문학은 죽었어, 미셸. 이 황량한 도서관과 먼지 속에 파묻힌 책들을 보렴. 사람들은 이제 문학 작품 같은 건 읽지 않아. 나는 이 무덤을 지키는 무덤지기야. 발굴은 금지되어 있고 말이야." 위그냉이 대답했다.

이렇게 대화를 나누는 사이에 시간이 빠르게 흘러갔다.

"오후 네 시구나. 헤어져야 할 시간이다." 위그냉이 말했다.

"또 올게요." 미셸이 말했다.

4장 19세기 위대한 작가들, 그리고 그들의 작품을 구하는 것의 어려움

"그러렴! 아니다, 얘야! 문학 이야기는 하지 말자! 예술 이야기도 해선 안 돼! 상황을 있는 그대로 받아들이렴. 너는 위그냉의 조카이기 전에 부타르댕 씨의 보호를 받는 미성년자란다."

"삼촌을 배웅하도록 해주세요." 청년이 말했다.

"안 된다! 누군가 우리를 볼지도 몰라. 혼자 가마."

"그럼 다음 일요일에 올게요, 삼촌."

"일요일에 보자, 미셸."

미셸은 먼저 도서관을 나섰다. 거리로 나온 그는 잠시 서서 기다렸다. 노인이 기운찬 걸음으로 대로 쪽으로 오는 것이 보였다. 미셸은 멀찍이 사이를 두고 노인을 따라 마들렌역까지 갔다.

"그러니까 이제 난 혼자가 아니야!" 그가 중얼거렸다.

그는 집으로 돌아왔다. 다행히 부타르댕 일가는 시내로 외식을 나가고 없었다. 미셸은 처음이자 마지막 휴가일의 저녁을 자기 방에서 조용히 보냈다.

계산기와 자체 방어 시스템을 갖춘 금고

다음날 아침 여덟 시, 미셸 뒤프레누아이는 카스모다 주 은행의 사무실로 향했다. 은행은 뇌브드루오가의 옛 오페라극장 자리에 세워진 건물들 중 하나를 사무실로 쓰고 있었다. 청년은 커다란 평행사변형의 방으로 안내 되었다. 그 안에는 기묘한 구조의 기계가 설치되어 있었 다. 처음에 미셸은 그것이 무엇인지 알아보지 못했다. 기 계의 모습은 대형 피아노와 비슷했다.

옆에 딸린 사무실에 힐긋 눈길을 준 미셸은 거기에 대 형 금고가 늘어서 있는 것을 보았다. 무슨 성채처럼 규모 가 어마어마한 금고들이었다. 총안까지 나 있었다. 금고 하나에 사람 스무 명이 충분히 들어갈 수 있을 듯했다.

5장 계산기와 자체 방어 시스템을 갖춘 금고

이렇듯 방탄 장치까지 갖추어진 완전 무장된 금고들을 보자 미셸은 오싹 소름이 끼쳤다.

'저 금고들은 폭탄이 터진다 해도 끄떡없겠구나.' 그가 생각했다.

50대 남자가 깃털 펜을 귀에 꽂고 신중한 걸음으로 금고들을 따라 왔다 갔다 하고 있었다. 미셸은 그가 숫자로 세상을 보는 사람 중의 하나임을 알 수 있었다. 그는 은행의 현금 출납원이었다. 남자는 정확하고 절도 있고 딱딱하고 무뚝뚝한 태도로, 현금을 금고에 넣을 때는 기뻐했고 금고에서 꺼낼 때는 고통스러워했다. 돈을 꺼내는 것이 그에게는 도둑질처럼 느껴지는 듯했고 넣는 것은 원상회복으로 여기는 듯했다. 그의 관리하에 사무원, 등본계원, 기록계원 등 60여 명의 직원들이 뭔가를 기록하고 계산하고 있었다.

미셸은 지시대로 그들 가운데 앉았다. 이윽고 사환이 그를 그 현금출납부 부장에게 안내했다.

"뒤프레누아이 씨, 일단 이곳에 들어온 이상 당신이 부타르댕가의 일원이라는 사실은 잊어버려야 합니다. 그게 규정입니다." 부장이 말했다.

"저는 특별대우를 원하지 않습니다." 미셸이 대답했다.

"수습 기간 동안 우선 4호를 맡도록 하세요."

미셸은 고개를 돌려 4호 기계를 바라보았다. 계산기였다.

파스칼이 최초의 기계식 계산기를 만들어냈던 시대, 계산기가 멋지게 여겨지던 시대는 아득한 옛날이었다. 이후 건축가 페로[1], 스탠호프 백작[2], 토마스 드 콜마르[3], 모레와 제예[4] 같은 이들에 의해 계산기는 커다란 발전을 보았다.

카스모다주 은행에는 대단한 걸작품이 설치되어 있었다. 실제로 그 계산기의 모습은 대형 피아노와 흡사했다. 건반을 누르는 즉시 덧셈, 뺄셈, 곱셈, 나눗셈, 비례식의 답을 구할 수 있었다. 상각이나 복리 계산도 기간 제한 없이 온갖 비율로 가능했다. 150퍼센트까지 알려주는 고도의 부기[5]도 있었다. 이 계산기는 몽되[6]는 물론 그 누구[7]라도 쉽게 이길 수 있을 터였다.

문제는 그것을 사용할 줄 알아야 한다는 것이었다. 미셸은 계산기 글자판을 두드리는 법을 배워야 했다.

---

1 Claude Perrault(1613~1688): 프랑스의 학자이자 건축가로 우화작가 샤를 페로의 형제.
2 Charles Stanhope(1753~1816): 영국의 학자이자 작가.
3 1819년 '계산자'라는 별명으로 불리는 계산기를 발명했다.
4 모레, 제예는 네 자리 문자반이 달린 계산기를 발명했다.
5 자산, 자본, 부채의 증가와 감소 등을 장부에 정리하는 방법.
6 Henri Mondeux(1826~1861): 프랑스의 천재 계산기. 원래 투렌의 양치기였다가 계산으로 명성을 날렸다.
7 저자가 실명을 넣으려 했던 듯하나, 빈 칸으로 남아 있다.

5장 계산기와 자체 방어 시스템을 갖춘 금고

그러니까 각종 기계들이 정직원으로 채용되어 있는 그곳에 미셸은 보조 직원으로 입사한 셈이었다.

상거래가 많아지고 서신왕래가 늘어난 이 시대에는 단순 사무용품의 중요성이 크게 부각되었다.

카스모다주 은행의 우편업무부에서는 매일 3,000통 이상의 서류를 세계 각국에 발송했다. 15마력의 르누아르 기계가 쉬지 않고 편지를 인쇄하면, 500명의 직원들이 즉각 그것을 발송했다.

하지만 전신기의 도움으로 실제로 보내는 서류의 숫자가 크게 줄었다. 기계가 개량되어 송신인과 수신인이 직접 교신할 수 있게 되었다. 그럼으로써 비밀 유지가 쉬워져서 아주 중요한 거래들이 직접 만나지 않고서도 가능해졌다. 영국 전역에 걸쳐 오래전부터 사용되어온 휘트스톤 시스템[8]에 의거해 각 업체에 특정 전화선이 배정되었다. 시장에서 시세가 매겨진 가격들이 파리, 런던, 프랑크푸르트, 암스테르담, 투론, 베를린, 빈, 상트페테르부르크, 콘스탄티노플, 뉴욕, 발파라이소, 캘커타, 시드니, 베이징, 누카 히바의 증권거래소 중앙에 설치된 숫자판에

---

8 영국의 발명가, 물리학자, 전기공학자인 찰스 휘트스톤(Charles Wheatstone, 1802~1875)은 최초의 전자전신기와 가변저항기를 발명했다.

즉각 게시되었다.

또한 지난 세기에 피렌체의 지오반니 카셀리[9]가 발명한 복사전신기, 곧 팩시밀리로 온갖 문자, 필적, 그림을 멀리까지 보낼 수 있었고, 5,000리외(약 2만 킬로미터) 떨어진 곳에서도 어음과 계약서에 서명을 할 수 있게 되었다.

그러자 전신망이 지구 대륙 표면 전체와 바다 밑에 설치되었다. 미국에 있는 사람과 유럽에 있는 사람이 동시에 업무를 볼 수 있었다. 1903년 런던에서 이루어진 놀라운 실험에서 두 사람의 실험 당사자는 지구를 한 바퀴 돌아 전달된 서류에 각각 서명했다.

이 상거래의 시대에 종이 소비가 의외의 비율로 늘어난 것은 당연한 일이었다. 100년 전 6,000만 킬로그램의 종이를 생산했던 프랑스는 이제 3억 킬로그램이 넘는 종이를 소비했다. 하지만 종이의 원료가 부족하지는 않았다. 나래새[10]나 알로에, 돼지감자, 층층이부채꽃 외에도 20여 종의 값싼 식물들을 종이의 원료로 대체해 사용했

---

9 Giovanni Caselli(1815~1891): 이탈리아의 성직자, 발명가, 물리학자. 1850년 글씨나 도형을 전신으로 재출력해내는 복사전신기를 발명했다. 1865년 카셀리 복사전신기 4대가 프랑스 파리의 중앙전신국에 배치되었다.
10 주로 여물로 쓰이는 벼과 식물.

5장 계산기와 자체 방어 시스템을 갖춘 금고

다. '와트버제스 방식'[11]에 의해 나무둥치가 열두 시간 만에 말끔한 종이로 만들어져 나왔다. 이제 숲은 난방재가 아니라 감상의 대상이었다.

카스모다주 은행도 앞서 말한 방식 중 하나를 채용해 나무로 종이를 만들어 썼다. 어음이나 지폐, 주식을 제작할 때에는 종이를 렘펠더[12]의 갈산에 담가, 위조범들이 화학용품을 동원해 변조하는 것을 막았다. 상거래가 엄청나게 늘어남에 따라 사기 사건도 증가했으므로 그것을 경계해야 했다.

은행에서는 이러한 많은 업무를 다루었다. 미셸은 뒤 프레누아이는 그중에서 가장 보잘것없는 업무를 담당해야 했다. 그는 계산기의 하인이 되어야 했다. 그는 그날부터 즉시 일을 시작했다.

이 기계적인 작업에 그는 몹시 서툴렀다. 우선 그에게는 이런 일에 대한 열정이 없었다. 그의 손가락 아래서 계산기는 제대로 작동하지 않았다. 아무리 노력해도 소용없었다. 일을 시작한 지 한 달이 지났지만 그는 첫날 했던 것 이상으로 많은 실수를 저질렀다. 미칠 것 같았다.

---

11 스코틀랜드의 발명가가 연구해 1851년 제지업자 버제스가 채용한, 소다에 나무를 담가 종이를 만드는 방식으로 현재까지도 쓰인다.
12 Lemfelder: '렘펠더'는 쥘 베른이 만들어낸 이름인 듯.

사람들의 냉랭한 태도에 그의 자립의지나 예술가 본능은 무참히 꺾이고 말았다. 그는 평일 저녁 삼촌을 방문할 수도 없었고 일요일에도 쉴 수 없었다. 유일한 위안이라면 남몰래 삼촌에게 편지를 쓰는 것뿐이었다.

　얼마 지나지 않아 그는 낙담과 혐오감에 휩싸였다. 이런 단순 노동을 계속할 순 없었다.

　11월 말이 되자 카스모다주 은행장과 미셸의 사촌형 아타나즈, 현금출납부 부장 세 사람이 미셸의 거취에 대해 이야기를 나누었다.

　"이 젊은이는 정말 일을 너무 못하는 것 같군." 은행장이 말했다.

　"해놓은 것을 보니 그 말씀 그대롭니다." 출납부 부장이 대답했다.

　"이 녀석은 지난날 예술가라고 불리던 그런 부류입니다. 정신 나간 이들로 불리는 사람들 말입니다." 아타나즈가 말했다.

　"그의 손만 닿으면 계산기가 위험한 물건이 되어버리는 것 같소. 그는 뺄셈을 해야 할 때 덧셈을 하고 15퍼센트 이자 계산조차 제대로 하지 못하는군!" 은행장이 말했다.

　"정말 딱한 일이군요." 아타나즈가 말했다.

5장 계산기와 자체 방어 시스템을 갖춘 금고

"그에게 어떤 일을 맡기는 게 좋을까요?" 출납부 부장이 물었다.

"글을 읽을 줄은 알 거 아니오?" 카스모다주가 물었다.

"그럴 겁니다." 아타나즈가 그것도 확신할 수 없다는 듯한 어조로 대답했다.

"'대원장' 작업에 동원하면 되겠군. 필경사 캥소나에게 원장 내용을 불러주게 하는 거요. 캥소나가 보조를 요청했다오."

"그게 좋겠네요. 녀석은 불러주는 것밖에는 할 수 있는 일이 없을 겁니다. 글씨는 정말 엉망이니까요." 아타나즈가 말했다.

"저런, 요즘은 모두들 글씨를 잘 쓰던데요." 부장이 말했다.

"만약 이 일도 제대로 해내지 못한다면 사무실 청소를 시킬 수밖에 없소!" 카스모다주가 말했다.

"그것도 잘할지 잘 모르겠어요." 아타나즈가 말했다.

"그를 오라고 하시오." 은행장이 지시했다.

미셸이 세 사람 앞에 불려왔다.

"뒤프레누아이 씨." 하고 은행가가 입가에 경멸에 찬 미소를 떠올리며 말을 이었다. "당신의 악명 높은 무능력 때문에 우리는 4호 계산기로부터 당신을 철수시킬 수밖에 없소. 당신의 틀린 계산으로 우리 은행의 부기 기입에 실수가 늘어나고 있단 말이오. 그런 일은 더 이상 두고 볼 수 없소."

"유감입니다, 행장님……." 미셸이 건조한 어조로 대답했다.

"당신의 유감은 아무 짝에도 쓸모가 없소. 이제부터는 대원장 작업을 보조하시오. 읽을 줄은 안다고 들었소. 필경사에게 숫자를 불러주도록 해요." 행장이 냉랭하게 말했다.

미셸은 아무 말도 하지 않았다. 무슨 차이가 있을 것인가! 계산기든, 대원장이든 마찬가지였다! 자리에서 물러나기 전 그는 언제부터 새 일을 하게 되는지 물었다.

"내일부터 시작하도록 해. 캥소나 씨가 어떻게 하면 되는지 가르쳐줄 거야." 사촌형이 말했다.

청년은 사무실을 나오며 새로운 일에 대해서가 아니라 캥소나라는 인물에 대해 호기심을 느꼈다. 그 이름만 들어도 압도되는 기분이었다.[13] 도대체 어떤 사람일까? 대차 차액을 찾아내고 전기 작업을 한다는 열정에 사로잡

---

13 프랑스 베르동 북쪽에 있는 캥송이라는 마을 이름과 18세기의 기사이자 시인인 프랑수아 드 캥소나의 이름에서 따온 듯하다. '캥트(5도 음정)'으로 '소낭(sonnant, 울리는)'한다는 말뜻이 음악가에게 잘 어울린다.

혀 60년 전부터 수지 계산을 맞춰온 노인이겠지! 미셸은 그런 부기 업무가 아직 기계로 대체되지 않았다는 사실이 놀라웠다.

어쨌든 그는 더 이상 계산기를 다루지 않아도 된다는 것에 몹시 기뻤다. 자신이 계산기를 다루는 데 서툴다는 것이 오히려 자랑스러웠다. 계산기는 잘못 만들어진 피아노 같았다. 그는 그것이 혐오스러웠다.

자기 방에 틀어박힌 미셸은 여러 상념에 잠긴 채 어둠이 내리는 것을 응시했다. 자리에 누웠지만 잠이 오지 않았다. 악몽 같은 것이 그의 머릿속을 채웠다. 대원장의 모습이 터무니없이 변형되어 떠올랐다. 그는 상상 속에서 대원장의 하얀 책장 사이에 말린 식물 표본처럼 몸이 끼워지기도 하고 구리 틀로 된 책등 속에 갇히기도 했다.

불안한 나머지 자리에서 일어난 그는 문제의 엄청난 대원장을 직접 보고 싶은 억누를 수 없는 충동에 휩싸였다.

'어린애 같은 짓이야. 하지만 정말 너무나도 보고 싶은걸.' 그는 생각했다.

그는 침대에서 나와 방문을 열었다. 그리고는 두 눈을 껌뻑이면서 균형을 잡기 위해 두 팔을 벌리고 더듬더듬 은행 안으로 들어갔다.

커다란 사무실은 어둑하고 조용했다. 낮이면 은화가

부딪치는 소리, 금화가 울리는 땡소리, 지폐가 바스락거리는 소리, 펜이 종이 위를 지나가는 소리 같은 은행 특유의 소음들로 가득 차 있었다. 미셸은 되는대로 앞으로 나아가다가 미로 같은 사무실 한가운데서 길을 잃고 말았다. 대원장이 어디 있는지 알 수가 없었지만 걸음을 계속했다. 계산기들이 있는 방을 지나야 할 터였다. 어둠 속에 계산기들이 서 있었다.

'저들도 자고 있군. 지금은 계산을 하지 않아.' 그가 생각했다.

그는 매 걸음 비틀거리며 줄곧 대원장을 찾아 거대한 금고들이 버티고 선 방을 가로질렀다.

그때였다. 갑자기 그의 발밑의 바닥이 꺼져 내렸다. 엄청난 소리가 들려왔다. 사무실 문들이 우당탕탕 연속해서 닫혔다. 빗장이 걸리고 자물쇠가 철컥 잠겼다. 귀청을 찢는 듯한 호각소리 같은 것이 벽과 기둥 사이에서 울려나왔다. 다음 순간 천장의 전등이 일제히 켜졌다. 미셸의 몸은 바닥없는 심연으로 내려가듯 아래로 떨어지고 있었다.

발이 바닥에 닿자 그는 겁에 질려 도망치려 했다. 하지만 그럴 수가 없었다. 철제 우리 같은 것이 그의 몸을 가두고 있었던 것이다.

서둘러 옷을 걸친 듯한 사람들이 그가 있는 곳으로 달

5장 계산기와 자체 방어 시스템을 갖춘 금고

려왔다.

"이미 갇혔어!" 누군가 소리쳤다.

"경찰을 불러!" 또 다른 사람이 외쳤다.

미셸의 시야에 이 소동을 지켜보는 행장 카스모다주와 사촌형 아나타즈의 모습이 보였다.

"너였구나." 아타나즈가 소리쳤다.

"그 청년이잖아!" 은행장이 외쳤다.

"은행 금고를 몰래 열려고 한 거군!"

"엎친 데 덮친 격이로군!"

"몽유병 환자인가 봐." 누군가 말했다.

잠옷 차림으로 그곳에 모인 사람들은 부타르댕의 친척인 청년의 명예를 존중하는 뜻에서 그를 몽유병 환자로 간주하기로 했다. 그들은 그가 완벽한 자체방어 장치를 갖춘 금고에 죄 없이 희생되었다고 보고 그를 풀어주었다.

어둠 속에서 두 팔을 벌리고 걸어가다가 미셸의 손이 민감하고 까탈스러운 주식용 금고에 살짝 닿은 모양이었다. 즉각 일련의 안전장치가 가동되었다. 발밑의 바닥이 열리고 문들이 닫히고 전등이 켜졌다. 요란한 소리에 잠이 깬 직원들이 철제 우리가 내려와 있는 지하실로 달려왔던 것이다.

"이제 알았겠군. 밤중에 산책하러 올 데가 아니란 걸 말이오." 행장이 말했다.

미셸은 수치심에 휩싸여 대답할 말을 찾지 못했다.

"와! 이 장치의 성능은 정말 탁월하네요." 아나타즈가 감탄했다.

"여기서 끝나는 게 아니오. 우리에 갇혀 지하로 내려간 도둑은 용수철의 압력으로 그 우리채로 경찰국으로 넘겨지게 된다오!" 카스모다주가 대답했다.

'어쩌면 은행에 침입한 그 도둑에게 어떤 법조항을 적용해야 하는지까지 알고 있을지도 모르지!' 하고 미셸은 생각했다.

하지만 그는 그 생각을 입 밖에 내지 않고 비웃는 사람들을 헤치고 서둘러 자기 방으로 올라갔다.

캥소나가 '대원장' 꼭대기에서 모습을 나타내다

다음날 미셸은 직원들이 조롱하듯 수군거리는 가운데 부기실로 갔다. 그가 밤에 일으킨 소동은 입에서 입으로 전해져 사람들은 드러내놓고 그를 비웃었다.

반투명 유리로 된 궁륭형 천장이 있는 거대한 방이 나왔다. 방 한가운데에 외다리로 지탱되는 기계공학의 걸작품이라고 할 수 있는 받침대 위에, 대형 기념물인 은행의 대원장이 자리 잡고 있었다. 루이 14세보다 '대'라는 접두어가 더 잘 어울리는 원장이었다. 세로길이가 20피에(약 6.5미터)나 되었던 것이다. 천체망원경 같은 그 놀라운 기계장치를 이용해 원장을 자유자재로 수평 이동시킬 수 있었다. 정교하게 제작된 초경량 사다리 시스템이 필경사의 필요에 따라 상하로 오르내렸다.

가로 3미터의 하얀 종이면 위에 매일의 은행 업무가 3푸스(2.7센티미터) 크기의 글자들로 기록되어 있었다. 금빛 잉크로 쓰인 '각종 금고', '금고의 이모저모', '거래 금고' 같은 글자들이 그런 취향을 지닌 이들의 눈을 즐겁게 해주었다. 또한 거래사항이나 페이지가 다양한 빛깔의 글자들로 기록되어 있었다. 덧셈 자리 위에 쓰인 숫자들 중 프랑은 진홍색 글씨로 구별되어 기록되었고, 소수 셋째 자리까지 정확하게 계산된 상팀[1]은 진녹색으로 쓰여 있었다.

미셸은 대원장의 멋진 모습에 깜짝 놀랐다. 그는 캥소나 씨가 어디 있는지 물었다.

사람들이 높다란 사다리 위에 있는 남자를 가리켰다. 미셸은 회전 계단을 올라 대원장 위쪽에 이르렀다.

캥소나는 그 누구도 흉내 낼 수 없는 정확한 솜씨로 길이가 3피에(약 90센티미터)인 넘는 대문자 F를 쓰는 중이었다.

"캥소나 씨." 미셸이 그를 불렀다.

"죄송하지만 당신 이름을 밝혀주시겠습니까?" 필경사

---

1 centime: 프랑스 화폐단위. 1상팀은 1프랑의 100분의 1이다.

가 말했다.

"저는 뒤프레누아이라고 합니다."

"그러니까 당신이 바로 그 모험의 주인공이군요."

"그렇습니다." 미셸이 당당하게 대답했다.

"나쁜 뜻에서 한 말은 아닙니다. 당신에겐 죄가 없어요. 정말 도둑질을 하려 했다면 그런 식으로 일을 당하지는 않았을 테니까요. 내가 보기엔 그래요."

미셸은 상대방을 뚫어지게 응시했다. 이 사람이 지금 자신을 놀리는 것일까? 하지만 필경사의 진지한 표정에 미셸은 그런 추측을 접을 수밖에 없었다.

"제게 지시를 내려주시죠."

"지시를 내려달라니오?" 필경사가 물었다.

"제가 무슨 일을 하면 될까요?"

"바로 이겁니다. 일지의 각 항목을 분명한 어조로 또박또박 읽어주면 됩니다. 내가 대원장에 쓸 수 있도록 말입니다. 틀리게 불러선 안 됩니다. 명심하세요. 큰소리로 불러주세요. 실수가 있어선 안 됩니다. 잘못 쓰면 난 해고당한다고요."

더 이상 나눌 이야기가 없었으므로 두 사람은 일을 시작했다.

캥소나는 서른 살이었는데 지나치게 태도가 정중해 마

91

6장 캥소나가 '대원장' 꼭대기에서 모습을 나타내다

흔 살로 여겨질 정도였다. 하지만 그의 얼굴을 애써 뜯어
보지 않아도, 지나치게 정중한 태도 이면에 은근한 쾌활
함과 만만찮은 재기가 번득인다는 것을 알 수 있었다. 사
흘 동안 미셸이 파악한 바에 따르면 그러했다.

필경사의 우직성에 대한 명성은 은행 내에 말 그대로
자자했다. 사람들이 그에 대해 하는 말을 듣고 어리석은
이들은 질투심에 휩싸이기도 했다. 하지만 그의 정확성
과 아름다운 필체, 이 두 가지 자질에는 의심의 여지가
없었다. '바타데 서체'[2]에 있어서 그와 경쟁할 자가 없었
으며 '안팎을 뒤집어쓰는 '반전 서체'[3]에 있어서도 타의
추종을 불허했다.

그는 몹시 고지식한 사람이었다. 그의 유명한 비타협적
인 태도 덕택에 그는 사무원에게는 무척 귀찮은 두 가지
고역, 곧 국민군[4]과 배심원 의무를 면제받을 수 있었다.

그러니까 이 두 제도는 1960년까지도 건재하고 있었다.
캥소나가 배심원 의무와 국민군 의무를 면제받게 된

---

2 Grande Bâtarde: 고딕 서체 중 하나.
3 Anglaise Retournée
4 la Garde Nationale: 1789년의 프랑스 혁명 초기에 질서 유지와 자위를 목
   적으로 창설된 시민군. 정규군과는 별도로 운영된 조직으로 1871년까지 존
   속하였다. 21세기 들어 프랑스에서 테러리즘이 빈발하기 시작하면서 2016
   년 부활했다.

경위는 이러했다.

약 1년 전쯤 그는 배심원석에 앉았다. 사건은 중죄재판
으로 무척 심각했고 시일을 지나치게 오래 끌었다. 재판
은 8일 동안 계속되었다. 모두들 재판이 어서 끝나기를
고대했다. 이윽고 마지막 증인 심문만 마치면 재판이 끝
날 터였다. 하지만 사람들이 계산에 넣지 않은 것은 배심
원석에 캥소나가 앉아 있다는 사실이었다. 심문이 한창
진행되고 있을 때였다. 캥소나가 자리에서 일어나더니,
피고에게 한 가지 질문을 해도 되는지 판사에게 물었다.
판사는 허락했고 피고는 배심원의 질문에 대답했다.

"그렇다면 피고는 죄가 없는 게 분명합니다." 캥소나
가 큰소리로 말했다.

그 결과가 어떠했는지는 충분히 상상할 수 있으리라!
심리가 진행되는 동안 배심원은 자신의 견해를 발설하지
못하게 되어 있었고, 그런 일이 벌어지면 심리는 자칫 무
효로 돌아간다. 캥소나의 실수 때문에 그 사건은 다음 회
기로 넘어가게 되었다. 모든 것을 다시 시작해야 했다. 의
도한 바도 아니고 모르고 저지른 일이긴 했지만 골칫덩
이 배심원 캥소나의 실수 때문에 그 소송은 훨씬 길어지
고 말았다!

그렇다고 불운한 캥소나를 어떻게 비난한단 말인가?

6장 캥소나가 '대원장' 꼭대기에서 모습을 나타내다

그는 마음속 갈등에 시달리다가 실수로 그런 말을 입 밖에 낸 것이 분명했다. 자기도 모르게 생각이 입 밖으로 나온 것이다! 실수인 게 분명했지만 법정은 규정을 지켜야 했다. 이런 연유로 캥소나는 다시는 배심원석에 앉지 않을 수 있었다.

국민군 복무 의무를 면제받게 된 것은 다른 사건 때문이었다.

구청 문 앞에서 경비를 서라는 지시를 받자, 캥소나는 그 임무를 지나치게 심각하게 받아들였다. 초소 앞에서 무장을 하고 대기했다. 마치 적이 금방이라도 옆 골목에서 튀어나오기라도 할 것처럼 소총을 메고 방아쇠에 손가락을 갖다 댄 채 발포 태세를 취했다. 그 열성적인 경비병을 보려고 시민들이 앞다투어 모여들었다. 행인 몇몇은 악의 없는 웃음을 터뜨렸다. 그러자 낯가림이 심한 이 국민군은 화가 났다. 그는 한 행인을 체포했다. 이윽고 한 명이 두 명이 되고 세 명이 되었다. 경비를 선 지 두 시간 만에 초소는 체포된 시민들로 가득 찼다. 그것은 거의 소요에 가까운 사건이었다.

그렇다고 그를 어떻게 비난하겠는가? 그는 자신의 의무를 충실히 수행했을 뿐이었다. 무장을 한 자신을 모욕했다고 여긴 것이다! 그는 군기를 종교처럼 중시했다. 두 번째 경비를 설 때에도 같은 일이 벌어졌다. 그의 열성과 격정을 가라앉히기란 불가능했다. 어쨌든 그런 자질은 존경할 만했다. 그리하여 그는 국민군 의무를 면제받게 되었다.

요컨대 캥소나는 좀 모자란 사람으로 통했다. 그런데 바로 그런 이유 덕분에 그는 배심원 의무와 방위군 복무 의무를 면제받게 된 것이다.

이 중요한 두 가지 부역에서 해방된 캥소나는 견본책에 글씨를 쓰는 필경사 일을 시작했다.

미셸이 그에게 일지의 내용을 불러준 지 한 달이 되었다. 그 일은 어렵지는 않았지만 잠시도 쉴 틈이 없었다. 캥소나는 글씨를 쓰면서, 대원장의 항목을 열정적으로 낭독하는 청년에게 감탄의 눈길을 보내곤 했다.

'재미있는 친구인걸. 이런 일을 할 사람이 아닌 것 같아. 부타르댕가의 친척인 저 청년을 왜 이 자리에 배치했을까? 나를 밀어내려고? 그럴 리가! 그의 글씨는 부엌 고양이가 쓴 것 같은걸! 이 청년, 정말 바보인지도 모르지! 아니, 편견은 갖지 말자.'

미셸 역시 같은 생각을 했다.

'이 캥소나라는 사람은 진짜 재능을 숨기고 있는 게 분명해! 날이면 날마다 F자나 M자를 쓰기 위해서 태어난

사람 같지는 않잖아! 저 사람 가슴에 간직한 이야기를 들을 때가 오겠지! 그는 무슨 생각을 하고 있을까?'

대원장 위에서 함께 일하는 두 사람은 그렇게 서로를 관찰했다. 명료하고 솔직한 눈빛으로 서로를 대할 때가 올 터였다. 그런 날이 머지않으리라. 캥소나는 미셸에게 이런저런 걸 묻고 싶어서 안달이 났고, 미셸은 미셸대로 캥소나와 대화를 나누고 싶어서 미칠 지경이었다. 어느 날 미셸은 충동에 떠밀려 자기 이야기를 털어놓기 시작했다. 그는 오랫동안 억눌러둔 감정을 토로하며 열정적으로 이야기를 했다. 캥소나는 크게 감동한 듯했다. 그는 어린 동료의 손을 열정적으로 잡았다.

"그럼 당신 부친은 어떤 분이셨습니까?" 캥소나가 물었다.

"음악가셨어요."

"뭐라고요! 우리 시대 마지막으로 자부심에 차서 곡을 작곡한 그 뒤프레누아이 선생이 당신 아버지시군요!"

"그분이 바로 내 부친이세요."

"그분은 천재셨지요. 안타깝게도 대중의 인정을 받지는 못했지만 말이에요. 미셸, 그분은 내 스승이에요. 내 스승이라고요!"

"당신 스승이라고요!" 미셸이 깜짝 놀라 외쳤다.

"그래요, 맞아요!" 캥소나가 펜을 흔들어대며 말했다. "꽁꽁 묻어놓은 사실 하나 알려주지요! '이오 손 픽토르 (나는 화가의 아들이에요)!' 나 자신은 음악가이고요."

"예술가시군요!" 미셸이 외쳤다.

"그래요! 하지만 그리 대단한 음악가는 못 돼요! 그런 호칭은 정중히 사양합니다." 캥소나가 깜짝 놀라는 청년 을 진정시키며 말했다.

"하지만……."

"여기서는 필경사지요. 그러니까 필경 일이 음악을 먹 여 살리는 셈이에요. 하지만 때가 오면……."

그는 말을 멈추고 미셸을 뚫어져라 바라보았다.

"그러니까!" 하고 미셸이 다시 입을 열었다.

"그러니까 내 머릿속에 실제로 아이디어가 떠오르면 말이에요."

"사업에 관한 아이디어 말이군요!" 미셸이 실망한 기 색으로 말했다.

"아니에요, 미셸! 음악에 관한 거예요." 캥소나가 너그 러운 어조로 말했다.

"음악에 관한 거라고요?"

"쉿! 더 이상 묻지 마세요! 비밀이에요! 난 이 시대를 놀라게 하고 싶어요! 웃지 마세요. 심각한 것만 좋아하는

6장 캥소나가 '대원장' 꼭대기에서 모습을 나타내다

이 시대에서 웃음은 사형 선고를 받은 거나 다름없으니까요!"

"이 시대를 놀라게 하겠다고요?" 미셸이 기계적으로 중얼거렸다.

"그게 내 목표예요. 기필코 세상을 놀라게 하고야 말겠어요. 요즘 사람들은 더 이상 매혹당하지 않으니까요! 나도 당신처럼 100년 전에 태어났어야 할 사람이에요. 내 본을 받아요. 나처럼 일을 하라고요. 생활비를 버세요. 결국 모든 건 그 속된 문제로 귀착되죠. 먹고산다는 것 말이에요! 원한다면 당신에게 인생이 뭔지 분명히 알려줄게요. 지난 15년 동안 나는 아쉬운 대로 나 자신을 먹여 살려왔어요. 운명이 내 입속에 넣어주는 것을 씹어먹으려면 튼튼한 치아가 필요하죠. 하지만 이 대신 턱으로 그럭저럭 해나가고 있는 셈이에요! 다행히 직업이라고 할 만한 걸 갖게 된 거예요. 사람들 말대로 내 글씨체는 꽤 괜찮아요. 제기랄! 내가 손이 하나뿐이었다면 어떻게 되었을까요! 뭘 할 수 있었을까요? 피아노도, 대원장도 없었을 거예요. 맙소사! 이런 시대에 발로 뛰어야 했을 거라고요! 이런! 이런! 그래요! 이 시대를 놀라게 할 사람이 여기 있어요."

미셸은 웃음을 터뜨리지 않을 수 없었다.

"웃지 마세요, 딱한 친구 같으니라고! 카스모다주 은행에서 웃음은 금지된 행위예요! 보세요! 내 표정은 돌멩이라도 쪼갤 듯 단단하고, 태도는 7월에도 튈르리 정원의 분수 물을 얼게 할 듯 차갑잖아요! 과거 미국의 자선가들이 포로를 가두어두는 지하 감옥을 둥글게 만들려고 했다는 사실을 잊지 마세요. 포로들에게 네 귀퉁이 중 하나로 몸을 피하는 여유조차 주지 않으려고 말이에요. 그런데 미셸, 오늘날 우리 사회는 바로 그 둥근 감옥 같아요. 별다른 이유 없이 끔찍하다고요!"

"하지만 당신 마음속 깊은 곳에는 기쁨이 자리 잡고 있는 것 같은데요……." 미셸이 말했다.

"여기서는 그렇지 않아요. 하지만 집에 가면 그렇지요. 내 집에 놀러오세요! 당신에게 멋진 음악을 들려줄게요! 옛 음악 말이에요!"

"초대해 주시면 언제라도 가겠습니다. 그런데 그럴 틈이 나야 할 텐데요……." 미셸이 쾌활하게 대답했다.

"좋아요! 윗선에다 낭독 수업을 해야 한다고 핑계를 대죠. 지금 여기서 이런 대화를 이어나가는 건 위험해요! 여기서 나는 톱니바퀴의 일부고 당신 역시 그러니까요. 이제 일합시다. 신성한 부기 작업으로 돌아가자고요."

"각종 금고." 미셸이 낭독했다.

"각종 금고." 캥소나가 복창했다.

다시 일이 시작되었다. 미셸 뒤프레누아이의 생활은 그날부터 완전히 달라졌다. 친구가 생긴 것이다. 그는 친구와 대화하고 스스로를 이해시킬 수 있었다. 벙어리가 말을 할 수 있게 된 것처럼 행복했다. 이제 그에게 대원장의 꼭대기는 황량한 산봉우리가 아니었다. 그는 그곳에서 평온을 누릴 수 있었다. 얼마 지나지 않아 두 사람은 서로 말을 놓게 되었다.

캥소나는 미셸에게 자신이 겪은 온갖 일을 들려주었다. 미셸은 밤잠을 설치면서 이 세계를 전복시킬 것을 꿈꾸었다.

아침이면 그는 밤 동안 했던 생각에 고무된 채 은행에 출근해 음악가에게 그 이야기를 들려주었다. 캥소나는 그의 말을 막지 않았다.

얼마 지나지 않아 대원장 작업에 차질이 생겼다.

"이러다간 우리 큰 실수를 하게 될 것 같아. 그러면 둘 다 쫓겨날 거야." 그럴 때마다 캥소나가 말했다.

"하지만 내겐 이런 대화가 너무나도 필요한걸." 미셸의 대답이었다.

"오늘 저녁 우리 집에 와서 저녁 식사를 하는 게 어떨까. 내 친구 자크 오바네도 초대할게." 어느 날 캥소나가 말했다.

"당신 집에서! 하지만 허락을 받아야 하잖아?"

"내가 윗선에 말할게. 우리 어디 할 차례지?"

"결제 금고." 미셸이 불러주었다.

"결제 금고." 캥소나가 복창했다.

6장 캥소나가 '대원장' 꼭대기에서 모습을 나타내다

7장

사회에 불필요한 세 종류의 사람들

✳

　퇴근 후 두 친구는 그랑주오벨가에 있는 캥소나의 집으로 향했다. 그들은 서로 팔짱을 끼고 걸었다. 미셸은 자유로운 시간을 갖게 되어 기뻤다. 그는 기운찬 발걸음을 내딛었다.

　은행에서 그랑주오벨가까지는 먼 거리였다. 하지만 파리 시내에 거주하려면 것은 비용이 많이 들었다. 시민 500만 명을 수용하기에는 파리가 너무 좁았다. 광장을 넓히고 거리를 만들고 대로를 새로 냈으므로 특히 주거지 부족이 심각해졌다. 파리에 집들은 없고 길뿐이라는 말이 그런 상황을 잘 대변했다.

　시내의 어떤 구역에는 일반 주택이 단 한 채도 없는 곳도 있었다. 시테섬에는 상사재판소, 법원, 경찰청, 대성당, 시체 공시장 외에는 다른 건물이 없었다. 다시 말해서 파산선고를 받는 곳, 법 집행이 확정되는 곳, 투옥이 결정되는 곳, 부활하는 곳, 땅에 묻히는 곳이 있을 뿐이었다. 공공건물들로 인해 일반 주택을 지을 자리가 부족해졌다.

그런 상황으로 미루어 오늘날 파리의 집세가 지나치게 비싼 것을 이해할 수 있었다. 크레디 퐁시에와 공동 출자로 파리의 땅 거의 전부를 소유하고 있는 '제국부동산공사'는 높은 이익배당 실적을 올리고 있었다. 19세기 유능한 재정가였던 페레르 형제에 의해 세워진 이 회사는 리옹, 마르세유, 보르도, 낭트, 스트라스부르, 릴 같은 프랑스 주요도시의 땅도 소유하고 있었다. 이 회사의 주가는 다섯 배 올라 증권거래소에서 4,450프랑을 호가했다.

일하는 곳에서 멀리 떨어져 살고 싶진 않은데 돈이 없는 사람들은 높은 곳에 사는 것을 감수할 수밖에 없었다. 그들은 가까워서 얻는 장점을 올라가야 한다는 단점으로 상쇄했다. 이 경우 문제는 오가는 데 걸리는 시간이 아니라 쌓이는 피로에 있었다.

캥소나의 집은 13층이었다. 층계로 올라가야 하는 낡은 건물이었다. 승강기가 있었다면 좋았을 터였다. 하지만 일단 집에 들어오면 캥소나는 그런 것을 불편하게 여기지 않았다.

그랑주오벨가에 도착한 그는 나선형 계단을 뛰어오르기 시작했다.

"혹시 끝없이 올라가야 하는 게 아닐까 하고 걱정하지마!" 자신을 따라 빠르게 층계를 오르는 미셸에게 그가 말했다. "결국은 도착하니까 말이야! 이 세상에 영원한 건 없어. 계단도 그래. 봐, 다 왔잖아." 그가 숨을 헐떡이며 자기 집 문을 열었다.

그는 청년을 '그의 아파트', 16제곱미터의 원룸 안으로 들어오게 했다. 가로세로 16미터의 원룸 아파트였다.

"곁방 같은 건 없어! 부탁 같은 걸 받지 않을 수 있어서 유리하지. 사람들은 뭔가를 부탁하기 위해 13층까지 올라오지는 않으니까. 계단을 많이 올라와야 하는 건 좀 그렇지만, 그래서 나는 그런 귀찮은 이들을 만나지 않고 지낼 수 있어. 거실도 없애버렸어. 식당이 없다는 사실이 강조되는 것 같아서 말이야." 그가 미셸에게 말했다.

"당신이 살기에 아주 좋아 보이는걸." 미셸이 말했다.

"공기도 좋아. 파리 시에서 보내는 폐기물에서 암모니아가 발생하긴 하지만 말이야."

"처음 와서 그런지 좀 좁아 보이긴 해." 미셸이 말했다.

"두 번째로 와도 그럴 거야. 하지만 내게는 충분해."

7장 사회에 불필요한 세 종류의 사람들

"정리가 아주 잘되어 있는걸." 미셸이 웃으면서 말했다.

"그런데 아주머니, 저녁 준비는 다 되어가나요? 곧 도착할 친구까지 해서 우리 셋은 지금 몹시 배가 고프답니다." 그때 아파트 안으로 들어온 중년 여자에게 캥소나가 말했다.

"다 됐습니다, 캥소나 씨. 하지만 식탁이 없는데 어디에 차릴까요?" 여자가 물었다.

"식탁이 없어도 괜찮아요!" 바닥에 주저앉아 저녁을 먹는다는 생각에 장난기가 발동한 미셸이 외쳤다.

"그게 무슨 말인가! 식탁이 없어도 괜찮다니! 내가 식탁도 없이 친구들을 초대했을 것 같나!" 캥소나가 항의했다.

"하지만 식탁이 없는 건 맞잖아……." 미셸이 주위를 둘러보며 말했다.

실제로 방 안에는 테이블도 침대도 벽장도 서랍도 의자도 보이지 않았다. 가구라고는 전혀 없었다. 멋진 피아노 한 대가 놓여 있을 뿐이었다.

"드러나 보이진 않지. 하지만 말이야! 산업이라는 훌륭한 어머니에게 기술이라는 멋진 딸이 있다는 걸 잊었어? 여기 우리에게 필요한 테이블이 있어." 캥소나가 대답했다.

캥소나가 피아노로 다가가 버튼을 눌렀다. 말 그대로였다. 세 사람이 편안히 앉을 수 있는 의자까지 갖추어진 테이블이 펼쳐졌다.

"정말 멋진걸." 미셸이 감탄했다.

"이런 방법을 동원하지 않을 수 없었어. 공간이 작아서 가구들을 따로따로 들여놓을 수가 없었거든! 이 다용도 장치 좀 봐. 에라르와 장셀므[1]가 함께 만든 걸세. 여러 기능을 갖고 있으면서도 장소를 많이 차지하지 않아. 그렇다고 피아노 성능이 떨어질 거라고 속단하진 마."

그때 현관 벨이 울렸다. 캥소나가 문을 열어주었다. 해저광산공사에서 일하는 그의 친구 자크 오바네였다. 미셸과 자크는 격의 없이 서로를 소개했다.

자크 오바네는 잘생긴 스물다섯 살의 청년으로 캥소나와 아주 친한 사이였고, 캥소나만큼이나 시대에 뒤처진 인물이었다. 미셸은 해저광산공사가 무슨 일을 하는 곳인지 알지 못했다. 자크는 몹시 배가 고픈 듯했다.

---

1   프랑스의 피아노, 하프 제조자 에라르(Sébastien Érard, 1752~1831)와 19세기 프랑스의 가구 제조 가문 장셀므. 쥘 베른은 피아노 제작자 에라르와 합작해 다용도 피아노를 상상해냈다. 실제로 1866년 침대, 받침, 서랍 달린 책상, 물병과 세면기가 달린 화장대, 바느질 상자, 거울, 테이블, 작은 서랍장으로 변모할 수 있는 '밀워드'라는 발명품이 특허를 받았는데 이로부터 영감을 받은 듯하다.

다행히 바로 식사가 준비되었다. 세 청년은 왕성한 식욕으로 식사를 하기 시작했다. 이윽고 여유가 생기자 그들은 식사를 이어가며 이야기를 시작했다.

"이봐 자크, 우리와 같은 부류인 미셸 뒤프레누아이를 네게 소개하고 싶었어. 이 친구는 안타깝게도 이 사회에서 자기 소질에 맞는 일자리를 구할 수가 없어. 먹고 살길이 막막한, 이 사회에 불필요한 부류라고 할 수 있지."

"아! 뒤프레누아이 씨는 몽상가인 모양이구나." 자크가 말했다.

"이 친구는 시인이야, 자크! 그러니 이 사회에서 무슨 일을 할 수 있겠어? 돈 버는 것이 인간의 제일가는 의무인 지금 세상에서 말이야!"

"네 말이 맞아. 요즘 세상에 태어난 게 잘못 같아." 자크가 대답했다.

"두 분 말씀이 내 기운을 북돋워주는 것 같진 않네요. 하지만 저를 과대평가하시는 것 같은데요." 미셸이 말했다.

"이 친구는 좋은 책을 쓰고 싶어 해. 좋은 작품을 쓰기 위해 노력하고 그런 작품들에 열광하지. 위고나 라마르틴, 뮈세의 작품이 더 이상 읽히지 않는 이 시대에 그런 작품이 읽히기를 간절히 바라다니. 가엾은 미셸, 너 실용적인 시를 쓸 수 있겠어? 수증기나 순간 브레이크를 대체할 문학 작품을 쓸 수 있겠느냐고. 그럴 수 없다고? 그렇다면 네 재능은 녹슬고 말 거야, 미셸, 놀라움을 불러일으키지 않는다면 누가 네 말에 귀를 기울이겠어? 영향력없는 예술은 이제 성공할 가능성이 없어. 위고가 이 시대에 살았다면 서커스용 말을 타고 달리며 《동방시집》을 암송했을걸. 라마르틴은 〈화음〉을 묘기용 그네에 거꾸로 매달려 낭송했을 거라고!"

"그런 터무니없는 예를 들다니!" 미셸이 펄쩍 뛰며 소리쳤다.

"진정해, 미셸. 내 말이 틀린지 자크에게 물어봐!" 캥소나가 말했다.

"백번 옳은 말이에요. 지금 이 세상은 거대한 시장일 뿐이에요. 곡예사의 소극으로 모인 사람들을 즐겁게 해줘야 하죠." 자크가 대답했다.

"가엾은 미셸, 라틴어 시 부문 일등상을 받은 후 벌어진 사태에 얼마나 속상했을까!" 캥소나가 한숨을 내쉬며 말했다.

"무슨 뜻으로 하는 말이야?" 청년이 물었다.

"아무것도 아니야, 미셸! 요컨대 그건 네 운명이니까 말이야! 넌 위대한 시인이야! 난 네 작품을 읽었어. 다만 그게 이 시대의 취향에 어울리지 않는다고 말할 수 밖에 없는 걸 이해해줘."

"어떤 점에서 그런데?"

"논란의 여지가 없어. 넌 서정적인 소재를 다루지. 하지만 요즘은 시에서 그런 걸 다루지 않아! 넌 평원과 골짜기, 구름, 별, 사랑 같은 한물 간 것들을 노래한다고. 지금 사람들이 더 이상 원하지 않는 것들을 말이야!"

"그럼 어떤 것에 대해 써야 하는데?" 미셸이 물었다.

"네 시로 경이로운 산업 발전을 칭송해야 해!"

"도저히 그럴 순 없어!" 미셸이 대답했다.

"캥소나 말이 맞아요." 자크가 동의했다.

"자, 한 달 전 아카데미 프랑세즈 회원 40명이 어떤 서정시를 뽑은 줄 알아?" 캥소나가 물었다.

"아니!"

"그럼 좋아! 듣고 참고해! 마지막 두 연이 이렇거든.

거대한 보일러의 작열하는 튜브 속에서
석탄은 불을 뿜는 불꽃을 지니고 있도다!
이 달아오른 괴물을 당할 자 누구랴!
이 기계는 전율하는 표면 아래서 포효하리니,
수증기와 더불어 80마력의 힘으로 나아간다.

운전사가 육중한 기어의 레버를 넣네.

이중 피스톤의 활판이 열리네!

두꺼운 실린더 속으로 빠르게 소리 내며 움직이며

바퀴가 돌아간다! 속도가 붙는다!

경적이 울린다! ……크램튼 시스템 기관차 만세!

"정말 끔찍해." 미셸이 소리쳤다.

"운은 잘 맞는걸." 자크가 말했다.

"자, 미셸! 넌 네 재능으로 먹고살지 않아도 되는 상황을 만들어야 해. 앞날을 기약하고 우리를 본받으라고. 우리는 엄연한 현실을 받아들여야 했어."

"자크 씨 역시 그 일을 몹시 싫어하지만 먹고살 돈을 벌기 위해 하는 건가요?" 미셸이 물었다.

"자크는 회사에서 발송 업무를 맡고 있어. 그 일은 유감스럽게도 저 친구가 하고 싶은 일이 아니야!" 캥소나가 대답했다.

"그럼 자크 씨가 정말 하고 싶은 일은 뭔데요?" 미셸이 물었다.

"캥소나는 내가 군인이 되고 싶어 한다는 말을 하고 싶은 거예요!"

"군인이라니!" 청년이 놀라서 외쳤다.

"그래요, 군인! 멋진 직업이죠. 불과 50년 전만 해도 그 직업으로 명예롭게 생계를 유지할 수 있었지요!"

"사람들이 그 직업을 그렇게 타락시키지 않았다면 말이야. 요컨대 군인은 이제 직업으로서는 끝장났어. 이젠 군대란 게 존재하지 않으니까. 헌병이 될 수는 있겠지. 다른 시대에 태어났다면 자크는 사관학교에 들어갔을 거야. 아니면 전쟁에 나가 승리하든 패배하든 했겠지. 보나파르트처럼 황제가 되거나 튀렌처럼 장성이 될 수 있었을 거라고! 하지만 이제 그런 희망은 포기해야 해." 캉소나가 말했다.

"흠! 또 모르잖아! 프랑스, 영국, 러시아, 이탈리아가 자국 군대를 해산시킨 건 사실이야. 완벽한 무기를 만들고자 애썼던 지난 시대와는 전혀 다르지. 프랑스가 좋은 무기 같은 걸 우습게 여기게 되었다니 정말 어이없는 일이야⋯⋯." 자크가 대답했다.

"그러니까 국가가 웃으면서 군비를 철폐한 거야." 캉소나가 말을 받았다.

"맞아! 고약한 웃음이지! 조금 전 말한 것처럼 오스트리아를 제외한 모든 유럽 나라가 군대를 없애버렸지! 하지만 그렇다고 전쟁의 본능까지 없앨 수 있을까? 정복의 본능 말이야."

"당연히 없앨 수 있지." 캥소나가 말했다.

"어째서?"

"그런 본능이 존재하는 건 그것을 만족시킬 가능성이 있을 때뿐이거든. 옛말에 무장된 평화는 전쟁에 이르지 않는다고 했어. 화가가 없다면 그림은 더 이상 존재하지 않아! 조각가가 없다면 조각은 존재하지 않고 음악가가 없다면 음악이 없는 것처럼. 마찬가지로 전사가 없으면 전쟁도 없어! 그러니 이 시대의 군인은 예술가와 같은 부류라고."

"맞아! 그렇고말고! 나도 지금 하는 일 같은 끔찍한 일을 계속 하느니 차라리 군대에 자원입대하고 싶어." 미셸이 소리쳤다.

"이런! 네가 군대에 입대한다고, 미셸? 어쩌다가 싸우는 걸 좋아하게 된 거지?" 캥소나가 물었다.

"싸움은 정신을 고양시키잖아. 지난 세기 최고의 사상가였던 스탕달에 따르면 말이야."

"맞아! 그런데 칼을 휘두르는 데 필요한 정신은 어떤 걸까?" 피아니스트가 다시 물었다.

"칼을 잘 쓰기 위해서는 고도의 계산이 필요해." 자크가 대답했다.

"공격의 칼을 받아내기 위해서는 더 높은 단계의 숙고

가 필요하고! 물론 어떤 관점에서는 너희 둘의 관점이 옳을 수도 있어. 나도 너희들에게 군인이 되라고 격려할 수 있고. 군대가 아직 남아 있기만 하다면 말이야. 철학을 어느 정도 겸비한다면 군인이란 좋은 직업이 될 수 있지! 하지만 샹 드 마르스가 학교로 바뀐 지금 군인이 되겠다는 생각은 포기하는 게 좋아." 캥소나가 응수했다.

"혹시 그런 날이 다시 올지도 몰라. 언젠가 뜻밖에 전투가 벌어진다면……." 자크가 반박했다.

"내 생각은 달라, 이 고지식한 친구야. 진정한 싸움이라는 개념이 이미 사라져버렸어. 명예에 대한 개념도 마찬가지고. 과거 프랑스인들은 조롱거리가 되는 것을 두려워했지. 알다시피 그들은 명예를 걸고 결투를 했잖아! 요즘 사람들은 더 이상 결투 같은 걸 하지 않아. 싸운다는 건 이제 한물 간 유행 같은 거야. 사람들은 타협을 하든가 소송을 제기해. 명예 때문에 싸우지 않는 이들이 정치 때문에는 싸울 것 같아? 개인이 더 이상 손에 칼을 잡지 않는데, 정부가 왜 칼집에서 칼을 빼겠어? 이제는 결투의 시대에 그랬던 것처럼 전투가 자주 벌어지는 일은 없을 거야. 결투자도 없고 군인도 없는 거지."

"오! 결투자도 군인도 다시 생기기를." 자크가 말했다.

"어떤 점에서 보면 국적이 다른 사람들이 반목하기보

다 상업적인 유대로 인해 오히려 긴밀하게 연결될걸! 영국인, 러시아인, 미국인들이 자기네 수표와 루블화, 달러화를 갖고 프랑스 회사에 이미 들어와 있잖아! 이젠 돈은 납으로 만들지 않아. 목화송이가 금속 탄환을 대신했다고! 생각해봐, 자크! 영국인들이 우리 자국민들에겐 없는 권리 조항을 이용해 점차 프랑스의 부동산 소유를 늘려 이제는 엄청난 땅을 갖고 있잖아? 그들은 드넓은 프랑스 땅을 소유하고 있어. 거의 몇 개 지역 전체에 이르는 면적일 거야. 이제는 땅을 전쟁으로 정복하는 것이 아니라 돈으로 사는 거야. 훨씬 확실한 방법이지! 우리는 그런 일에 주의를 기울이지 않고 방심했어. 조만간 그들은 우리 땅을 모두 갖게 될지도 몰라. 정복왕 윌리엄 1세에게 당한 것을 그런 식으로 설욕하는 거지."

"친애하는 캥소나, 내가 지금 하는 말 잘 기억해둬. 그리고 당신도 내 말 잘 들으세요. 이건 이 시대의 신앙고백 같은 거니까요. 19세기 사람들은 '몽테뉴의 영향 아래 라블레를 읽으며 나는 무엇을 아는가?'라고 물었어요. 하지만 오늘날 사람들은 '그게 무슨 이익이 있지?'라는 말을 달고 살죠. 따라서 혹시 전쟁이 사업만큼 이익이 된다면 틀림없이 다시 벌어질 거예요." 자크가 말했다.

"내 말이 그 말이라니까! 지금은 전쟁은 한다 해도 아무 이익이 없어. 특히 프랑스에서는 말이야."

"내가 이렇게 말하는 건 프랑스에서는 사람들이 아직도 명예를 위해 싸우기 때문이야. 돈을 위해 싸우지 않고 말이야." 자크가 응수했다.

"그렇다면 대담한 상인들이 군대를 만들 거라는 거야?"

"물론이지. 1863년 미국인들이 벌인 그 끔찍한 전쟁[2]을 좀 봐."

"네 말이 맞네! 자크, 전쟁을 금전적인 동기에서 하게 되면 군대를 구성하는 건 군인이 아니겠지. 후안무치한 도둑들로 이루어지겠지!"

"어쨌든 그 군대는 기적적인 수입을 올릴걸." 자크가 말했다.

"도둑들의 기적이겠지." 캥소나가 말했다.

세 청년은 웃음을 터뜨렸다.

"결론적으로 말해서 미셸 이 친구는 시인, 자크 넌 군인, 나 캥소나는 음악가야. 그런데 지금 세상에는 더 이상음악이 없고 시가 없고 군대가 없어! 우리 셋은 정말이지 어리석은 부류의 인간들이야. 이제 식사가 끝났어. 적어

---

2 미국의 남북전쟁을 말한다.

도 이 식사 덕분에 중요한 대화를 나눌 수 있었네. 이제 그만 하자고." 캥소나가 말했다.

좁은 틈을 통해 테이블이 모습을 감추고 피아노가 멋진 모습을 되찾았다.

옛 음악과 현대 음악,
그리고 몇몇 악기의 실제 연주

✳

"이제 음악을 좀 듣게 되나 보네." 미셸이 말했다.

"난 현대 음악은 싫어. 너무 어려워……." 자크가 말했다.

"이해하기는 어렵지. 하지만 연주하긴 쉬워." 캥소나가 말했다.

"그게 무슨 뜻이야?" 미셸이 물었다.

"설명해줄게. 확실한 예를 들어 증명할게. 피아노 뚜껑 좀 열어줘." 캥소나가 말했다.

미셸이 그의 말을 따랐다.

"좋아, 이제 건반 위에 올라가 앉아."

"뭐라고? 그게 무슨……."

"일단 앉아보라니까."

미셸은 피아노 건반 위에 주저앉았다. 귀를 때리는 듯한 굉음이 들려왔다.

"지금 네가 한 게 뭔지 알아?" 캥소나가 물었다.

"도대체 네가 지금 무슨 말을 하는 건지 모르겠는걸."

"순진하기는, 넌 지금 현대음악을 연주한 거야."

"듣고 보니 정말 그렇군!" 자크가 감탄했다.

"이게 이 시대의 화음이라고! 끔찍한 건 오늘날 학자들이 이걸 과학적으로 설명하려 든다는 거야. 과거에는 서로 어울리는 특정 음들로 화음을 만들었어. 하지만 어느 순간 사람들은 어떤 음이든 가리지 않고 섞어버렸고, 그것을 더 이상 거슬려하지 않게 되었지! 그렇게 마구 대하기에는 너무 고상한 음들을 말이야."

"하지만 이것도 그렇게 듣기 괴롭진 않은걸." 자크가 응수했다.

"도대체 무슨 말을 하고 싶은 거야, 친구, 우리는 어쩔 수 없이 이런 상황에 이르렀어. 지난 세기 제대로 박해받지 않은 그리스도 같은 존재인 리하르트 바그너는 미래의 음악을 창조했어. 그리고 우리는 그걸 참고 들었지. 지금의 음악은 그의 작품에서 멜로디를 없애고 하모니를 빼버린 것과 다름없어. 아무것도 남지 않은 거지."

"그러니까 데생이나 색채 없이 그림을 그리는 거 같은 거군." 미셸이 말했다.

"정확한 비유야. 네가 지금 그림 이야기를 했지만 그림이라는 예술은 프랑스에서 나온 것이 아니라 이탈리아와 독일에서 온 거야. 그러니까 그림이 타락한 건 차라리 참을 수 있어. 하지만 음악은 우리 프랑스의 것 아닌가." 캥소나가 말했다.

"내 생각엔 음악은 원래 이탈리아에서 온 거 같은데!" 자크가 말했다.

"네가 잘못 안 거야, 자크. 16세기 중반까지 프랑스 음악은 유럽을 지배했어. 구디멜[1] 같은 이는 팔레스티나의 스승이었지. 그리고 갈리아족[2]의 노래는 인류의 멜로디 중에 가장 오래되고 순박하지."

"그런데 이런 지경이 된 거군." 미셸이 말했다.

"맞아, 미셸. 새로운 형식이라는 구실로 음악회 전체를 단조롭고 한없이 늘어지는 하나의 긴 악절로 채워버린다고. 오페라 극장에서 열린 어떤 음악회는 저녁 여덟 시에 시작해 자정 10분 전에 끝난 적도 있어. 5분만 더 길어졌

---

1 Claude Goudimel(1510년경~1572): 프랑스의 작곡가. 신교도였고 1572년 성바르텔레미대학살 때 리용에서 살해당했다.
2 옛 프랑스 민족.

어도 극장 사무실에 벌금을 내고 관리비용을 두 배로 지
불해야 했을 거라고!"

"청중이 항의하지 않았어?"

"미셸, 사람들은 더 이상 음악을 음미하지 않아. 그냥
꿀떡 삼킬 뿐이야! 그런 시류에 저항하는 몇몇 예술가들
이 있었지. 네 부친은 많은 일을 하셨어. 하지만 그가 죽
은 후에는 음악이라고 할 만한 게 없어. 우리는 김빠지고
산만하고 흐리멍덩하고 불쾌한 〈원시림의 멜로디〉를 참
고 듣든가. 깨지는 듯한 굉음을 속수무책으로 견디든가
해야 해. 조금 전 네가 피아노 위에 앉아 들려준 인상적
인 음악 같은 것 말이야."

"무시무시한 일이군." 자크가 대답했다.

"그뿐이 아니야, 친구들아, 우리 귀가 얼마나 큰지 깨
달아야 해." 캥소나가 다시 말했다.

"별로 안 큰 것 같은데." 자크가 반박했다.

"아니, 크다니까! 그림이나 조각에서 표현된 고대인이
나 중세인의 귀 크기와 비교하면 깜짝 놀라 겁에 질릴걸!
우리의 몸은 점점 줄어들고 귀는 차츰 커져왔다는 것을
알 수 있거든. 언젠가는 대단해질걸! 하지만 말이야, 친
구들아, 오늘날 자연과학자들은 이런 퇴행적 변화의 원
인을 엉뚱한 데서 찾고 있어. 우리의 귀가 그렇게 된 것

은 바로 음악 때문인데 말이야. 우리는 소리가 고막을 딱딱하게 하고 청각을 괴롭히는 시대에 살고 있어. 베르디나 바그너 같은 음악가가 설치는 시대에서 청각이 제대로 기능하려면 그 정도의 위험을 감수해야겠지."

"캥소나, 네 독설은 정말 굉장하구나." 자크가 말했다.

"하지만 오페라 극장에서 상연하는 작품 중에는 과거의 결작들도 있잖아." 미셸이 반박했다.

"나도 알아. 그런데 그건 오펜바흐의 결작 〈지옥의 오르페우스〉를 구노가 레시터티브[3]를 도입해 재해석한 것과 비슷해. 그런 게 어느 정도 호응을 얻는 이유는 발레 덕분이야. 이 친구들아, 세련된 대중이 필요로 하는 건 바로 춤이라고! 2,000만 프랑짜리 기념관을 지어 그곳에서 왈츠를 추는 무도회가 열렸을 때 너희도 귀족으로 태어났으면 좋았을 걸 하는 생각이 들었을 거야. 사람들은 〈위그노 교도들〉[4]을 단막극으로 만들고, 그 개막 공연에 현대 발레를 곁들였지. 공연자들은 알몸처럼 보이도록 하려고 반투명 타이즈를 신었어. 자본가들은 그것을 보고 즐거워했고. 오페라 극장이 증권거래소 같은 곳이

---

3 recitative: 오페라 등에서 대사를 말하듯이 노래하는 형식.
4 *Les Huguenots*: 독일의 작곡가 자코모 마이어베어(1791~1864)가 1836년 작곡한 오페라.

된 거지. 그 안에서 사람들은 목청 높여 소리를 지르기도 해. 큰소리로 거래가 이루어지지. 음악 같은 것에는 크게 신경을 쓰지 않는 거야! 우리끼리 하는 얘기지만 사실 공연에도 미흡한 점이 있기는 해." 캥소나가 말했다.

"미흡한 게 많지. 가수들은 노래를 하는 게 아니라 힝힝대고 고함치고 울부짖는 것 같아. 무슨 동물원에 온 것 같다니까!" 자크가 응답했다.

"오케스트라는 또 어떻고. 연주자들이 악기 연주로 제대로 된 밥벌이를 할 수 없게 되자 모든 게 엉망이 되어버렸잖아! 음악가라는 직업은 실리적이지 못해! 아! 우리가 피아노 페달을 밟는 힘을 탄광의 배수장치에 이용할 수 있다면 좋을 텐데! 또한 관악기에 불어넣는 입김을 지하터널공사의 풍차를 돌리는 데 쓸 수 있다면! 트롬본의 왕복 운동을 제재소의 전기칼에 적용시킬 수 있다면. 오, 그렇다면 연주자들은 부자가 되고 그 수도 많아질 텐데!" 캥소나가 다시 말했다.

"무슨 그런 끔찍한 농담을." 미셸이 소리쳤다.

"제기랄, 앞으로 어떤 재능 있는 발명가가 그런 장치를 발명한다 해도 난 놀라지 않을 거야! 프랑스의 발명 정신은 얼마나 발전을 거듭했는지! 그게 우리에게 남은 유일한 정신이 아닐까! 그 정신으로는 대화가 즐거워지지 않는다는 걸 기억해둬! 하지만 누가 즐거움 같은 걸 신경 쓰겠어? 서로를 지루하게 만들자! 그게 규칙인걸!" 캉소나가 심각한 어조로 말했다.

"그렇다면 그걸 해결할 방법이 없을까?" 미셸이 물었다.

"전혀 없어. 돈과 기계가 세상을 지배하는 한 방법이 없어! 내 생각엔 특히 기계가 문제 같아!"

"어째서 그런 건지!"

"적어도 금융업자들에게는 돈을 지불하고 걸작을 산다는 장점이 있어. 아무리 천재적인 재능을 지녔어도 사람은 먹고살아야 하잖아! 로렌초 데 메디치[5] 시대의 제노바, 베네치아, 피렌체에서 은행가와 협상가들은 예술을 지원했어! 세상이 기계공학자들로만 이루어졌었다면 라파엘로, 티치아노, 파올로 베로네세, 레오나르도 다빈치 같은 화가들은 나오지 못했을 거야! 기계 장치와 경쟁했다면 그들은 굶어죽고 말았을 거라고. 아, 기계! 내가 발명가들과 발명을 싫어하는 건 바로 이런 이유에서야!"

---

5 Lorenzo de' Medici(1449~1492): 이탈리아 정치가, 은행가, 피렌체 공화국의 사실상의 통치자이자 르네상스 문화의 가장 강력하고 열성적인 후원자였다. 학문과 예술인, 특히 보티첼리와 미켈란젤로 같은 예술가들을 후원하였으며, 그의 삶은 이탈리아 르네상스의 절정기, 피렌체의 황금기와 맞물려 있었다.

"그러니까 넌 밥벌이는 다른 일로 하지만 사실은 음악가구나, 켕소나. 낮에는 돈을 벌기 위해 일하는구나! 밤에는 피아노를 치는 거야! 현대 음악 연주는 거부하고 말이야!" 미셸이 말했다.

"나 말이지! 예를 들게! 내가 연주하는 현대 음악은 전혀 달라! 잠깐! 최근 요즘 취향에 맞는 작품을 하나 작곡했는데, 음반제작사만 찾는다면 성공할 것 같아."

"제목이 뭔데?"

"〈라 틸로리엔, 이산화탄소 액화 장치의 판타지〉야."

"제목 좋은걸." 미셸이 흥분해서 말했다.

"듣고 판단해줘." 캥소나가 말했다.

그가 피아노를 두드리기 시작했다. 아니 피아노 건반 위로 몸을 던졌다고 해야 할 것이다. 그의 손가락, 손, 팔꿈치에 눌린 피아노에서는 차마 들을 수 없을 정도의 굉음이 흘러나왔다. 우박이라도 쏟아지는 것처럼 음들이 서로 부딪치고 깨어졌다. 멜로디라고는 찾아볼 수 없었다! 리듬도 없었다! 캥소나의 의도는 틸로리에[6]에게 조

---

6 "Thilorier"(Adrien-Jean-Pierre, 1790~1844): 프랑스의 가스압축기 발명가. 이산화탄소(탄산가스)의 고체 형태인 드라이아이스를 처음으로 기술하였다. 그는 1835년 액체 이산화탄소가 담긴 가압용기를 열었을 때, 이 액체의 빠른 증발에 기인한 냉각으로 '고체 이산화탄소'(드라이아이스)를 발견하였다. 틸로리에는 이산화탄소 액화 장치 공개실험을 하다가 가스 증발 실

수의 죽음으로 값을 치르게 했던 그 마지막 실험을 표현하는 것이었다.

"어떤가! 들었지? 이해했지? 지금 위대한 화학자의 실험에 동참한 거라니까! 그의 실험실을 충분히 둘러봤겠지? 탄산가스가 뿜어 나오는 것 같지 않았나? 지금 우리는 495기압의 압력을 받고 있어! 실린더가 흔들려! 조심해! 조심하라고! 기구가 폭발할 거야! 얼른 피해!" 캥소나가 소리쳤다.

그러더니 폭발을 표현하려는 듯 피아노 건반을 부서져라 두드리고 주먹으로 내리쳤다.

"휴우! 상당히 실감나지? 꽤 괜찮았지?" 그가 말했다.

미셸은 깜짝 놀라 정신을 차릴 수 없었다. 자크가 참고 있던 웃음을 터뜨렸다.

"그러니까 이게 네가 기대를 걸고 있는 작품이군." 미셸이 말했다.

"난 이 작품을 믿고 있어! 이건 우리 시대를 실감나게

린더 폭발사고로 조수 에르비를 잃었다. 프랑스 낭만주의 음악계의 기인으로 통하는 샤를 발랑탱 알캉은 1844년 열차의 시동과 가속, 도착을 사실적으로 그려낸 작품 〈철도〉를 작곡했다. 19세기의 뛰어난 피아니스트 겸 작곡가인 그는 피아니스트로서 쇼팽과 비견될 정도였으며, 페달 보드 기법을 연구하였다.

보여준다고! 모두가 화학자인 시대를 말이야. 사람들은 이 작품이 의도한 바를 이해할 거야. 다만 아직 아이디어가 충분치 않아. 더 전개할 필요가 있어." 캥소나가 말했다.

"도대체 무슨 말을 하는 거야?" 자크가 물었다.

"두말할 필요가 없잖아! 난 이 작품을 발표해 이 시대를 놀라게 할 거야."

"내가 보기에 넌 조금 아까도 이 곡을 멋지게 연주한 것 같은데." 미셸이 말했다.

"그럴 리가 있나!" 캥소나가 어깨를 한번 으쓱해 보이며 말했다. "첫 음을 어떻게 시작하는 게 좋을지 모르겠어. 3년 전부터 연구 중인데 말이야!"

"여기에다 더 뭘 하고 싶은 건데?"

"그건 비밀이야, 친구들아. 그건 묻지 말아줘. 내 말을 들으면 너희는 나를 미치광이 취급할 거고 그럼 난 용기가 꺾이고 말겠지. 하지만 이것만은 말할 수 있어. 이 작품에 비하면 리스트나 탈베르크[7], 프뤼당[8], 쉴로프[9] 같은

---

7 지그문트 탈베르크는 18세기 스위스 피아니스트로 엄청난 연습량으로 유명하다.
8 에밀 프뤼당은 19세기 프랑스 피아니스트이자 작곡가.
9 쥘 쉴로프는 19세기 프랑스의 음악가.

이들의 재능은 시대에 뒤떨어졌다고 할 수 있어."

"그러니까 넌 그런 이들보다 초당 세 개의 음을 더 누르겠다는 거야?" 자크가 물었다.

"그런 게 아냐! 어쨌든 피아노를 새로운 방식으로 연주해 청중을 놀라게 할 거야! 어떻게? 그 얘기는 할 수 없어. 넌지시 암시하거나 우발적으로 발설하는 것만으로도 아이디어를 도둑질당할 수 있거든. 남의 아이디어를 표절하는 비열한 무리가 내 뒤를 쫓아다니고 있어. 그래서 내가 혼자 있기를 고집하는 거야. 이 일에는 초인적인 노력이 필요해! 나 스스로 확신을 갖게 될 때 성공도 따라오겠지. 그렇게 되면 필경사 일도 영원히 안녕이고."

"이봐, 넌 지금 제정신이 아닌 것 같아." 자크가 말했다.

"그렇지 않아! 그저 좀 무모한 것뿐이야. 성공하기 위해선 그래야 하거든! 하지만 지금은 마음을 편안히 먹고 매혹적인 과거를 떠올려 보자. 우리는 그런 멋진 옛 시대를 위해 태어난 사람들이니까. 친구들아, 이제 음악다운 음악을 들어봐!"

캥소나는 훌륭한 예술가였다. 그는 깊은 감정을 담아 피아노를 연주했고, 이 시대 사람들이 유산으로 받아들이는 것을 거부한 지난 세기의 음악적 유산에 정통해 있었다. 그는 천부적인 기교를 발휘해 한 거장의 작품을 연

8장 옛 음악과 현대 음악, 그리고 몇몇 악기의 실제 연주

주하다가는 다음 순간 다른 거장의 작품으로 넘어갔는데, 연주만으로 미흡한 부분은 거칠지만 친숙한 목소리로 노래를 불러 보충했다. 넋을 잃고 감상하는 두 친구 앞에서 그는 라모에서 륄리까지, 모차르트에서 베토벤, 베버에 이르는 각 사조 창시자들의 작품을 연주했다. 앙드레 그레트리의 감미로운 영감에 눈물을 흘렸고 로시니와 마이어베어의 멋진 선율을 연주할 때면 한껏 의기양양해졌다.

"들어봐. 이게 〈기욤 텔〉[10], 〈악동 로베르〉, 〈위그노 교도들〉의 잊힌 멜로디들이야. 이건 에로드[11]와 오베르[12]가 들려주는 감미로운 곡조이고. 이 두 사람은 만난 적이 없었지만 서로를 존경했어! 아 과학이 도대체 음악에 무슨 짓을 한 거지? 과학이 그림의 경지에 이를 수 있을까? 그럴 수 없어! 그러니까 미술과 음악은 하나나 마찬가지야! 이런 곡을 들으면 19세기 전반 사람들이 위대한 음악을 어떻게 이해했는지 알 수 있어! 그들은 덮어놓고 새로운 방식만을 좇지 않았어. 사랑에서 새로움을 찾지 않는 것처럼 음악에서도 꼭 새로움을 찾아야 하는 건 아니야. 영원히 신선하게 다가오는 것이야말로 감각 예술의 매력적

---

10 1829년 작곡된 로시니의 오페라.
11 루이 조제프 에로드: 프랑스의 서정 작곡가.
12 다니엘 프랑수아 에스프리 오베르: 프랑스의 서정 작곡가.

인 특권이지!" 캥소나가 말했다.

"맞아." 자크가 외쳤다.

"하지만 오늘날 몇몇 야심가들이 미지의 길로 뛰어들었고, 그 결과 음악을 파멸로 몰아가고 있어." 캥소나가 말했다.

"그러니까 마이어베어와 로시니 이후에는 음악가다운 음악가가 없다는 거야?" 미셸이 물었다.

"바로 맞췄어!" 캥소나가 '레' 음을 과감하게 조바꿈해 반음 내려 연주하면서 말을 이었다. "베를리오즈 얘기는 굳이 하지 않겠어. 그는 음악적인 아이디어를 감질나는 연재소설처럼 찔끔찔끔 전개한 무능한 음악가들의 대표 격이야. 하지만 지금 연주하는 이런 곡들은 위대한 대가들의 정신을 계승한 이들의 작품이지. 펠리시앙 다비드[13]의 작품을 들어봐. 오늘날의 학자들은 이 사람을 히브리 최초의 하프 연주가였던 다윗 왕과 혼동하곤 해. 이건 단순하고 실감나는 통찰을 담은 빅토르 마세의 작품이야. 그는 마음과 감정을 동원해 곡을 쓴 마지막 음악가로 〈인도 여인〉이라는 시대적 걸작을 남겼지! 이건

---

13 Félicien David(1810~1876): 프랑스의 작곡가이자 생시몽협회 회원. 베를리오즈의 찬사를 받았고 작품 〈사막〉(1844)을 발표했으나 곧 잊히고 말았다.

구노의 작품이야. 〈파우스트〉를 작곡한 재기발랄한 작곡가 말이야. 바그너풍의 성당에서 사제 서품을 받은 지 얼마 지나지 않아 선종했다고 할 수 있지. 이건 하모니의 천재가 들려주는 곡이야. 화음의 대가인 그는 통속문학이 종종 그렇듯이 멜로디가 풍부한 곡을 작곡했어. 바로 베르디야. 멜로디가 끝없이 흘러나오는 〈일 트레바토레〉의 작곡가 말이야. 이 사람은 특히 그 시대의 취향을 다양화하는 데 일조했지.

마침내 바그너 '르브'가 등장했어…….[14]

그러면서 캥소나는 리듬이라고는 전혀 없는, 이해할 수 없는 몽상에 찬 '명상음악'을 연주하기 시작했다. 곡은 갑작스럽게 끊어졌다가 끝나지 않는 악절 한가운데로 빠져들었다.

예술가는 탁월한 솜씨로 음악의 각 단계를 보여주는 작품들의 연주를 이어나갔다. 피아노 건반을 활보하는 그의 손가락 아래로 200년 음악사가 지나갔다. 두 친구는 감동에 차서 말을 잊은 채 귀를 기울였다.

바그너풍의 신통치 않은 작품이 연주되면서, 길을 잘

---

14 프랑스의 비평가·풍자시인 니콜라 부알로Nicolau Boileau가 1674년 《시학》에서 쓴 유명한 구절, '마침내 말레르브가 등장했다'를 패러디해 '바그너+말레르브'를 만든 것.

못 든 악상이 제자리를 찾지 못하고 줄곧 헤매면서 소리가 더 이상 음악이 아니라 소음으로 변해갈 즈음 갑자기 소박한 멜로디와 그윽한 개성, 완벽한 감정을 담은 음악이 흘러나오기 시작했다. 폭풍우에 뒤이은 고요, 울부짖음과 포효 다음에 온 감동적인 음악이었다.

"아!" 자크가 감탄했다.

"친구들아, 미지의 위대한 작곡가가 아직 한 사람 더 남아 있어. 천재적 재능을 지닌 음악가지. 이건 그가 1947년에 쓴 작품으로 죽어가는 음악에 마지막 숨결을 불어넣었다고 할 수 있지." 캥소나가 말했다.

"그럼 이 곡이 바로?" 미셸이 물었다.

"네 아버지 작품이야. 내가 존경하는 스승의 작품이라고!"

"아버지." 청년이 울먹이는 목소리로 소리쳤다.

"그래. 들어봐."

캥소나는 베토벤이나 베버가 작곡했음직한 멜로디를 완벽한 해석을 통해 솜씨 있게 연주했다.

"아버지!" 미셸이 다시 외쳤다.

캥소나가 피아노 뚜껑을 덮으며 대답했다. "맞아! 그분 이후에는 아무도 없어! 지금 누가 그분의 작품을 이해하겠어? 그만하자고. 친구들아, 과거를 돌아보는 건 이제 그만 하자! 현재를 생각하자. 온 나라가 산업에 먹혀버린 현재를 직시하자고!"

그렇게 말하며 그가 피아노의 한 부분을 건드리자 건반이 접히더니 세면대와 세면도구가 갖추어진 침대가 나타났다.

"자, 봐. 이게 우리 시대의 발명품이야! 피아노 겸 침대 겸 서랍장 겸 세면대야!"

"침대 협탁까지 있네." 자크가 말했다.

"네 말대로야, 자크. 정말 완벽하지!"

9장

위그냉 삼촌 방문

그 기념할 만한 저녁을 함께 보낸 후 세 청년은 아주 가까운 사이가 되었다. 그들은 황량한 파리 속에서 전혀 다른 작은 세계를 이루었다.

미셸은 대원장 위에서 매일매일을 보냈다. 그는 자신의 일을 체념하고 받아들였지만 위그냉 삼촌을 보러 갈 시간을 낼 수 없다는 게 안타까웠다. 그는 위그냉 삼촌이 진짜 집안 어른처럼 여겨졌다. 미셸은 위그냉을 아버지처럼 여겼고 두 친구를 형들로 생각했다. 그는 위그냉 삼촌에게 종종 편지를 썼고 삼촌도 답장을 보내왔다.

그렇게 4개월이 흘렀다. 은행에서는 미셸이 하는 일에 만족하는 듯했다. 사촌형 역시 전보다 덜 그를 경멸하는

9장 위그냉 삼촌 방문

듯했다. 캥소나는 때때로 미셸을 칭찬했다. 청년은 할 일을 제대로 찾은 듯했다. 그는 대원장을 불러주기 위해 태어난 사람 같았다.

그럭저럭 겨울이 지나갔다. 난방장치와 가스난로 덕분에 겨울을 따뜻하게 날 수 있었다.

봄이 왔다. 어느 일요일 미셸은 휴가를 얻었다. 그는 그 휴가 날을 위그냉 삼촌을 방문하는 데 쓰기로 마음먹었다.

아침 여덟 시 그는 기쁜 마음으로 은행을 나섰다. 시내를 벗어나 맑은 공기를 쐴 수 있다는 게 좋았다. 날씨는 화창했다. 4월이 되자 새로 피어난 꽃을 상인들이 앞다투어 팔고 있었다. 미셸은 살아 있다는 느낌이 들었다.

삼촌의 집은 멀었다. 집세가 싼 곳으로 이사해야 했던 것이다.

청년은 마들렌역으로 가서 표를 사서 열차에 올랐다. 출발신호가 울렸다. 열차는 말레제르브 대로를 따라 올라갔다. 오른쪽으로 생오귀스탱 성당의 웅장한 모습이 보였고, 왼쪽으로는 몽소 공원이 멋진 건물들에 둘러싸여 있는 것이 눈에 들어왔다. 열차는 1호선과 2호선을 가로질러 옛 요새 근처인 포르트 다니에르역에 도착했다.

전반부 여정을 끝낸 셈이었다. 미셸은 재빨리 도로로 내려와 아니에르가를 지나 레볼트가에 이른 다음 오른쪽으로 돌아 베르사유 철로 아래를 지나 마침내 카이유가 교차로에 이르렀다.

가구 수가 많은 듯한 허름하고 높은 공동주택 건물이 나왔다. 미셸은 관리인에게 위그냉 씨가 어디 사는지 물었다.

"10층 오른쪽 집이오." 관리인이 거만한 어조로 대답했다. 믿을 수 있는 사람에게만 맡기는 그 자리에는 정부의 임명을 받은 공무원이 배치되었다.

미셸은 고맙다고 인사하고 엘리베이터를 탔다. 이윽고 10층 층계참이 나왔다.

그가 벨을 눌렀다. 위그냉이 직접 문을 열어주었다.

"삼촌." 미셸이 반갑게 외쳤다.

"미셸! 드디어 네가 왔구나!" 노인이 두 팔을 벌리며 반겼다.

"네, 삼촌! 첫 휴가를 받아 삼촌을 뵈러 왔어요!"

"고맙다, 애야." 위그냉은 그렇게 말하면서 청년을 아파트 안으로 들어오게 했다. "이렇게 와주니 정말 기쁘구나. 앉으렴. 모자도 벗고! 편하게 앉아. 좀 있다 가도 되지?"

"하루 종일 있을 거예요, 삼촌. 괜찮으시다면요."

"어떻게 그런 말을! 내가 괜찮지 않을 리가! 미셸, 난

널 기다리고 있었다."

"절 기다리셨다니오! 시간이 없어서 연락도 못 드리고 왔는걸요! 제 편지는 아직 도착하지 않았을 텐고요!"

"난 일요일마다 널 기다렸단다, 미셸. 일요일이면 언제나 네 점심을 식탁에 준비해놓았지. 오늘도 준비되어 있단다."

"정말이오?"

"언젠가는 네가 이 삼촌을 보러 오리라고 확신했거든. 그때가 지금보다는 빠를 줄 알았지만 말이야!"

"시간을 낼 수 없었어요." 미셸이 미안해하며 대답했다.

"안다, 미셸. 널 원망하는 게 아니야. 그럴 리가 있겠니!"

"아! 삼촌은 여기서 정말 잘 지내고 계시군요!" 미셸이 부러운 시선으로 주위를 둘러보며 말했다.

"내 오랜 친구들인 책을 보고 하는 말이구나. 그럼! 잘 지내고 있고말고! 우선 점심 식사를 하자. 그 다음 이야기보따리를 풀자꾸나. 네게 문학 이야기는 하지 않기로 약속했지만 말이다."

"오! 삼촌." 미셸이 애원하는 어조로 외쳤다.

"자! 지금은 그런 얘기를 할 때가 아니다. 네가 어떻게 지내고 있는지 말해주렴, 은행에서 말이다! 혹시 네 생각이……?"

"전혀 변하지 않았어요, 삼촌."

"잘됐구나! 그럼 어서 식탁에 앉자! 그런데 아직 너를 안아보지 못한 것 같은데."

"아뇨, 안아주셨어요, 삼촌. 꼭 안아주셨지요!"

"그렇다면 좋다! 한 번 더 안아보자, 미셸! 아무리 안아도 싫지 않아. 아직 식사 전인데 그러면 식욕이 날 것 같아."

미셸은 벅찬 마음으로 삼촌을 포옹했다. 두 사람은 점심 식사를 하기 위해 식탁에 앉았다.

하지만 청년은 줄곧 주위를 두리번거렸다. 시인인 그의 호기심을 자극하는 것들이 가득했던 것이다.

아파트는 침실 하나와 작은 거실로 이루어져 있었는데, 그 거실은 온통 책으로 가득 차 있었다. 사면의 벽에 책장이 놓여 있었다. 오래된 책의 옛 장정이 멋진 갈색으로 퇴색되어 있었다. 작은 거실에 다 들어가지 못한 책들이 침실은 물론 문 위의 선반과 창문 안쪽 턱에도 놓여 있었다. 가구 위, 벽난로 안, 반쯤 열린 벽장 속에도 책이 들어차 있었다. 이 귀중한 책들은 부자들의 서가에 꽂힌 화려하기만 하고 쓸모는 없는 책들과는 달랐다. 겹쳐져 쌓여 있었음에도 공간의 주인인 양 아주 자연스러워 보였다. 먼지 하나 없었고 접힌 책장 하나 없었으며 표지에 얼룩 하나 없었다. 매일 아침 우정 어린 손길로 매만져진 듯했다.

거실에는 금빛 스핑크스와 로마 시대의 속간[1]이 조각된, 오래된 제정 시대의 테이블과 두 개의 낡은 소파가 놓여 있었다.

정오였다. 하지만 뜰 앞의 높은 벽 때문에 거실에는 햇빛이 들지 않았다. 다만 1년에 한 차례 6월 21일 하지에 날씨가 맑으면, 높이 떠오른 태양에서 햇살 한 줄기가 마치 한 마리 새처럼 옆 건물 지붕을 지나 창문으로 재빨리 들어와서는 서가 한 모퉁이나 책등에 내려앉았다. 햇살에 비친 책 먼지가 눈부시게 반짝였다. 햇살은 이내 달아나버리고 다음 해가 되어서야 다시 찾아오곤 했다.

위그냉은 그 햇살을 잘 알았다. 그는 가슴을 두근거리며 천문학자처럼 주의 깊게 햇살을 살폈다. 그 기분 좋은 햇살을 쬐면서 자신을 찾아와준 것에 감사하며 낡은 시계의 시간을 맞추곤 했다.

그것은 그를 위한 팔레 루아얄[2]의 축포 같았다. 다만

---

1 자작나무 막대들 사이에 날선 청동 도끼를 끼워 가죽띠로 묶어 만든다. 권력과 사법권을 상징한다.
2 Palais Royal: 리볼리 거리를 사이에 두고 루브르 궁전 북쪽에 인접한 파리

그 축포가 울리는 것은 1년에 한 번뿐이었다.

위그냉은 6월 21일의 그 장엄한 행사에 미셸을 초대했고, 미셸은 그 축제에 반드시 참가하겠노라고 약속했다.

점심 식사가 시작되었다. 소박하지만 정성을 다해 차려진 식탁이었다.

"오늘이 내게는 축제일 같구나. 저녁에도 손님들에게 식사를 대접하거든. 오늘 저녁, 내가 우리 식탁에 누구를 초대했는지 아니?" 삼촌이 물었다.

"아뇨, 모르겠는데요, 삼촌."

"네 스승 리슐로와 그의 손녀 뤼시 양이란다."

"세상에! 삼촌, 그 점잖은 선생님을 뵐 수 있다니 정말 기뻐요."

"그럼 뤼시 양은 반갑지 않다는 거니?"

"잘 모르는 사람이라서요."

"그렇다면 미셸, 그 애를 좀 알아보렴. 그 애가 매력적이라는 것에는 의심의 여지가 없단다. 하지만 그 애에게는 이런 말 하지 말거라." 위그냉이 웃으면서 덧붙였다.

의 역사적 건축물. 1632년 지어진 팔레 루아얄은 루이 13세의 재상 리슐리외(1585~1642)의 저택이었으며, 그가 죽은 후 왕가에 기증되면서 '왕궁'을 뜻하는 '팔레 루아얄'이라고 불리게 되었다. 프랑스 최고행정법원인 '콩세유데타'와 프랑스 국립극장 '코미디프랑세즈'가 있다.

"알았어요." 미셸이 대답했다.

"저녁 식사를 하고 나서, 괜찮다면 넷이서 산책을 가자꾸나."

"좋아요, 삼촌! 산책으로 오늘의 방문을 마무리하면 되겠네요!"

"그건 그렇고 미셸, 좀 더 먹어라. 이것도 좀 더 마시고."

"그럴게요, 삼촌. 삼촌의 건강을 위해 건배." 미셸은 복받치는 감정을 억제하며 대답했다.

"또 네가 돌아온 것을 축하하면서, 미셸. 왜냐하면 너와 헤어질 때마다 난 언제나 네가 먼 여행을 떠나는 것 같거든! 아, 그래! 말 좀 해보렴. 어떻게 지내고 있는지 말이다! 자, 이제 툭 터놓고 이야기해보렴."

"털어놓고말고요, 삼촌."

미셸은 자신의 불안과 절망감, 계산기를 다루며 겪은 고충, 자체방어 장치가 된 금고를 건드려 벌어진 소동, 대원장 위에서 보내는 평화로운 시간 등 생활의 이모저모를 빠짐없이 들려주었다.

"그 대원장 위에서 전 처음으로 친구를 사귀었어요." 그가 말했다.

"아! 네게 친구들이 생겼구나!" 위그냉이 미간에 주름을 잡으며 말했다.

"전 친구가 둘뿐이에요." 미셸이 대답했다.

"신의 없는 친구들이라면 둘도 많지. 너를 사랑하는 친구라면 둘로 충분하고." 위그냉이 속담이라도 되는 것처럼 말했다.

"아! 삼촌. 제 친구들은 예술가들이에요." 미셸이 흥분해서 소리쳤다.

위그냉이 고개를 끄덕이며 말했다. "그래! 그건 보증수표 같은 거지. 감옥에 수감된 사람들의 전력을 조사해보면 사제, 변호사, 사업가, 환전업자, 은행가, 공증인 등등의 직업이 나온다더구나. 하지만 예술가는 전혀 없다던걸. 그런데······."

"제 친구들을 만나보시면 그들이 얼마나 선한 젊은이들인지 아실 거예요, 삼촌!"

"기꺼이 만나 보마. 난 젊은이들이 좋아. 진정한 젊음을 지닌 이들이라면 말이야! 나이에 어울리지 않게 점잔을 빼는 사람은 언제나 위선자 같지."

"오! 제가 아는 사람 중에도 그런 사람이 있어요!"

"그런데 미셸, 그런 곳에 근무하면서 네 성향이 바뀌지는 않았니?"

"오히려 더 강해졌는걸요."

"넌 시련 속에서 단련되고 있구나."

"맞아요, 삼촌."

"가엾은 미셸, 그럼 네가 요즘 쓴 시들을 들려주렴!"

"기꺼이 들려드릴게요, 삼촌!"

미셸은 열띤 어조로 아름다운 시를 낭송하기 시작했다. 오랜 숙고를 거쳐 잘 쓰인, 진정한 시정에 가득 찬 시였다.

위그넁이 흥분해서 외쳤다. "참 좋구나! 정말 좋아! 멋지다 얘야! 넌 여전히 그런 시들을 쓰고 있구나! 그 아름다운 시대의 언어로 말이야! 오, 얘야! 네 덕분에 얼마나 기쁜지, 또 얼마나 마음이 아픈지!"

노인과 청년 사이에 잠시 침묵이 흘렀다.

"됐다! 이제 그만하자! 이제 걸리적거리는 식탁을 치우자!" 위그넁이 말했다.

미셸이 노인을 도왔다. 식당이 서재로 바뀌었다.

"이제 뭘 할까요, 삼촌?" 미셸이 물었다.

1961년 4월 16일 일요일, 위그냉 삼촌이 사열한 프랑스 작가들의 열병식

"후식은 바로 저기 있단다." 위그냉이 책으로 가득 찬 서가를 가리키며 말했다.

"다시 식욕이 솟는데요. 어서 시작해요." 미셸이 대답했다.

삼촌과 조카는 의욕적으로 여기저기를 둘러보기 시작했다. 잠시 후 위그냉은 대충이라도 체계를 잡아 책을 살펴보기로 마음을 정했다.

"이쪽으로 오렴. 처음부터 시작하자. 오늘은 책을 직접 읽는 대신 둘러보며 이야기를 하자. 참전이 아니라 열병식인 셈이지. 나폴레옹이 오스테를리츠 전장이 아니라 튈르리 궁전의 뜰에 있는 거지. 뒷짐을 지렴. 서 있는 군인들 사이를 지나가자."

"앞장서세요, 삼촌."

"미셸, 이 세상에서 가장 멋진 군대가 네 앞에 정렬해 있다고 생각하렴. 이 군대는 야만인들을 상대해 혁혁한 승리를 거둔 우리의 군대란다."

"문학의 대군이죠."

"자, 이 서가 위를 보렴. 멋진 갑옷을 입은 16세기의 나이든 근위병들. 아미요[1], 롱사르, 라블레, 몽테뉴, 마튀랭 레니에[2]를 말이다. 저들은 꿋꿋하게 제자리를 지키고 있다. 그들이 다져놓은 아름다운 프랑스어 속에서 여전히 그 독특한 영향력을 발견할 수 있지. 하지만 저들이 더 중요하게 생각한 것은 언어의 형식미가 아니라 그 안에 담긴 사상이었다는 사실을 명심하렴. 그 옆에 용맹을 자랑하는 훌륭한 장군이 있구나. 그는 무엇보다도 자기 시대의 무기를 완벽하게 정련했지."

"말레르브군요." 미셸이 대답했다.

"바로 맞췄다. 그 자신이 어딘가에서 말한 것처럼 포르

---

1 Jacques Amyot(1513~1593): 프랑스의 주교·고전학자·번역가. 16세기 르네상스 시대의 인문주의자. 플루타르코스의 《영웅전》을 번역했다.
2 Mathurin Régnier(1573~1613): 16세기 후반 프랑스의 풍자시인. 《풍자시집》을 발표했으며, 말레르브를 반박한 〈풍자시 9번〉 등이 유명하다.

토포앵[3]의 짐꾼들이 그의 스승이었어. 말레르브[4]는 극히 프랑스적인 그들의 말, 그들의 은어를 수집했지. 그것을 갈고 닦아서 아름다운 언어를 만들었어. 그 언어가 17세기와 18세기, 19세기 프랑스를 풍미했고."

"앗!" 미셸이 육중하고 멋진 장정의 책을 가리키며 외쳤다. "여기 위대한 함장 한 분이 계시군요!"

"맞다, 미셸. 알렉산더, 카이사르, 나폴레옹 같은 사람이지. 나폴레옹은 그를 일인자로 꼽았어. 늙은 코르네유는 수많은 활동을 한 백전노장이야. 그의 고전주의 작품은 헤아릴 수 없을 만큼 많다. 이것은 그의 전집 51쇄로 마지막 판이다. 1873년에 출판되었는데, 코르네유 책의 출판은 이것이 마지막이란다."

"정말 힘드셨겠어요, 삼촌. 이 책들을 구하시기가 말이에요!"

"그 반대였어! 사람들이 모두 앞다투어 책을 처분했거든! 자, 여기 라신 전집 49쇄와 몰리에르 작품 150쇄, 파스칼 작품 40쇄, 라퐁텐 작품 203쇄 판이 있다. 요컨대 마지

---

3 파리의 옛 항구.
4 François de Malherbe(1555~1628): 프랑스의 시인. 스스로를 '뛰어난 음절배열가'라고 부른 시인이자 이론가로 엄격한 형식, 절제, 순수한 어법을 강조하여 프랑스 고전주의의 기반을 닦았다.

막 판들이지. 그런데도 나온 지 100년이 넘었어. 애서가들만이 아끼는 고본이 되었다. 자기 시대를 풍미했던 위대한 천재들이 이제는 고고학적 유산이 되어버린 거야."

"결국 그들의 언어는 요즘 사람들에게는 더 이상 호소력이 없는 거네요!"

"그게 사실이란다, 미셸! 아름다운 프랑스어는 사라져버렸다. 라이프니츠, 프리드리히 2세[5], 프리드리히 앙실론[6], 훔볼트, 하이네 같은 외국 거장들이 자신의 사상을 표현하는 도구로 선택했던 프랑스어, 괴테가 자신이 쓰지 못하는 것을 안타까워했던 멋진 언어, 15세기에는 그리스어나 라틴어의 자리를 대신할 뻔했고, 카테리나 데 메디치를 통해 이탈리아어의 자리를 차지했으며, 앙리 4세 치하에서는 가스코뉴어[7] 역할까지 했던 그 우아한 언어가 이제는 어이없게도 뒷골목에서나 쓰는 은어가 되어버리고 말았어. 사람들은 언어가 풍부해지는 것 이상으로 자연스러워야 한다는 걸 무시하고 편한 대로 아무렇게나 말을 만들어냈어. 식물학자, 자연사학자, 물리학

---

5 독일 프로이센 왕국의 계몽군주.
6 프러시아의 역사가이자 정치가.
7 프랑스 남부 가스코뉴 일대에서 쓰이는 오크어의 방언. 스페인, 이탈리아, 모나코에서도 사용된다.

자, 화학자, 수학자들이 단어를 뒤죽박죽으로 뒤섞었고, 발명가는 자기가 발명한 제품에 영어 이름을 붙였지. 말 매매상은 말에, 철학자는 철학에 프랑스어가 잘 어울리지 않는다고 생각해 앞다투어 외국어를 썼지! 어쩌면 말이야! 차라리 그 편이 나았는지도 몰라! 사람들이 프랑스어에 무관심했던 게 말이야! 풍부해지지는 않았지만 아름답게 남을 수는 있었으니까! 풍요를 위해 지조를 포기하지 않은 거지! 미셸, 우리의 언어, 그러니까 말레르브, 몰리에르, 보쉬에, 볼테르, 노디에[8], 빅토르 위고의 언어는 좋은 교육을 받은 선하고 똑똑한 규수 같아. 마음 놓고 사랑해도 문제가 없어. 20세기의 야만인들조차 프랑스어를 창녀로 만들지 못했지."

"말씀 잘 하셨어요, 삼촌. 저는 리슐로 선생님의 괴팍한 버릇이 멋지게 여겨져요. 선생님은 요즘 쓰는 은어 같은 건 쳐다보지도 않고 프랑스어화된 라틴어만 쓰시잖아요! 사람들은 그런 그분을 비웃지만 그분이 옳아요. 그런데 프랑스어는 외교 언어로 채택되지 않았나요?"

"맞아! 그건 일종의 타격이었지! 1678년 네이메헌

---

8 Charles Nodier(1780~1844): 프랑스의 소설가·비평가. 위고, 뮈세 등 젊은 낭만주의자들이 모인 아르스나르 도서관의 관장이었다.

10장 1961년 4월 15일 일요일, 위그냉 삼촌이 사열한 프랑스 작가들의 열병식

조약[9]에서 그런 결정이 채택되었지! 프랑스어가 지닌 솔직하고 명료한 특성이 이중적이고 애매하고 거짓투성이인 외교술에 의해 채택되다니. 우리의 언어는 점차 변질되고 타락하기 시작했어! 언젠가는 그것을 바로잡아야 해."

"가엾은 프랑스어! 저기 보쉬에[10]와 페넬롱[11], 생시몽이 있군요, 저들이라면 그런 결정을 인정하지 않았을 거예요." 미셸이 말했다.

"그랬을 거야! 그들의 후손이 타락의 길을 걸은 거지! 여기 학자, 기업가, 외교관 등 고약한 무리들이 자주 읽는 책이 있구나. 사람들은 스스로를 탕진하며 타락해가지! 사용 중인 언어를 모두 싣는다면 1960년판 사전은 1800년판 사전에 비해 분량이 두 배가 될 거야! 그런데 늘어난 말들이 과연 모두 그럴 만한 가치가 있을는지! 사열을 계속하자. 갑옷 입은 병사들을 너무 오래 세워둬서는 곤란하니까."

"저 줄에 멋진 책들이 있네요."

---

9 1672년부터 1678년까지 일어난 '프랑스-네덜란드' 전쟁을 종식시키기 위해 네덜란드 네이메헌에서 체결된 평화 조약.
10 자크베니뉴 보쉬에는 프랑스의 가톨릭 신학자.
11 프랑수아 페넬롱은 프랑스의 성직자이자 작가.

"중간중간 멋지고 좋은 것이 있지! 저 책은 볼테르 작품으로 428쇄 본이다. 조제프 프뤼돔[12] 씨에 따르면 볼테르는 모든 장르에서 2인자였던 세계적인 석학이었어. 스탕달이 그랬지, 1978년[13]이 되면 '볼테르Voltaire'가 '부아튀르Voiture'[14]가 될 것이며, 결국 반쯤 넋이 나가 부아튀르(자동차)를 신으로 섬기는 사람들도 나올 거라고 말이야. 다행히 스탕달은 후세 사람들을 과대평가했어! 반쯤 넋이 나갔다고? 오늘날 사람들은 완전히 넋이 나갔는걸. 그래서 아무도 볼테르를 섬기지 않는 거지! 비유를 계속하자면, 내가 보기에 볼테르는 서재에서만 장군이었어! 그는 방 안에서만 큰소리 칠 뿐 실전에 뛰어들지 않았지. 요컨대 그의 재담은 그다지 위험하지 않은 무기였어. 총을 쏘았지만 총알이 나가지 않아서 그가 겨눈 사람들이 그보다 더 오래 살아남았지."

"하지만 삼촌, 그래도 그는 위대한 작가였잖아요?"

"분명 그렇지, 미셸. 그는 프랑스어의 화신이라고 할 수 있어. 우아하고 재치 있게 프랑스어를 구사했지. 과거

---

12 프랑스 작가 앙리 보나파르트 모니에가 작품 속에서 창조한 거드름 피우고 자만심에 찬 부르주아형 인물.
13 볼테르(1694~1778) 사후 200년이 되는 해. 실제로 볼테르의 신격화에 대한 이런 주장이 있었다.
14 일반 명사로는 '자동차'라는 뜻.

10장 1961년 4월 15일 일요일, 위그냉 삼촌이 사열한 프랑스 작가들의 열병식

의 군대 교관들이 연습장에서 벽에 대고 완벽한 사격 실력을 발휘했던 것처럼 말이야. 하지만 실전에서는 큰맘 먹고 쐈다가 실수로 교관을 죽이고 마는 신병처럼 서툴렀어. 요컨대 그토록 프랑스어를 능숙하게 구사했던 그에게 그런 놀라운 면이 있었다는 거야. 볼테르는 실제로는 용맹과는 거리가 멀었어."

"그렇군요." 미셸이 말했다.

"다른 책들로 넘어가자." 위그냉이 침울하고 엄숙한 표정의 병사들에게 다가갔다.

"이들은 18세기 말 작가들이네요." 청년이 말했다.

"그렇단다! 장 자크 루소는 '복음'에 대해 더할 수 없이 아름다운 작품들을 남겼지. 마찬가지로 로베스피에르는 영혼의 불멸성에 대해 놀라운 사상을 전개했다! 그는 견장이나 수놓인 옷 따위는 입지 않는, 나막신을 신은 진정한 공화정 장군이었어! 그렇다고 승리를 거두지 못한 것도 아니었단다. 자, 그 옆에 있는 전위작가들의 선두에 서 있는 보마르셰를 보렴! 그는 1789년의 대혁명에 때마침 참전할 수 있었지. 문명이 야만을 몰아낸 그 혁명에 말이야! 불행히도 후세 사람들이 그를 잘못 이해하는 바람에 그 진보의 기수가 사태를 이 지경으로 몰고 오게 된 거란다."

"어쩌면 그에 반대하는 혁명을 다시 해야 할지도 모르겠네요." 미셸이 대답했다.

"그럴지도 몰라. 그런 일이 벌어지면 무척 재미있을 거야. 하지만 철학적인 사변에 빠질 것이 아니라 군인들 사이로 사열을 계속하자. 여기 호화롭게 옷을 갖춰 입은 대장이 있구나. 자신의 겸손에 대해 이야기하는 데 40년의 생애를 바친 샤토브리앙이야. 하지만 그의 작품《무덤 저편에서의 회상》도 그를 망각에서 구하지 못한 것 같아."

"그 옆에 베르나르댕 생피에르가 있네요. 그의 서정적인 소설《폴과 비르지니》에도 요즘 사람들은 감동하지 않죠." 미셸이 말했다.

"슬픈 일이야! 오늘날이었다면 폴은 은행가가 되어 왕당파를 팔아넘겼을지도 몰라. 비르지니는 기관차용 용수철을 제조하는 사업가의 아들과 결혼했을 테고. 자! 여기 탈레랑의 유명한 회상록이 있구나. 이 책들은 그의 지시대로 그가 죽은 지 30년 후에 출간되었지. 그는 어디에 있든 지금도 외교를 하고 있을걸. 하지만 깐깐한 사람이라면 그의 외교술에 넘어가지 않겠지. 저기 장교 하나가 있구나. 펜과 칼을 똑같이 잘 다루었던 저 위대한 그리스어 학자는 그 시대의 타키투스라는 별명에 걸맞게 능숙하게 프랑스어를 구사했지. 다름 아닌 폴루이 쿠리에야.

미셸, 우리의 언어가 타락해버린다 해도 이 자랑스러운 작가의 작품을 통해 완벽하게 복원해낼 수 있을 거야. 여기 노디에가 있구나." 위그냉이 부드러운 어조로 말을 이었다. "베랑제[15]도 있고, 위대한 정치가였던 이 사람은 어려운 때에 시를 썼지. 훈련소를 빠져나오듯 왕정복고 시대를 빠져나온 재기발랄한 작가가 여기 있네. 거리에서 물의를 일으킨 작가 말이다."

"라마르틴이군요. 위대한 시인이에요." 청년이 말했다.

"상징 문학의 거장이자 햇빛 아래 찬란하게 빛나는 멤논의 거상[16] 같은 존재지! 가엾게도 그는 고매한 이유로 재산을 모두 잃고 배은망덕한 도시의 거리를 떠돌며 하프를 뜯었지. 자기 재능을 채권자에게 팔아 생푸앵[17] 마을 사람들을 저당의 고통에서 구해주었지. 그는 자기 친척들이 터를 잡고 있는 그 땅을 철도회사가 강제 매입하는 것을 보며 고통 속에서 죽었단다!"

"가엾은 라마르틴." 청년이 탄식했다.

"그의 리라 옆에 알프레드 드 뮈세의 기타가 보일 게

---

15 왕정복고 시대의 프랑스 작곡가. 자유로운 영감으로 애국적인 노래를 작곡했다.
16 이집트 파라오 아멘호테프 3세에게 바쳐진 거대한 석상.
17 프랑스 부르고뉴 지역에 있는, 라마르틴 가문의 성이 있던 마을. 라마르틴의 무덤이 있다.

다. 요즘 사람들은 더 이상 그 기타를 연주하지 않지만 말이야. 나 같은 늙은 애호가들만이 그 느슨한 줄의 떨림에 기쁨을 느끼지. 이들은 우리 프랑스 문학에서 가장 음악적인 성향을 지닌 작가들이야."

갑자기 미셸이 외쳤다. "아! 빅토르 위고! 삼촌, 저는 삼촌이 그를 위대한 함장으로 평가해주셨으면 좋겠어요!"

"미셸, 나는 빅토르 위고를 최고 중의 최고로 평가한단다, 얘야! 그는 아르콜레 다리[18] 위에서 낭만주의의 깃발을 날리면서 〈에르나니〉[19], 〈뤼 블라스〉[20], 〈성주들〉[21], 〈마리옹 드 로름〉[22]과 함께 싸움에서 승리했잖니! 보나파르트처럼 25세 때 벌써 원수가 되어, 오스트리아의 고전주의자들을 만나는 대로 쳐부수었어. 미셸, 인간의 사상이 이렇게까지 웅장한 형태로 나타난 예는 찾아보기 어렵단다. 용광로는 아무리 높은 온도라도 견뎌내는 법이지. 고대부터 현대까지 통틀어 격렬하고 풍부한 상상력에 있어서 빅

---

18 이탈리아 아르콜레 마을의 다리. 1796년 11월 15~17일, 아르콜레 다리 근처에서 처러진 전투(아르콜레 다리 전투)에서 나폴레옹 보나파르트가 이끄는 프랑스군이 오스트리아(신성로마제국)군을 격파했다. 이것은 나폴레옹 전설의 중요한 순간이었으며, 나폴레옹은 낭만주의 시대를 대표하는 영웅이었다.

19 *Hernani*: 1830년 초연된 위고의 희곡 작품

20 *Ruy Blas*: 1838년 초연된 위고의 비극 희곡

21 *Les Burgraves*: 1843년 초연된 위고의 역사 희곡

22 *Marion de Lorme*: 1831년 초연(1829년 발표)된 위고의 운문 희곡.

10장 1961년 4월 15일 일요일, 위그냉 삼촌이 사열한 프랑스 작가들의 열병식

토르 위고를 당해낼 사람이 없어. 그는 19세기 전반을 대표하는 위대한 인물이고 그 누구도 필적할 수 없는 거장이야. 하지만 그의 전집은 75쇄까지 인쇄되고 끊기고 말았지. 다른 이들처럼 그 역시 당대의 영향력은 오늘날 모두 잊혔어. 미셸, 그 정도의 무훈을 세웠어도 지금 사람들이 기억하기에는 부족했다니!"

"아! 삼촌! 삼촌은 발자크의 책을 스무 권이나 갖고 계시는군요." 미셸이 의자 위로 올라가며 말했다.

"그렇단다! 당연하지! 발자크는 세상에서 가장 뛰어난 소설가거든. 그가 그려낸 인물 몇몇은 몰리에르의 인물 이상이지. 그런 발자크라도 이 시대에 살았다면《인간희극》을 쓸 용기를 내지 못했을 거야!"

"하지만 어쨌든 발자크는 철저히 사실적인 풍속도를 그려냈잖아요. 그의 주인공들은 너무나도 현실적이죠. 오늘날의 인물들에게서도 그 예를 찾아볼 수 없을 정도로 말이에요."

"그렇고말고. 마르세, 그랑빌, 세스넬, 미루에, 뒤 귀에니크, 몽트리보, 기사 발루아, 샹트리 남작부인, 모프리뇌즈, 외제니 그랑데, 피에레트 같은 인물[23]의 모델을 그가

---

23 모두 발자크 작품의 등장인물들.

어디서 취했겠니? 귀족, 지식인, 무사, 자선가, 순진한 사람 등 수많은 매력적인 인물들은 그가 창조해낸 것이 아니라 묘사해낸 거란다. 사실 탐욕스러운 자들은 재산가들이지. 재산가들이 법의 보호를 받고 도둑들이 특권을 누리며 거드름을 피우지. 크레벨, 뉘생겐, 보트랭, 코랑탱, 윌로, 곱세크 등 온갖 인물들이 다 있지." 위그냉이 대답했다.

"여기 중요한 작가가 있는 것 같은데요!" 미셸이 다른 서가로 옮겨가며 말했다.

"내 생각도 그래! 알렉상드르 뒤마는 '문학의 뮈라'[24]라고 할 수 있는 인물로 갑작스러운 죽음을 맞을 때까지 무려 1,993편의 작품을 써냈단다! 그는 정말 흥미로운 소설가였어. 정력적인 기질 때문에 스스로를 해치지 않는 선에서 자신의 모든 것을 혹사했지. 재능, 재기, 영감, 활기, 육체적인 힘까지 말이야. 흑인 혼혈로 태어난 그는 프랑스, 스페인, 이탈리아, 라인 강변, 스위스, 알제리, 코카서스, 시나이산을 자신의 전장으로 삼았어. 특히 《여행기》[25]로

---

24 조아킴 뮈라(1767~1815) 장군은 나폴레옹의 최측근으로 기병 부대를 지휘해 전 유럽을 떨게 했다.

25 *Le Speronare*: 1842년에 출판된 알렉상드르 뒤마의 이탈리아 여행기. 그는 처음에 나폴리에 방문했다가 카프리로 가서 시칠리아로, 그리고 메시나에 도착한다.

10장 1961년 4월 15일 일요일, 위그냉 삼촌이 사열한 프랑스 작가들의 열병식

나폴리에도 입성했지! 아, 정말이지 놀라운 성격의 소유자였어! 한창나이에 자신이 개발한 요리에 중독되어 죽지 않았다면 작품 수가 4,000권에 달했을 거라고들 했지."

"정말 가슴 아픈 일이에요. 그런데 그 끔찍한 사고에 다른 희생자는 없었나요?" 미셸이 물었다.

"있었지. 불행히도 희생당한 사람들 중에는 당시 신문 하단에 라틴어 어간에 대해 쓰던 쥘 자냉[26]이라는 비평가도 있었어! 알렉상드르 뒤마는 화해의 뜻으로 그를 식사에 초대했지. 그 두 사람과 함께 몽슬레[27] 청년도 죽었단다. 몽슬레가 남긴 유일한 작품은 걸작이었지만 안타깝게도 미완성으로 남았어. 《미식가 연감》이라는 그 책은 45권으로 되어 있어. 재미있는 건 F까지밖에 못 갔다는 거야."

"안타깝네요. 걸작이 될 수도 있었는데요." 미셸이 말했다.

"여기 용감한 전사 프레데릭 술리에[28]가 있구나. 그는 기습의 귀재로 공략이 불가능해 보이는 진지를 탈취하는 데 뛰어났어. 고즐랑[29]은 경기병 대장이었고, 메리메는

---

26 19세기의 프랑스 소설가이자 비평가 쥘 베른의 편집자인 에첼의 친구.
27 Charles Monselet(1825~1888): 프랑스의 언론인이자 미식 작가.
28 Frédéric Soulié(1800~1847): 프랑스의 인기 소설가이자 극작가, 비평가.
29 Léon Gozlan(1803~1866): 프랑스의 기자이자 작가. 발자크의 비서였다.

엽관장군[30], 생트뵈브[31]는 수송을 관장하는 부재무관, 아라고[32]는 똑똑한 공병 장교로 과학을 적절하게 응용할 줄 알았지. 자, 미셸, 여기 조르주 상드가 있구나. 위대한 천재로 프랑스 최고의 작가들 중 하나야. 1859년 아들이 그녀를 대신해 뒤늦게 훈장을 받았지."

"이 심각한 표정을 짓고 있는 사람들은 누구죠?" 미셸이 벽과 기둥 모서리에 쌓여 있는 책들을 가리키며 물었다.

"얼른 지나가자, 애야! 저건 철학서들이야. 쿠쟁[33], 피에르 르루[34], 뒤물랭[35] 등 많은 이들이 있지. 하지만 철학이란 유행의 산물이야. 요즘 사람들이 철학책을 읽지 않는 것도 이해가 가."

"그럼 저기 있는 건 누구죠?"

---

30 Prosper Mérimée(1803~1870): 프랑스의 소설가. 《카르멘》, 《콜롱바》 등을 썼다. '엽관장군'이라는 저자의 표현은 그의 제2제정 가담을 비난한 듯하다.

31 Sainte-Beuve(1804~1869): 프랑스의 소설가, 문예비평가. 저자가 경멸조로 조롱한 그는 사실은 에첼과 아주 사이가 좋았다.

32 Étienne Arago(1802~1892): 화학자, 그 후 극작가이자 정치가. 제2제정 몰락 후 공화당원으로 파리 시장을 지냈다.

33 Victor Cousin(1792~1867): 프랑스의 철학자, 대학 교수, 정치가.

34 Pierre Leroux(1797~1871): 철학자, 정치가, 사회주의 이론가. 19세기 프랑스의 사회사상가로 위고와 상드의 감탄을 받았다. 19세기에 이미 유럽통합을 주장했으며, 1824년 〈르 글로브〉를 창간했다.

35 Pierre Du Moulin(1568~1658): 17세기 프랑스의 개신교 신학자.

10장 1961년 4월 15일 일요일, 위그냉 삼촌이 사열한 프랑스 작가들의 열병식

"르낭[36]이란다. 큰 소동을 일으킨 문헌학자지. 1873년 펴낸 책으로 '그리스도의 신성'을 부정하려 했다가 큰코 다쳤지."

"그럼 저기 있는 책은요?" 미셸이 물었다.

"똑똑한 만큼 논란도 많았던 언론인이자 평론가, 경제학자이자 그리스도 편재론자였던 지라르댕[37]으로 포병대장교였다고나 할까."

"저 사람 무신론자 아니었어요?"

"절대로 아니야. 저 사람은 신을 믿었어. 자, 여길 보렴. 그 옆에 대단한 인물이 있구나. 이 사람은 필요할 때마다 경우에 맞는 프랑스어를 만들어냈단다. 그의 강의가 잊히지 않고 오늘날까지 전해졌다면 고전이 되고도 남았을 거야. 루이 뵈이요[38]는 로마 교회를 의욕적으로 옹호했지만 어이없게도 파문당해 죽었어. 저기 기조[39]가 있구나. 엄

---

36 Joseph Ernest Renan(1823~1892): 프랑스의 종교사가·작가·철학자. 그리스도를 역사적 문맥과 인간적 면모로 재조명한 《예수의 생애》로 가톨릭계의 반발을 샀다.

37 Émile de Girardin(1806~1881): 프랑스의 언론인, 정치인. 1836년 논쟁의 장을 연 〈라 프레스〉를 창간했다. 저렴한 신문을 발간해 엄청난 발행 부수로 성공을 거두어 '언론의 나폴레옹'이라 불림.

38 프랑스의 기자. 가톨릭계로 과격하지만 공정한 논쟁으로 존경을 받았다.

39 프랑수아 기조는 프랑스의 역사가이자 정치인. 1840년부터 1848년까지 루이 필립 치하에서 수상을 지냈는데, 자유당에 대한 엄격하고 강경한 태도로 폭동과 왕정 몰락의 단초를 제공했다.

격한 사학자인 그는 여가 시간에 오를레앙 왕좌의 평판을 위태롭게 하는걸 즐겼지.[40] 이 대단한 책을 보렴.《프랑스 혁명과 제정에 관한 사실적인 동시에 편견 없는 역사》라는 책이이야. 우리 역사의 이 불확실한 부분을 명료하게 서술하기 위해 정부의 주문을 받아 1895년 출간되었지. 티에르[41]가 쓴 편지에서 큰 도움을 받았다고 해."

"아! 여기 열정이 느껴지는 젊은이들이 있어요." 미셸이 외쳤다.

"네 말이 맞다. 모두 1860년대의 경비병들로 총명하고 대담하고 힘이 넘치지. 편견의 장벽을 뛰어넘고 예의의 장애물을 치워버리고 넘어지면 다시 일어나고 힘껏 달리다 머리가 깨지기도 해서 몰골이 말이 아니구나! 여기 그 시대의 걸작이 있군.《마담 보바리, 인간의 어리석음》이라는 이 책은 노리악[42]이 쓴 것인데 전부 다루기에는 너무 방대한 소재였어. 그 다음엔 아송랑[43]과 오르빌리, 보

---

40 프랑수아 기조는 오를레앙 왕조의 루이 필리프왕 밑에서 베트남에 대한 개입을 주도했다.

41 아돌프 티에르는 프랑스의 정치인. 걸작《프랑스 혁명사》를 남겼다.

42 프랑수아 앙투안 노리악은 19세기 프랑스 문학가. 당시 소설가 플로베르는 '인간의 어리석음에 대한 백과사전'을 계획 중이었는데, 그 계획을 후에 《부바르와 페퀴셰》를 통해 실험했다.

43 알프레 아솔랑은 프랑스의 작가로 청소년 문학의 고전《대장 코르코랑의 모험》을 썼다.

10장 1961년 4월 15일 일요일, 위그냉 삼촌이 사열한 프랑스 작가들의 열병식

들레르, 파라돌[44], 스콜[45]이 있구나. 이들은 사람을 곤란하게 만들곤 하니까 좋든 싫든 주의를 기울여야해. 왜냐하면 우리의 주의를 끄는 이들이니까."

"가벼운 곤란이죠." 미셸이 말했다.

"가볍게 사람을 자극하는 거지. 자, 여기 재능의 싹을 지닌 젊은이가 있군."

"아부 말인가요?"

"맞아! 그는 자기 재능을 과신했어. 아니 그가 우쭐했다기보다 사람들이 그를 두고 볼테르가 환생한 것 같다며 추켜세웠지. 나이가 들면서 그는 정말 볼테르에 필적할 만한 면모를 보이기 시작했어. 하지만 불행히도 1869년 예술원 견학을 갔다가 한 사나운 비평가와 결투를 벌여 그만 목숨을 잃고 말았단다. 바로 유명한 비평가 프랑시스크 사르세와 싸웠던 거야."

"그런 불행한 일이 없었다면 훨씬 더 많은 업적을 남겼을까요?" 미셸이 물었다.

"크게 대단한 업적을 남기지는 못했을 거야! 놀라운 업

---

44 루시앙 아나톨 프레보 파라돌은 19세기 프랑스 작가이자 정치평론가이자 기자. 워싱턴 주재 프랑스 공사를 지냈다.

45 Aurélien Scholl(1833~1902): 프랑스의 언론인이자 작가. 그는 주로 연극과 파리의 삶을 다룬 많은 소설을 썼다.

적을 남긴 건 우리 문학 군단의 대장들이지, 미셸. 저기 마지막 줄에 있는 이름 없는 병사들을 보렴. 옛 작품을 즐겨 있는 독자들에게도 낯선 이름들이지. 사열을 계속하자. 즐기렴. 5, 6세기는 그냥 훑어보는 것만으로 충분하단다!"

그렇게 시간이 흘러갔다. 미셸은 유명한 작가들을 제대로 살펴보기 위해 무명작가들을 대충 지나쳤다. 두 부류의 책들이 기묘한 대조를 이루고 있었다. 색채와 생기가 한풀 꺾인 듯한 문체를 지닌 고티에 같은 작가, 루베와 라클로의 외설문학을 계승한 페이[46]도 같은 작가도 있었다. 이어 샹플뢰리[47] 같은 작가부터 탁월한 학문 적용자였던 장 마세[48] 같은 이를 일별했다. 주문 장화 제작자처럼 그때그때 말재주를 부리는 메리[49] 같은 작가에서부터 위그냉 삼촌이 언어의 곡예사라고 평하는 방빌[50] 같은 작가까지 훑어보았다. 때로는 에첼 출판사에서 세심하게 편집해서 출간한 스탈[51]이라는 사람의 책, 재치 있는 모럴리스트

---

46 에르네스트 페이도는 프랑스의 작가. 극작가 조르주 페이도의 아버지.
47 쥘 위송이라고도 한다. 프랑스의 비평가이자 소설가로 1850년 초부터 사실주의 논쟁에 참가해 쿠르베를 지지했다.
48 프랑스의 기자.
49 조제프 메리는 프랑스의 시인이자 소설가로 풍자적인 희곡을 썼다.
50 프랑스의 고답파 시인.
51 P. J. 스탈은 편집자 에첼의 필명. 에첼은 '스탈'이라는 이름으로 책을 펴냈다.

였으나 어리석게도 자신의 작품을 도용당한 카르 같은 이의 책을 만나기도 했다. 또한 랑부이에 시청에서 일하면서 겉멋에 찬 우스꽝스러운 문체를 구사했던 우세예[52]의 작품, 사후 100년이 지난 후에도 찬란히 빛나고 있는 생빅토르[53] 같은 이의 책도.

이윽고 미셸은 출발점으로 돌아왔다. 그는 귀중한 책 가운데 몇 권을 꺼내 펼쳤다. 한 구절이나 한 페이지를 읽기도 했고, 이 책에서는 각 장의 서두만을, 저 책에서는 제목만을 훑어보기도 했다. 그는 문학의 향기를 흠씬 들이마셨다. 지나간 시대로부터 피어오르는 따스한 온기가 그에게 스며들었다. 그가 좀 더 일찍 태어났다면 그들을 만나 악수를 나누고 사랑에 빠졌을 터였다!

"그런데 말이다! 지금 무슨 생각을 하고 있니?" 말없이 몽상에 잠긴 미셸을 보며 위그냉이 물었다.

"이 작은 방 안에 한 사람이 평생을 행복하게 지낼 수 있는 모든 게 들어 있다는 생각을 하고 있어요!"

"책을 읽을 줄 안다면 그렇겠지!"

"저는 진심으로 그렇게 살고 싶어요. 미셸이 말했다.

---

52 아르센 우세예는 프랑스의 기자이자 비평가이자 소설가로 가벼운 글을 썼다.
53 생빅토르 백작, 곧 폴 뱅은 프랑스의 작가이자 비평가로 수식이 많은 문체를 썼다.

"그렇겠지. 하지만 조건이 하나 있단다." 위그냉이 말했다.

"어떤 조건인데요?"

"자신의 글을 써서는 안 된다는 거야!"

"그건 왜죠, 삼촌?"

"그건 말이다, 얘야, 책을 읽다 보면 이 위대한 작가들을 본받고 싶은 유혹을 느끼게 되거든."

"그게 왜 나쁜가요?" 청년이 분개해서 소리쳤다.

"길을 잃게 되거든."

"아! 삼촌, 그러니까 지금 저를 훈계하시려는 거군요" 미셸이 소리쳤다.

"아니다! 그런 훈계를 들어야 할 사람은 바로 나란다!"

"삼촌이라니! 도대체 무슨 이유에서!"

"왜냐하면 네게 이런 쓸데없는 생각을 불어넣은 사람이 바로 나니까! 나는 네게 '약속의 땅'을 보여준 셈이야. 가엾은 미셸, 하지만……."

"저를 그곳에 들어가게 해주세요, 삼촌!"

"좋다! 한 가지만 약속한다면 그렇게 해주지."

"뭘 약속해야 하나요?"

"그건 그곳에 들어가 거니는 것으로 만족해야 한다는 거다! 난 네가 이 불모의 땅을 개간하려 들지 않았으면

173

해! 지금의 네 처지를 잊지 말아야 해. 네가 앞으로 되어야 할 모습, 나 자신의 모습, 우리가 어떤 시대를 살고 있는지를 잊어서는 안 된다."

미셸은 말없이 삼촌의 손을 잡았다. 삼촌이 긴 이야기를 하기 시작했다. 얼마쯤 지났을까, 현관 벨이 울렸다. 위그냉이 문을 열어주러 나갔다.

11장

그르넬 항구에서의 산책

문 앞에는 리슐로가 서 있었다. 미셸은 선생님의 품속으로 뛰어들었다. 다음 순간 그의 눈에 위그냉 삼촌과 포옹을 나누는 뤼시 양이 보였다. 위그냉이 손님들을 기쁜 얼굴로 맞아들였다. 미셸은 이 만남이 매력적인 것이 되리라는 것을 감지했다.

　　"미셸!" 리슐로가 외쳤다.

　　"바로 그 애일세." 위그냉이 대답했다.

　　"아! 이런 '유콘드'(기분 좋은)한 놀라움이라니. '라에 탄테레멘트'(즐거움)가 예고되는 저녁이야."

　　"디에스 알보 노탄다 라필로(흰 돌에 새길 만한 날이지)." 위그냉이 화답했다.

"친애하는 플라쿠스[1]를 인용하자면 그렇지." 리슐로가 대답했다.

"처음 뵙습니다." 청년이 더듬거리며 스승의 손녀에게 인사했다.

"안녕하세요." 뤼시가 그다지 어색해하는 기색 없이 마주 인사했다.

"칸도레 노타빌리스 알보(하얀 빛이 놀랍도다)." 하고 미셸이 나직하게 중얼거렸다. 이런 라틴어 치사에 리슐로가 반색을 했다.

게다가 청년의 언급은 적절했다. 오비디우스의 이 감미로운 시구는 뤼시의 아름다움에 꼭 들어맞았다. 뤼시의 피부는 놀랍도록 하얗고 깨끗했다! 그녀는 열다섯 살 정도 되어 보였고 매력적인 얼굴에 아름다운 금발을 요즘 유행대로 어깨까지 길렀다. 그녀의 모습은 갓 피어난 듯 싱그럽고 청초했는데, 그런 표현만으로는 그녀가 지닌 참신하고 순수하고 갓 태어난 듯한 그 무엇을 다 표현할 수 없었다. 순수한 빛으로 가득 찬 짙푸른 두 눈, 작고 투명한 콧구멍과 난 예쁜 코, 촉촉한 장밋빛 입술, 단아한 목, 날렵하고 유연한 두 손, 우아한 윤곽을 드러내는 몸

---

1   가이우스 발레리우스 플라쿠스는 로마의 문법학자이자 교사.

매에 매혹된 청년은 경탄한 나머지 아무 말도 할 수 없었다. 그녀는 살아 있는 시였다. 미셸은 그녀를 자세히 뜯어보지 않고도 그것을 느낄 수 있었다. 뤼시가 시각 이전에 느낌으로 그의 가슴으로 들어왔던 것이다.

그윽한 황홀경이 끝없이 이어질 것만 같았다. 위그냉이 그것을 눈치 채고 청년의 눈길을 뤼시에게서 돌리기 위해 손님들에게 자리를 권했다.

"여러분, 곧 저녁 식사가 배달될 겁니다. 식사를 기다리는 동안 이야기를 나눕시다. 아, 리슐로, 이게 몇 달만인가. 고전연구반은 잘 되어가나?"

"참담하다네. 수사학 강좌는 이제 학생 수가 세 명뿐이네! 이 무슨 끔찍한 몰락인지! 나는 곧 해고될 것 같아. 놀랄 일도 아니지." 늙은 교사가 대답했다.

"선생님이 해고되신다고요?" 미셸이 외쳤다.

"그렇게 보는 게 현실적이겠지." 위그냉이 말했다.

"너무나도 엄연한 현실이야. 소문에 의하면 주주총회의 결정이라는 명목하에 1962년에는 문과 강의가 아예 없어질 거라더군." 리슐로가 대답했다.

'이제 저 두 사람은 어떻게 될까?' 미셸이 스승과 뤼시를 물끄러미 바라보며 생각했다.

"믿을 수가 없군. 감히 그렇게까진 못할 걸세." 위그냉이 미간을 찌푸리며 말했다.

"그들은 그렇게 하고도 남을걸. 그게 최선이니까! 요즘 누가 그리스어나 라틴어 같은 것에 관심을 갖겠나? 그리스어나 라틴어는 기껏해야 요즘의 과학용어에 어원을 제공할 뿐 아닌가! 요즘 학생들은 이 멋진 언어를 이해하지 못한다네. 그런 어리석은 젊은이들을 보면 절망과 함께 혐오가 치민다네." 리슐로가 말했다.

"그러실 만해요. 선생님 수업을 듣는 학생이 세 명으로 줄다니오!" 청년 뒤프레누아이가 말했다.

"사실 세 명도 많아." 늙은 교사가 화난 어조로 말했다.

"그 말도 맞네. 모두 열등생들일 테니까." 위그냉이 말했다.

"열등생 중의 열등생들이라네. 최근 학생 하나가 '주스 디비눔'(신성한 법)을 '주스 디빈'(신의 음료)이라고 해석하더란 말일세!" 리슐로가 대답했다.

"'주스 디빈'이라고? 그 녀석 벌써 술꾼이 될 조짐이 보이는걸!"

"그리고 어제! 어제 또 다른 일이 있었지! '호레스코 레페렌스'(그 생각을 하면 몸이 떨린다네), 《농경시》[2]제4편

---

2 로마 시인 베르길리우스의 작품.

에 나오는 이 구절을 또 한 녀석이 어떻게 해석했는지 한 번 맞춰보게.

'임마니스 페코리스 쿠스토스'

(무시무시한 무리를 지키는 자)······."

"글쎄요." 미셸이 말했다.

"그 학생의 해석을 듣고 정말 얼마나 기가 막히던지." 리슐로가 말했다.

"그래, 뭐라고 하던가? 서기 1961년에는 그 구절이 어떻게 해석되는지 좀 들어보세." 위그냉이 말했다.

"'끔찍한 농사꾼 아낙을 지키는 사람'이라지 않겠나." 늙은 교사가 우울한 표정으로 대답했다.

위그냉은 참지 못하고 웃음을 터뜨렸다. 뤼시도 고개를 돌리며 빙긋 웃었다. 미셸은 서글픈 눈길로 그녀를 바라보았다. 리슐로는 당혹한 심정을 감출 수 없는 모양이었다.

"오! 베르길리우스여, 당신이 이런 일을 상상이나 했을까?" 위그냉이 탄식했다.

"이보게들, 알다시피 말일세! 그런 엉터리 해석을 하느니 차라리 안하는 게 낫지! 수사학 수업 시간에 더하다네! 이 강의는 차라리 없어지는 게 나을지도 몰라!"교사가 다시 말했다.

"그만두시면 선생님은 뭘 하실 생각인데요?" 미셸이 물었다.

"그게 문제란다, 미셸. 하지만 지금은 그 답을 고민할 때가 아니야. 우리가 여기 온 건 즐거운 시간을 갖기 위해서니까……."

"자, 식사를 시작하세." 위그냉이 말했다.

식사를 시작할 준비를 하면서 미셸은 뤼시와 기분 좋게 일상적인 대화를 나누었다. 간간이 속내를 드러내는, 매혹적인 수줍음으로 가득 찬 대화였다. 뤼시는 열여섯 살이었지만 열아홉 살인 미셸보다 태도로 보아 훨씬 성숙한 듯했다. 그렇다고 그런 태도를 남용하지는 않았다. 하지만 미래에 대한 불안 때문에 티 없는 얼굴에 그늘이 드리워지고 표정이 심각해지곤 했다. 그녀는 자기 삶 전체라고 할 수 있는 할아버지를 걱정스러운 시선으로 바라보곤 했다. 미셸은 그녀의 눈길에 담긴 걱정을 읽었다.

"뤼시 양은 할아버지를 정말 좋아하는 모양이군요." 미셸이 말했다.

"정말 좋아해요, 미셸 씨." 뤼시가 대답했다.

"저도 선생님이 참 좋아요, 뤼시 양." 청년이 말했다.

뤼시는 자신과 미셸이 같은 사람을 좋아하고 있음을 깨닫고 살짝 얼굴을 붉혔다. 누군가의 감정과 자신의 가장 내밀한 감정이 뒤섞이는 기분이 들었다. 미셸 역시 같은 느낌이 들어 감히 그녀를 똑바로 바라볼 수가 없었다.

'식사를 시작하자'라는 위그냉의 말이 그런 어색한 순간을 벗어날 수 있게 해주었다. 근처 식당에서 사람이 와서 사람 수대로 주문한 식사를 멋지게 차려놓았다. 모두 자리에 앉았다.

영양이 풍부한 수프와 맛있는 말고기 요리가 모두의 입맛을 돋우기에 충분했다. 18세기까지 그렇게 높은 평가를 받다가 19세기에 주춤했던 말고기는 20세기에 들어와 그 명성을 되찾았다. 또 양고기를 설탕과 질산칼륨 용액에 담그는 새로운 방식으로 만든 햄도 맛있었다. 이 새로운 육류저장법을 통해 맛도 풍부해졌다. 에콰도르 원산의 채소를 프랑스 땅에 이식해 재배한 채소, 위그냉의 쾌활한 유머와 재담, 우아한 태도로 모두를 배려하는 뤼시의 손길, 미셸의 들뜬 기분 등 모든 것이 그 식사를 매혹적으로 만들어주었다. 식사 시간을 늘리고 싶었지만 소용없었다. 이윽고 식사가 끝났다. 배가 부르자 마음이 느긋해졌다.

그들은 식탁에서 일어섰다.

"이제 이 멋진 하루를 기분 좋게 마감하기로 하세." 위그냉이 말했다.

"산책을 가는 거군요." 미셸이 흥분해서 말했다.

"맞아요." 뤼시가 대답했다.

"그런데 어디로 가면 좋을까?" 위그냉이 물었다.

"그르넬항으로 가요." 청년이 대답했다.

"그거 좋은 생각이구나. '리바이어던 4호'가 정박 중이라더구나. 그 멋진 모습을 볼 수 있겠어."

네 사람은 집을 나섰다. 뤼시가 미셸의 팔짱을 끼었다. 그들은 역으로 갔다.

파리를 항구로 만든다는 그 유명한 계획은 마침내 실현되었다. 이 계획이 실제로 이루어지리라는 것을 사람들은 오랫동안 믿지 않았다. 운하 공사현장을 찾아온 많은 사람들이 이 계획을 드러내놓고 비웃으며 아무 실효도 거두지 못할 것이라고 단언했다. 하지만 이 계획을 전혀 믿지 않던 이들도 너무나도 명백한 현실 앞에 굴복하지 않을 수 없게 된 것이 벌써 10년 전이었다.

프랑스 한복판에 자리 잡은 수도 파리는 영국의 리버풀을 능가하는 항구 도시가 되어가는 중이었다. 그르넬평원, 이시 평원의 넓은 땅을 파내 긴 도크를 만들고 물을 끌어들여 초대형 선박들이 들어올 수 있게 된 것이다.

이 대역사는 산업이 어디까지 발전할 수 있는지를 보여 주었다.

이전 세기 루이 14세나 루이 필립 치하에서도 운하를 뚫어 파리를 바다와 연결한다는 아이디어가 이따금 나오곤 했다. 1863년 한 회사가 허가를 받고 자사 비용으로 크레이, 보베, 디에프 같은 곳을 통해 이 계획을 달성하는 연구에 착수했다. 하지만 경사 때문에 너무 많은 수문을 만들어야 했고 그것에 공급할 막대한 물의 양이 해당 지역에서 조달할 수 있는 우아즈강이나 베튄강의 수량으로는 불충분하다는 결론에 이르렀다. 그 결과 회사는 사업을 포기했다.

그로부터 65년 후 국가는 지난 세기에 제안된 시스템을 도입해 그 아이디어를 실현하는 일에 다시 착수했다. 해당 시스템은 파리와 대서양 간의 천연 물길이라고 할 수 있는 센강을 이용하는 것으로 지나치게 단순하고 도식적이라는 이유에서 그 전에는 받아들여지지 않았던 것이었다.

몽타네라는 민간 기술자가 그르넬 평원에서 출발해 루앙 조금 아래쪽까지 터널을 파는 공사를 15년도 안 되는 기간 동안 마무리 지었다. 터널의 규모는 폭 70미터, 깊이 20미터로 그 길이가 140킬로미터, 용적이 약 1억

9,000만 세제곱미터에 달했다. 운하에 물이 마를 걱정 같은 것은 할 필요가 없었다. 센강이 배출하는 초당 3만 리터의 물로 넉넉하게 충당할 수 있었다. 강바닥에서 시행된 이 공사로 초대형 선박들도 수로를 이용할 수 있게 되었다. 르아브르[3] 항구에서부터 파리까지 어려움 없이 들어올 수 있게 된 것이다.

뒤페라[4] 사업에 의해 모든 운하의 예인도로 위에 철도망이 갖추어졌다. 고성능 기관차가 측면으로 배열된 철로 위를 달려 어려움 없이 화물선과 여객선을 견인했다.

이 시스템은 루앙 운하에 그대로 적용되었다. 국영 선박과 상선들이 파리까지 고속으로 들어올 수 있게 되었다.

완공된 새 항구의 모습은 훌륭했다. 위그냉 일행은 사람들로 붐비는 화강암 둑 위를 거닐었다.

도크는 모두 18개로 그중 2개는 어장과 식민지 보호를 위해 배치된 국영 선박 전용이었다. 그곳에는 또 19세기에 제작된 오래된 장갑군함들이 정박해 있었는데, 고고학자들은 그것에 감탄하면서도 어떻게 그런 것을 만들 생각을 할 수 있었는지 의아해했다.

---

3 Le Havre: 프랑스 서북부, 대서양에 면한 항구도시. 센강 하구의 오른편에 자리하고 있다.
4 Dupeyrat: 쥘 베른이 만들어낸 이름인 듯.

과거 한때 전쟁용 군함의 규모가 믿을 수 없을 정도로 커졌다. 이유는 간단했다. 50년 동안 군함 제작에서 선벽과 대포가 서로 경쟁하는 우스꽝스러운 일이 벌어졌던 것이다. 대포가 선벽을 뚫을 수 있는가, 선벽이 대포를 견딜 수 있는가 하는 것이었다. 철판으로 제작된 선벽이 점점 두꺼워졌고 대포 역시 점점 육중해진 나머지 결국 전함이 무게를 견디지 못하고 침몰하는 일이 벌어졌다. 이 경쟁은 대포가 철갑 선벽에 구멍을 내면서야 종지부를 찍었다.

"저 군함을 보면 과거에 전투가 어떻게 이루어졌었는지를 알 수 있어." 도크 안쪽에 따로 떨어져 정박된 철갑선을 가리키며 위그냉이 말했다. "저 군함 속에 갇힌 채 상대 배를 침몰시키느냐, 자기 배가 침몰되느냐 둘 중 하나였지."

"그런 상황에서는 개인의 용기가 크게 중요한 요소가 아니었겠군요." 미셸이 말했다.

"개인의 용기는 대포와 더불어 사라져버렸어. 사람이 싸우는 게 아니라 기계들이 싸우는 거니까. 그렇게 되자 전투라는 게 더 이상의 발전이 없이 우스꽝스러운 것이 되고 말았지. 나는 아직도 사람이 몸과 몸을 서로 부딪치며 싸우던 시절을 기억한단다." 위그냉이 웃으면서 말했다.

"피 흘리는 걸 좋아하시나 봐요, 위그냉 선생님." 뤼시가 말했다.

"그래서가 아니란다, 뤼시. 상황이 이성적이 아니기 때문에 나도 이런 어이없는 말을 하는 거란다. 지난날의 전쟁은 존재 이유가 있었어. 하지만 대포의 사정거리가 8,000미터가 되고 36파운드짜리 포탄이 100미터 앞에 있는 말 서른네 마리와 예순여덟 명의 사람들을 쓰러뜨리게 된 이후부터는 개인의 용기 운운한다는 것이 사치스러운 얘기라는 거야."

"실제로 기계가 인간의 용맹을 죽이고 버려서 군인들이 기술자가 된 셈이지요." 미셸이 대답했다.

네 사람은 과거 전쟁에 대한 이런 이야기를 나누면서 멋진 상선용 도크 너머로 산책을 계속했다. 도크 주변은 온통 술집들이었다. 배에서 내린 선원들이 부호라도 되는 것처럼 거들먹대면서 유흥가를 돌아다녔다. 그들이 거친 음성으로 부르는 노랫소리가 철썩거리는 파도소리와 뒤섞였다. 젊은이들은 그르넬 평원 한가운데 있는 그 항구가 자기 집 안방이라도 되는 것처럼 대담하고 방자하게 행동하고 있었다. 목청껏 소리 지를 권리라도 가진 듯했다. 그들은 다른 사람들과 어울리지 않고 따로 무리를 짓고 있었다. 센강 하나로 파리와 분리된, 이른바 '르아브르인들'이었다.

　상업용 도크들은 정해진 시각에 이동식 선개교에 의해 한데 합해졌다. 선개교의 작동은 지하터널공사에서 공급하는 압축공기를 동력으로 삼아 이루어졌다. 물이 선체 아래로 빠지고, 대부분의 선박들이 탄산 수증기 동력으로 움직였다. 세 돛 범선, 스쿠너선, 소형범선, 중형범선 같은 배들은 이제 자취를 감추었다. 그런 배들은 바람이 지배하던 시대의 산물로 시대에 뒤떨어졌다. 이제 사람들은 그런 것을 원하지 않았다. 늙은 바람의 신 아이올로스는 이런 멸시에 수치스러워하며 가죽 부대 속으로 모습을 감춘 듯했다.

　수에즈 운하나 파나마 운하를 완공함으로써 원양 항해 사업과 해상 활동이 눈부신 발전을 했음을 모르는 사람이 없었다. 그런 산업은 지난날 특정 기업의 독점이나 정부의 지지를 업은 중개인들의 손을 벗어나 비약적으로 발전했다. 온갖 형태의 선박들이 앞다투어 늘어났다. 다양한 규모, 다양한 국적의 선박들이 색색의 국기를 바람에 펄럭이며 장관을 이루었다. 대형 창고에 화물이 적재되었다. 하역 작업은 기계에 의해 정교하게 이루어졌다. 어떤 기계는 작은 짐을 꾸렸고, 또 어떤 기계는 무게를 달았다. 이 기계가 화물전표를 붙이면 저 기계가 배

위로 날랐다. 열차로 예인된 선박이 화강암 벽을 따라 미끄러져 이동되었다. 양모와 면화 뭉치, 커피와 설탕 자루, 차 상자 등 전 세계에서 도착한 온갖 물건들이 산처럼 쌓여 있었다. 대기 속에서는 상업의 냄새라고 할 만한 독특한 냄새가 감돌았다. 전 세계로 출범할 선박마다 가지각색 게시판이 붙어 있었고 지구상의 온갖 언어가 이 그르넬항에서 오갔다. 이곳은 세계에서 가장 역동적으로 돌아가는 항구였다.

아르케유 언덕이나 메동 언덕 위에서 이 독을 바라보면 그 모습이 일대 장관이었다. 축제일처럼 깃발로 장식된 돛대들이 끝없이 펼쳐져 있었다. 항구 입구에 조수를 알려주는 탑이 높이 솟아 있었고, 안쪽으로는 그다지 많이 쓰이지는 않지만, 500피에(160여 미터) 높이의 전기 등대가 하늘을 찌르며 서 있었다. 세계에서 가장 높은 건축물로 발포 사정거리가 40리외(160킬로미터)에 달했다. 루앙의 대성당 탑에서도 그 모습을 볼 수 있었다.

이 모든 것들이 감탄을 자아내기에 충분했다.

"정말 대단하군." 위그냉이 말했다.

"아름다운 광경이야." 리슐로가 맞장구쳤다.

"바닷물이 보이지 않고 바람이 불지 않는데도 이 배들은 물도 쓰고 바람도 쓰고 있군!" 위그냉이 말했다.

하지만 정작 지나가기 힘들 정도로 인파가 밀려드는 곳은 대형 도크의 둑 위였다. 거대한 '리바이어던 4호'가 거기에 정박해 있었던 것이다. 지난 세기의 '그레이트에 스턴호'[5]는 이제 초대형 선박으로서의 명성을 잃었다. '리바이어던 4호'는 뉴욕에서 제작된 것으로 미국은 영국의 선박을 제압한 것을 자랑스러워했다. 그 선박에는 30개의 돛대와 15개의 배기관이 달려 있었다. 배의 기관은 3만 마력, 타륜은 2만 마력, 추진기는 1만 마력이었다. 갑판의 한쪽 끝에서 다른 쪽 끝까지 단시간에 오갈 수 있도록 철로가 놓였고, 돛 사이사이에 조성된 소공원에는 키 큰 나무들이 수풀과 잔디와 꽃 덤불 위로 그늘을 드리우고 있었다. 그 사이로 난 오솔길을 말을 타고 멋지게 달리는 사람들도 있었다. 상갑판 위에 10피에(약 3미터) 깊이의 흙을 깔아 만든 녹지가 물 위의 공원을 구현해냈다. '리바이어던 4호'는 하나의 세계였다. 이 배가 운행을 시작하자 그 결과는 경탄할 만했다. 뉴욕에서 사우샘프턴까지를 3일 만에 주파했던 것이다. 배의 폭은

---

5 저자는 실제 배인 '그레이트이스턴호'의 철자만 바꾸었다. 길이 110미터의 이 배는 1865년부터 1866년 유럽과 미국을 연결하는 전신 케이블을 해저에 매설할 때 사용되었다. 쥘 베른은 이 시기 대서양을 횡단했고 작품《부유하는 도시》에 대한 영감을 얻었다.

200피에(60여 미터), 그리고 그 길이에 대해서는 '리바이어던 4호'의 뱃머리가 부두에 닿으면 배의 뒤쪽에 있는 승객들은 육지까지 오기 위해 4분의 1리외(1킬로미터)를 걸어야 했다고 말하는 것이 이해하기 쉬우리라.

"머지않아 네덜란드에서 환상적인 상선이 건조되겠지. 키는 브레스트에 있는데 선미는 모리스섬에 닿는 그런 배 말이야!" 위그냉이 다리 위의 떡갈나무, 마가목, 아까시나무 아래를 거닐며 말했다.

미셸과 뤼시 역시 다른 사람들처럼 이 거대한 선박에 정신을 온통 빼앗겨 감탄했을까? 알 수 없다. 그들은 나지막한 어조로 대화를 나누며 걸었다. 아니, 별다른 말을 하지 않은 채 서로에게서 눈을 떼지 못했다. 사실 그들은 그르넬 항구의 장관 같은 것은 거의 보지 못한 채 위그냉의 집으로 돌아왔다.

12장

여자에 대한 캥소나의 견해

미셸은 달콤한 불면 속에서 밤을 보냈다. 잠으로 보내기엔 아까운 시간 아닌가? 깨어서 몽상에 잠기는 편이 훨씬 행복했다. 청년은 날이 밝을 때까지 자지 않고 생각에 잠겼다. 그의 머릿속에서 순수한 시정이 절정에 이르렀다.

다음날 아침 그는 은행으로 출근해 대원장 위로 올라갔다. 캥소나가 기다리고 있었다. 미셸은 친구의 손을 잡았다. 아니 으스러지게 움켜쥐었다고 해야 맞으리라. 하지만 그뿐 말을 하지는 않았다. 그는 일을 시작해 열띤 목소리로 내용을 낭독하기 시작했다.

'뭔가 있는 게 틀림없어. 오늘 저 친구 태도가 정말 이

12장 여자에 대한 캥소나의 견해

상하잖아! 무슨 열병에라도 걸린 사람 같잖아.' 캉소나가
생각했다.

한 사람은 부르고 한 사람은 받아쓰면서 하루가 지나
갔다. 두 사람은 은밀히 서로를 살폈다. 다음날도 두 친구
사이에는 특별한 대화가 오가지 않았다.

'마음속에 사랑을 품은 것 같아. 스스로 감정을 추스르
도록 내버려두자. 때가 되면 이야기하겠지.' 캉소나가 생
각했다.

사흘째 되는 날 미셸이 캉소나에게 불쑥 말을 걸었다.
캉소나는 대문자를 멋지게 쓰는 중이었다.

"캉소나, 여자에 대해 어떻게 생각해?" 미셸이 얼굴을
붉히며 물었다.

'바로 이거군.' 캉소나가 대답 없이 속으로 생각했다.

미셸이 더욱 얼굴을 붉히며 같은 질문을 되풀이했다.

"이봐. 우리 남자들은 여자에 대해 여러 가지 견해를
갖고 있어. 아침에 드는 생각이 다르고 저녁이 드는 생
각이 달라. 봄에는 이렇게 생각했다가 가을엔 저렇게 생
각하는 식이라고. 비가 오느냐, 날씨가 맑냐에 따라서 달
라질 수도 있고. 요컨대 생각이 감정에 좌우된다는 거
야." 캉소나가 일에서 손을 놓으면서 심각한 얼굴로 대
답했다.

"그건 내 질문에 대한 대답이 아닌걸." 미셸이 말했다.

"미셸, 그럼 네 질문에 대답해 보도록 하지. 넌 요즘 세상에 아직도 진짜 여자가 있다고 생각해?"

"당연히 있지!" 청년이 외쳤다.

"진짜 여자들을 종종 만난다고?"

"매일같이 만나잖아."

"인간의 종족번식을 목적으로 하는 의미에서의 여자를 말하는 게 아니야. 그건 언젠가 압축 공기장치로 대체될걸." 캥소나가 말했다.

"무슨 그런 어이없는 농담을."

"친구야, 난 진지하게 하는 말이야. 하지만 넌 항의하지 않을 수 없겠지."

"이봐, 우리 정말 진지하게 이야기하자." 미셸이 말했다.

"아니, 그러지 말자. 가볍게 이야기하자. 요컨대 난 이제 이 세상엔 여자가 없다는 입장을 취할 수밖에 없어. 여자는 카르랭[1]이나 메가테리움[2]처럼 지구에서 멸종해버렸어!"

"제발 그런 식으로 말하지 말아줘." 미셸이 다시 말

---

1 나폴리 왕국에서 쓰던 옛 화폐.
2 '옛큰땅늘보'라고도 한다. 약 1만 년 전 남아메리카에서 살았던 대형 늘보.

197
12장 여자에 대한 캥소나의 견해

했다.

"내 말 마치도록 해줘, 미셸. 아주 오래전에 여자란 존재가 있었다는 건 나도 알아. 그 시대 작가들이 명료한 언어로 여자를 표현했지. 전 세계 여자들 중 파리 여자가 가장 완벽하다고도 했고, 오래된 작품이나 판화를 보면 이 세상에 여자만큼 매혹적이고 아름다운 존재가 없는 것 같아. 말 그대로 여자는 가장 완벽한 결함과 가장 불완전한 완벽을 동시에 지닌 존재였어. 하지만 세월이 흐르면서 그런 혈통은 끊어지고 종족은 타락했어. 생리학자의 논문에서 그 한탄스러운 몰락을 확인할 수 있지. 혹시 애벌레가 나비가 되는 걸 본 적 있어?"

"있어." 미셸이 대답했다.

"그 경우를 완전히 뒤집어 생각하면 돼. 나비가 애벌레가 된 거야. 파리 여자의 나긋한 거동, 우아한 맵시, 재치 있고 부드러운 눈빛, 다정한 미소, 완벽하고 탄력 있는 몸매, 이 모든 것이 비죽하고 깡마르고 메마르고 무미건조하고 초췌하고 앙상한 모습으로 바뀌어버렸어. 무례하고 기계적이고 조직적이고 엄격해졌지. 몸매는 밋밋해지고 눈빛은 준엄해지고 태도는 뻣뻣해졌어. 안으로 말려들어간 얇은 입술 위로 억세고 강인한 코가 내려와 있고 걸음도 성큼성큼 걸어 다녀. 지난날 여자들에게 매력적인 곡선을 풍성하게 베풀었던 '형태의 천사'가 요즘은 직선과 날카로운 각만을 주는 거야. 프랑스 여자들이 미국 여자들과 비슷해졌어. 심각한 어조로 중대한 사업 문제를 논하고, 절도 있는 생활을 하고 도덕관념은 허약하고 미적 감각이라고는 찾아볼 수 없는 어이없는 차림새에, 그 어떤 압력에도 저항하는 철제 코르셋을 몸에 두르고 있지. 이봐, 그 면에서 프랑스는 우위를 잃고 말았어. 루이 15세 시대에는 남자들이 매력적인 여자들 앞에서 약해지곤 했지. 하지만 그 이후 여자들은 점차 남성화되고 말았어. 예술가의 관점에서도, 연인의 관점에서도 더 이상 가치가 없어졌다고!"

"말 계속해." 미셸이 말했다.

"그러지. 너 웃고 있구나! 내 말을 반박할 근거라도 있나 보군! 내가 말한 건 일반적인 경우이고 예외가 있다는 거겠지. 이것 봐! 너도 내가 말하는 게 일반적인 경우라는 걸 인정할거야. 내 말에는 근거가 있어! 더 심하게 말할 수도 있어! 그 어떤 부류의 여자도 이런 종족 전체의 몰락에서 예외가 될 순 없을걸! 애교 있고 쾌활한 젊은 여공들은 이제 사라져버렸어. 그나마 돈을 받는 만큼 사무적인 창녀들은 이제 심각한 부도덕을 암시한다고! 그들은 어설프고 어리석지만 등급과 수준에 따라 돈을 받을 뿐, 이제 창녀 때문에 남자가 재산을 깡그리 탕진하는 일 같은 건 일어나지 않아! 재산을 탕진하다니! 그럴 리가! 그런 표현은 이미 한물갔어! 모두들 부유해졌어, 미셸. 인간의 육체와 영혼만 빼고 말이야."

"그렇다면 당신 생각엔 이 시대에 진짜 여자를 만나는 게 불가능하다는 거야?" 미셸이 물었다.

"불가능하고말고. 아흔다섯 살 이하로는 여자가 없어. 우리 할머니 시대를 끝으로 여자란 종은 멸종되었어. 하지만……."

"아! 하지만?"

"생제르맹 교외 같은 파리 구석에서는 혹시 발견할 수 있을지도 모르지. 파리라는 이 거대한 도시의 그런 후미진 교외에는 희귀한 종류의 식물, 그러니까 네 라틴어 선생 말을 빌자면 '푸엘라 데시데라타'(바람직한 소녀)가 아직 살고 있을지도 몰라. 하지만 여간한 곳에서는 찾을 수 없을걸."

"그러니까 여자란 이미 사라진 종족이라는 당신의 원래 견해를 철회할 수 없다는 거군." 미셸이 빙긋 웃으며 말했다.

"이봐, 미셸. 19세기의 위대한 모럴리스트들은 이런 재난 상황을 예견했어. 그걸 알고 있던 발자크는 스탕달에게 보내는 유명한 편지에다, '여자는 열정이고 남자는 행동이다. 남자가 여자를 숭배하는 것은 바로 그 때문'이라고 썼지. 그런데 오늘날에는 여자와 남자 둘 다 행동이야. 프랑스에는 더 이상 여자가 없어."

"그렇다고 쳐. 그럼 결혼에 대해서는 어떻게 생각해?" 미셸이 물었다.

"좋을 게 전혀 없는 것."

"좀 더 자세히 설명해봐."

"난 내가 결혼하지 않는 것 이상으로 다른 사람의 결혼에도 찬성할 수 없어."

"그러니까 당신은 결혼하지 않겠다는 거군."

"안 해. 볼테르가 간통 사건 해결을 위해 요구했던 재결권 같은 게 법으로 인정되지 않는 한 할 수가 없어. 여섯 명의 유부남과 여섯 명의 유부녀가 한 헤르마프로티투스³와 관계를 가졌을 경우 그것이 무죄냐 유죄냐를 두고 같은 표가 나왔을 경우 재결권이 생긴다는 거 알지?"

"이런, 농담하지 말자고."

"농담 아니야. 그래야 안심이 되지 않겠어? 두 달 전 쿠

---

3 남녀 양성을 가진 신으로 양성애자를 말한다.

탕스라는 사내가 자기 아내를 상대로 제기한 간통 소송의 결과 혹시 알아?"

"아니!"

"들어봐. 판사가 쿠탕스 부인에게 어째서 부부간의 의무를 소홀히 했느냐고 물었지. 그러자 그녀는 '기억이 잘 나지 않습니다.'라고 대답했어. 그 결과 무죄 방면되었지. 그렇다니까! 솔직히 말해 그런 대답에 어떻게 유죄 판결을 내리겠어?"

"쿠탕스 부인 얘기는 그만해. 결혼 이야기로 돌아가자고." 미셸이 말했다.

"이봐, 그 문제에 관한 절대적인 사실 하나를 알려줄게. 총각으로 있으면 언제든 결혼할 수 있지만, 일단 결혼을 하면 다시는 총각이 될 수 없어. 결혼한 남자의 처지와 독신자의 처지는 하늘과 땅 차이야."

"캥소나, 당신은 그러니까 결혼에 반대한다는 거지?"

"난 그저 이렇게 말할 수밖에 없어. 가정이 붕괴되고, 가족 구성원 각각의 이해관계가 서로를 흩어지게 하고 무슨 수를 써서든 부자가 되어야 한다는 요구 때문에 다정한 감정이 죽어버리는 이 시대에 결혼 같은 건 불필요하다고 말이야. 지난 시대 작가들에 따르면 당시의 결혼은 전혀 다른 것이었던 듯해. 옛 사전을 뒤적여보면 가정

이니 본가니 집이니 거처니 인생의 동반자니 하는 말들
이 툭툭 튀어나오는 것에 놀라지 않을 수 없어. 하지만
이런 표현은 이제 그 의미와 더불어 사라진지 오래야. 이
제 사람들은 더 이상 그런 걸 필요로 하지 않아. 과거에
는 '부부'-이 단어 역시 의미를 잃고 말았지-가 친밀하
게 생활을 공유했어. 다들, 여자의 충고는 대단한 게 아
니지만, 미치지 않고서는 무시할 수 없다는 산초[4]의 말을
기억하고 있었다고! 당시 사람들은 그런 말을 귀담아들
었어. 하지만 이제 얼마나 달라졌는지 봐. 오늘날에는 남
편이 아내와 떨어져 살아. 모임에 참석해 거기서 점심을
먹고 일을 하고 거기서 저녁을 먹고 거기서 즐기고 거기
서 잠을 자. 아내는 아내 나름대로 일을 하고. 두 사람이
길에서 부딪치면 마치 남인 것처럼 인사를 나눈다고. 남
편은 이따금 아내를 방문해. 월요일이나 수요일에 들르
는 거지. 아내는 때때로 저녁 식사에 남편을 초대하고, 드
물게는 저녁을 함께 보내. 요컨대 오늘날 부부들은 거의
만나지도 보지도 대화하지도 마음을 터놓지도 않아. 그
저 자식을 낳아야 하기 때문에 서로를 필요로 하는 것뿐
이지!"

---

4   세르반테스의 소설 《돈키호테》에 나오는 등장인물.

"어느 정도는 당신 말이 사실이야." 미셸이 말했다.

"틀림없는 사실이야. 미셸. 지난 세기부터 가능하면 자녀를 적게 가지려는 추세가 부상했지. 결혼한 여자가 빨리 임신을 하면 어머니들은 노여워했고 남편은 그런 서투른 짓을 저지른 것에 대해 당혹스러워했지. 오늘날 합법적인 관계에서 낳은 아이들의 숫자는 사생아에 비해 현저히 줄었어. 사생아의 비율이 압도적으로 높다고. 사생아들은 곧 프랑스의 주역이 되어 친권을 밝히는 것을 금지하는 법안을 제정할 거야."

"정말 그럴 수도 있겠네." 미셸이 대답했다.

"사회의 각 계층에 자리 잡은 이런 흐름이 정말 문제라면 문제야. 나처럼 자기 본위로 사고하는 사람은 이런 세태를 비판하기보다는 이용하는 편이지만 말이야. 이제 결혼이란 게 부부생활을 의미하지 않는다는 것, 혼인의 신이 피우는 불꽃이 과거처럼 음식을 데우는 데 쓰이지 않는다는 걸 나로서는 네게 알려주지 않을 수 없어." 캥소나가 말했다.

"그런데 내가 묻고 싶은 건, 있음직하지도 않고 있을 수도 없을 것 같지만 혹시 당신이 결혼하고 싶은 여자를 만났다면 어떻게 하겠느냐는 거야." 미셸이 말했다.

"친애하는 미셸, 그렇다면 우선 다른 사람들처럼 돈을

벌기 위해 애써야겠지. 두 사람 몫의 생활을 위해서는 돈이 필요하니까. 자기 아버지 금고에 큰돈이 있지 않은 아가씨는 결혼하기 어려워. 25만 프랑의 지참금을 가진 마리 루이즈라는 여자가 있다고 해보자. 그 여자는 은행가 아들 중에서는 구혼자를 찾기 어려울 거야."

"하지만 나폴레옹 같은 남자라면 그 여자와 결혼하려 하지 않을까?"

"나폴레옹 같은 남자는 드물어, 미셸."

"그러니까 당신은 결혼할 생각이 없는 거군?"

"결단코 없어."

"내가 결혼하는 것도 반대해?"

'드디어 본론이 나왔군.' 캥소나는 미셸의 말에 대답하지 않고 속으로 생각했다.

"캥소나, 왜 대답이 없어?" 청년이 물었다.

"우선 널 좀 살펴보고." 캥소나가 무거운 어조로 말했다.

"살펴본 결론은……."

"어디부터 결박할지 궁리중이야!"

"나를 묶는다고!"

"그래! 넌 미쳤어! 제정신이 아니야! 도대체 어쩌려고 이래?"

"행복하려고!" 미셸이 대답했다.

"논리적으로 생각해봐. 네게 천재성이 있는 경우와 없는 경우 둘 다를! 이 단어가 거슬린다면 그냥 재능이라고 하자. 네게 재능이 없는 경우 너희 두 사람은 가난 때문에 굶어 죽게 될 거야. 그리고 혹시 재능이 있다 해도 다른 문제가 있어."

"어떻게 그런 일이 있다는 건지."

"이봐, 천재성이나 재능이 일종의 병이라는 걸 넌 몰라. 환자를 돌보듯이 남편을 돌볼 각오가 되어 있지 않은 여자는 예술가와 결혼하지 않아."

"웬걸! 난 찾아냈는걸, 그런……."

"그런 착한 여자를 찾아낸 것 같겠지. 하지만 그런 여자는 없어. 이제 그렇게 착한 여자는 존재하지 않는다고!"

"내가 찾아냈다니까!" 미셸이 자신 있게 외쳤다.

"여자를?"

"그래!"

"젊은 여자를?"

"그래!"

"천사 같은 여자겠지!"

"그래!"

"그렇다면 미셸, 그 천사의 깃털을 뽑고 우리 속에 가둬버려. 그렇지 않으면 날아가 버릴 테니까."

"내 말을 들어봐, 캥소나, 그 여자는 부드럽고 착하고 사랑스러워."

"돈도 많고?"

"가난해! 아주 가난한 것 같아. 물론 난 그녀를 딱 한 번 봤을 뿐이지만……."

"참 많이도 만났군 그래! 좀 더 자주 만났으면 좋았을 걸……."

"비웃지 마, 캥소나. 그 여자는 내 스승의 손녀야, 난 미치도록 그녀가 좋아. 우리는 십년지기 친구들처럼 친밀하게 대화를 나눴어. 그녀도 나를 사랑하게 될 거야. 정말 천사 같은 여자라고!"

"같은 말 반복하고 있군! 이봐, 인간은 천사도 짐승도 아니라고 파스칼이 말했잖아. 네 말대로라면 너와 그녀, 너와 그 미인은 파스칼의 말과 엄청난 괴리가 있는걸!"

"오! 캥소나!"

"진정해! 넌 천사가 아니야! 잘도 그렇겠다! 천사라니! 사랑에 빠지다니! 열아홉 살에 간절히 꿈꾸던 일이 마흔 살이 되면 어리석게 느껴지는 법이야."

"상대방 역시 나를 사랑한다면 그때에도 행복할 것 같아." 청년이 대답했다.

"이봐! 그런 말 마! 조용히 하라고! 너 때문에 화가 나. 더 이상 아무 말도 하지 마. 한 마디라도 더하면 난……." 피아니스트가 소리쳤다.

그런 다음 캥소나는 흥분이 극에 달해 대원장의 백지 위를 두들겨댔다.

여자와 사랑에 대한 대화는 쉽게 끝날 화제가 아님이 분명했다. 파장을 예측하기 어려운 끔찍한 사고가 터지지 않았다면 그들의 대화는 저녁까지 이어졌으리라.

흥분해서 휘젓던 캥소나의 손이 여러 가지 색깔의 잉크가 흘러나오는 커다란 사이펀 모양의 기구를 불행히도 탁 하고 치고 말았다. 다음 순간 붉은색, 노란색, 초록색, 푸른색 잉크가 대원장 위로 용암처럼 흘러내리기 시작했다.

캥소나가 겁에 엄청난 비명을 내질렀다. 사무실 사람들 전체가 소스라쳤다. 사람들은 대원장이 무너지고 있다고 생각했다.

"우린 이제 끝장이야." 목소리까지 달라진 미셸이 말했다.

"네 말대로야, 미셸. 잉크가 여기까지 흘러오는군. 어서 피해." 캥소나가 대답했다.

그때였다. 카스모다주 은행장과 미셸의 사촌형 아타나 즈가 부기실로 들어왔다. 은행장이 불행의 현장으로 다가왔다. 그는 크게 놀란 듯했다. 입을 벌렸지만 소리가 나오지 않았다. 분노로 숨이 막혔던 것이다!

이 무슨 변고인가! 은행의 방대한 업무를 기록해두는 이 멋진 책에 얼룩이 생기다니! 금융사업을 적어두는 이 귀중한 대원장이 오염되다니! 하나의 세계를 품은 이 완벽한 책이 더럽혀지다니! 축제일이면 은행 관리인이 내방객들에게 보여주는 이 대형 기념물이 훼손되고 얼룩지고 더럽혀지고 오염되고 손상되고 망가지다니! 그 원장의 관리인, 그 일을 맡은 자가 스스로의 일을 망쳐버리다니! 사제가 제 손을 제단을 욕보이다니!

카스모다주의 머릿속에서는 이런 끔찍한 생각이 오갔지만 말이 되어 나오지 않았다. 무시무시한 침묵이 사무실 전체를 짓누르는 듯했다.

갑자기 카스모다주가 딱한 필경사를 향해 손짓을 했다. 그는 단호하고 분명하게 출입문을 가리켰다. 손짓의 의미는 분명했다! '나가!'라는 만국공통의 몸짓이었다. 캥소나는 젊음을 바쳐 일해 온 정든 대원장에서 내려왔다. 미셸도 그의 뒤를 따라 내려와 은행장에게 다가가 말

12장 여자에 대한 캥소나의 견해

했다.

"행장님. 이 일은 저 때문에 생긴 것이니⋯⋯."

그러자 은행장은 같은 팔을 더 힘주어 들어 올리며 필경사가 나간 그 길로 구술자까지 쫓아버렸다.

캥소나는 천 토시를 조심스럽게 벗고 모자를 집어 들어 가장자리를 문지른 다음 머리에 썼다. 그런 다음 곧장 은행장에게 다가갔다.

은행장의 두 눈이 이글거리고 있었다. 하지만 그의 목에서는 아무 소리도 나오지 않았다.

캥소나가 부드럽기 짝이 없는 어조로 말을 시작했다. "카스모다주 은행장님, 행장님은 이런 잘못을 저지른 사람이 저라고 생각하시겠지요. 은행의 대원장 관리를 소홀히 했으니까요. 저는 그런 오해를 바로잡고 싶습니다. 이 세상의 모든 불행이 그런 것처럼 이 돌이킬 수 없는 불행을 초래한 건 바로 여자들입니다. 그러니 이 잘못을 우리의 어머니 이브와 이브의 어리석은 남편에게 돌리세요. 우리의 모든 고난과 고통은 그들로부터 비롯되었습니다. 지금 우리가 복통에 시달리는 건 아담이 익지도 않은 사과를 따먹었기 때문이죠. 그럼 저는 이만 가보겠습니다."

캥소나가 부기실을 나갔고, 미셸이 그 뒤를 따랐다. 아

타나즈가 은행장의 팔을 부축했다. 아말렉 전투 동안 아론이 모세의 팔을 붙들어준 것처럼.[5]

---

5 아말렉 전투: 이스라엘의 첫 번째 전투. 〈출애굽기〉 17:8~16에 나오는 일화. "모세가 손을 들면 이스라엘이 이기고, 손을 내리면 아말렉이 이기더니." 결국 아론과 훌의 도움을 받아 모세의 손은 위로 들려있었고 마침내 큰 승리를 얻을 수 있었다. 이스라엘이 아멜렉군과의 전쟁에서 승리한 것.

13장

20세기에 예술가들이 얼마나 쉽게 굶어 죽을 수 있는가

✳

청년의 위치는 현저히 달라졌다. 그런 입장에 처했다면 많은 이들이 절망에 빠져서는, 미셸 같은 반응을 보이지는 않았을 것이다. 요컨대, 고모 일가에게 더 이상 신세를 질 수 없는 현실을 미셸은 마침내 자신이 자유로워진 것으로 느꼈다. 직장에서 해고당하고 쫓겨났지만 그는 오히려 감옥에서 풀려난 것 같은 느낌이 들었다. 사람들이 그를 해고해준 것이 너무나도 고마웠다. 앞으로 무슨 일을 해야 할까 하는 걱정 같은 것은 아직 떠오르지 않았다. 그는 세상에 나가 무슨 일이든 할 수 있을 듯했다.

그런 미셸을 진정시키느라 캥소나는 상당히 애를 먹었다. 이윽고 그는 청년의 흥분을 가라앉힐 수 있었다.

"우리 집으로 가자. 잠은 자야 할 테니까." 그가 청년에게 말했다.

"아침 해가 떠오르면 잠자리에 들리니." 미셸이 몸짓을 곁들이며 읊조렸다.

"비유적으로 말하자면 해 뜰 무렵일 수도 있겠지. 나도 그랬으면 좋겠어. 하지만 현실적으로 보자면 지금은 밤이야. 그리고 안타깝게도 우리는 이제 총총한 별빛 아래서 잘 수가 없어. 더 이상 총총한 별들이 없으니까. 이제 천문학자들은 눈으로 볼 수 없는 별들에만 관심을 갖는다고. 자, 이제 우리의 상황에 대해 얘기 좀 해야 해."

"오늘은 곤란해. 나한테 따분한 얘기를 하려는 거잖아. 나도 알고 있어. 당신이 하려는 말 중에서 내가 모르는 게 있을까? 자유의 맛에 처음으로 취한 노예에게 '넌 이제 굶어 죽을 거야!'라는 말을 꼭 해야겠느냐고!"

"네 말도 맞다. 오늘은 아무 말도 하지 않을게. 하지만 내일은 달라!" 캥소나가 대답했다.

"내일은 일요일이야! 내 휴일을 망치지는 않겠지!"

"아! 그런가! 그럼 내일도 안 되겠군."

"그럼! 그렇고말고! 좀 더 있다가 이야기하기로 해."

"이런! 나한테 좋은 생각이 있어. 내일은 일요일이니 위그냉 삼촌을 만나러 가자고! 그런 선한 어른을 알고 지내면 좋을 것 같아!" 캥소나가 제안했다.

"좋아." 미셸이 외쳤다.

"그래, 세 사람이 모이면 지금의 상황을 타개할 해결책을 찾아낼 수 있을 거야."

"그럴 거야! 좋아. 우린 반드시 해결책을 찾아낼 거야." 미셸이 대답했다.

"그럼! 그럼!" 캥소나는 더 이상 토를 달지 않고 고개를 끄덕였다.

다음날 아침 일찍 캥소나는 가스 자동차를 타고 미셸을 데리러 왔다. 미셸이 그를 기다리고 있었다. 그는 거리로 나와 자동차에 올랐다. 운전사가 차를 출발시켰다. 모터가 겉에 드러나지도 않은 탈것이 이토록 빨리 달릴 수 있다니 놀라운 일이었다. 캥소나는 철도를 이용하는 것보다 이런 식의 교통편을 선호했다.

날씨는 화창했다. 그들이 탄 가스 자동차는 이제 막 깨어나기 시작하는 거리를 가로질러 달렸다. 절묘하게 모퉁이를 돌고 비탈길을 힘들이지 않고 오르는가 하면 아스팔트 길에서는 엄청난 속도를 냈다.

20분 후 자동차는 카이유에 도착했다. 캥소나가 요금을 지불했다. 두 사람은 위그냉이 사는 아파트로 올라갔다.

위그냉이 문을 열어주었다. 미셸은 삼촌을 꼭 껴안은

13장 20세기에 예술가들이 얼마나 쉽게 굶어 죽을 수 있는가

다음 그에게 캥소나를 소개했다.

위그냉은 피아니스트를 반갑게 맞으면서 두 사람에게 자리를 권하고 격의 없는 말투로 점심 식사를 같이 하는 것이 어떠냐고 제안했다.

"그런데요, 삼촌. 제게 계획이 있어요." 미셸이 말했다.

"계획이라니! 얘야"

"삼촌을 모시고 들판으로 가서 하루 종일 있다 오는 계획이요."

"들판에 가겠다고? 하지만 이제는 들판이란 게 없잖니, 미셸!" 위그냉이 외쳤다.

"맞는 말씀입니다. 이제 어디 가서 들판을 찾겠습니까?" 캥소나가 말했다.

"캥소나 씨도 나랑 같은 생각인 것 같구나." 위그냉이 말했다.

"전적으로 동감입니다, 위그냉 선생님."

"보렴, 미셸. 내가 생각하는 들판이란 나무가 있고 평원이 있고 시내가 흐르고 초원이 있는 곳, 무엇보다도 맑은 공기를 마실 수 있는 장소란다. 그런데 이제 파리를 중심으로 반경 10리외(40킬로미터) 내에서는 맑은 공기를 마실 수 없잖니! 런던의 공기 질을 부러워할 지경이 되었지. 만 개의 공장 굴뚝과 화학제품 공장과 인조 질소비료,

탄산가스, 유독가스, 산업 악취로 인해 연합왕국¹에 맞먹게 대기가 오염되고 말았어. 이 늙은 다리로 여간 멀리 나가지 않고서는 맑은 공기를 마신다는 건 꿈도 꿀 수 없어. 내 말을 믿고 집에서 창문을 잘 닫고 차분히 점심 식사를 하는 게 최선일 것 같다."

그들은 위그냉의 말대로 하기로 했다. 세 사람은 식탁에 앉아 음식을 먹으면서 이런저런 이야기를 나누었다. 위그냉은 캥소나를 관찰했다. 후식을 먹으며 캥소나가 말했다.

"정말이지 위그냉 선생님, 음울한 얼굴들로 가득 찬 이 시대에 선생님은 참 보기 좋은 모습을 하고 계시네요. 선생님께 악수를 청해도 되겠습니까?"

"캥소나 씨, 난 오래전부터 당신을 알고 있었소, 이 애가 당신 얘기를 종종 들려주어서 말이오. 그래서 당신이 우리와 같은 부류라는 걸 알고 있었다오. 이렇게 당신을 데려온 미셸에게 고마울 지경이오. 당신을 데려온 건 정말 잘한 거요."

"이런! 이런! 위그냉 선생님, 제가 미셸을 데려온 거랍니다. 사실을 말씀드리자면요."

---

1 잉글랜드, 스코틀랜드, 북부 아일랜드를 합한 국가명.

13장 20세기에 예술가들이 얼마나 쉽게 굶어 죽을 수 있는가

"그러니까 미셸, 이분이 널 이리로 데려온 거냐?"

"위그냉 선생님, 데리고 왔다고도 할 수 없습니다. 끌고 왔다고 해야죠." 캉소나가 다시 말했다.

"오! 이 친구가 지금 과장하는 거예요!" 미셸이 말했다.

"그렇다면 요컨대……." 위그냉이 말했다.

"위그냉 선생님, 우리를 자세히 좀 봐주십시오." 피아니스트가 다시 말했다.

"보고 있소만."

"자, 미셸, 뒤로 좀 돌아봐. 선생님이 우리를 구석구석 보실 수 있도록 말이야."

"왜 이러는지 이유를 말해주겠소?"

"위그냉 선생님, 혹시 우리 둘에게서 최근 해고된 사람 같은 기미가 느껴지지 않습니까?"

"해고되었다고?"

"오! 사실 그렇습니다. 빼도 박도 못 하게 해고됐지요."

"어떻게 그런 일이! 어쩌다가 그런 불행이 닥쳤단 말이오?"

"불행이 아니라 행복이에요!" 미셸이 말했다.

"미셸." 캉소나가 어깨를 으쓱해 보이며 말했다. "위그냉 선생님, 저희 둘이 쫓겨난 건 사실입니다. 파리의 포도

위로, 아니 아스팔트 위로요!"

"정말이오?"

"정말이에요, 삼촌!" 미셸이 대답했다.

"무슨 일이 있었길래?"

"자초지종은 이렇습니다, 위그냉 선생님."

캥소나가 문제의 사고에 대해 이야기하기 시작했다. 어떻게 그런 일이 일어났는지를 자세히 말하는 그의 활기찬 태도와 팔팔한 기운에 위그냉은 자기도 모르게 미소를 지었다.

"웃음은 나지만 사실은 전혀 웃을 일이 아니구나." 그가 말했다.

"그렇다고 울 일도 아니에요." 미셸이 말했다.

"캥소나 씨는 앞으로 어쩔 생각이오?"

"제 걱정은 접어두지요. 걱정해야 할 사람은 미셸이니까요." 캥소나가 대답했다.

"그렇다면 제가 이 자리에 없다 치고 두 분이 대화를 나눠보시죠." 미셸이 말했다.

"상황은 이렇습니다. 여기 돈을 다룰 줄도 모르고 장사도 사업도 할 줄도 모르고 사업도 할 줄 모르는 청년이 있습니다. 그는 이 세상에서 뭘 하며 살아야 할까요?"

"정말이지 중요한 질문이군. 몹시 어려운 문제요. 캥

13장 20세기에 예술가들이 얼마나 쉽게 굶어 죽을 수 있는가

소냐 씨가 조금 전에 말한 세 가지 일은 오늘날 먹고살기 위해 가질 수 있는 직업의 전부라고 할 수 있소. 내가 보기엔 그 밖의 일이 있을 것 같지 않소. 혹시……." 위그냉이 대답했다.

"지주가 된다면 모를까요." 피아니스트가 말했다.

"바로 그렇소!"

"지주라고요?" 미셸이 웃음을 터뜨리며 반문했다.

"그렇다니까! 이 친구는 내 말을 우습게 여기는군요! 미셸은 이 명예롭고 벌이 좋은 직업을 지나치게 우습게 여기고 있어요. 딱한 미셸, 넌 지주가 어떤 것인지 생각해 본 적이 없는 것 같구나! 하지만 이봐, 지주라는 단어는 엄청난 걸 의미해! 살과 뼈로 이루어진 인간, 여자에게서 태어나 언젠가는 반드시 죽게 될 인간이 지구의 일부를 소유한다는 생각을 해보라고! 그의 머리가 그에게 달려 있듯이 일정 넓이의 땅이 오직 그에게 속해 있다는 걸 말이야. 거기에서 끝나는 게 아니야! 그 어떤 인간도, 심지어는 신조차도 그에게서 그 땅을 빼앗아갈 수 없어. 게다가 그는 그 땅을 자손에게 물려줄 수도 있지! 마음대로 파고 뒤집어엎고 그 위에 뭔가를 지을 권리가 있다고. 그 땅 위의 공기, 그 땅에서 솟아나는 물 등 모든 게 그의 소유야! 원한다면 자기 땅에서 자라는 나무를 불살라버릴 수도 있고, 그 위를 흐르는 시냇물을 마실 수도 있고, 거기에서 자라는 풀을 먹을 수도 있어. 그는 매일 생각해. 창조주가 태초에 만든 땅의 일부를 자신이 소유하고 있다고, 지구 표면의 이만큼은 내 것이라고, 1만 2,000세제곱미터에 이르는 그 위의 공기와 5,000리외(2만 킬로미터)에 이르는 땅속까지 내 것이라고 말이야! 요컨대 지주의 소유권은 소유한 땅의 지구 중심까지 해당되는 셈이고, 제한이 있다면 지구 반대편에 대척되는 땅을 소유하고 있는 사람의 권리뿐이니까! 하지만 미셸, 넌 딱하게도 이런 걸 한 번도 생각해본 적이 없으면서 그렇게 웃을 수 있다니. 1헥타르의 땅을 가지면, 200억 세제곱미터에 달하는 원뿔형의 땅과 그에 부수되는 것들을 소유하게 된다는 생각을 해본 적이 없는 거라고!"

캥소나가 멋지게 지주의 장점을 그려냈다. 그는 몸짓과 어조, 표정을 동원해 듣는 이를 사로잡았다. 오해의 여지가 없었다. 그가 땅을 갖고 있었다. 그가 바로 지주였다!

"아! 캥소나 씨. 정말 멋지군요! 당신 덕택에 미셸은 이제부터 지주가 되고 싶다는 욕망을 갖게 될 것 같소."

"그렇지 않습니다, 위그냉 선생님! 미셸은 이런 얘기를 비웃고 있는걸요!"

"그래! 우스워. 난 땅 같은 건 1세제곱미터도 가져야겠

13장 20세기에 예술가들이 얼마나 쉽게 굶어 죽을 수 있는가

다는 생각이 들지 않아. 우연히 갖게 된다면 몰라도……."
미셸이 대답했다.

"뭐라고! 우연이라고! 넌 그 말이 무슨 뜻인지 알지도
못하고 쓰고 있잖아!" 피아니스트가 소리쳤다.

"무슨 뜻으로 하는 말이지?"

"우연이라는 말은 아랍어에서 나온 것으로 힘을 들인
다는 뜻이야. 이 세상에는 힘들여 극복해야 할 것 투성이
야. 끈기와 지성을 기울여서 말이야."

"캥소나 씨 말이 맞아! 자, 미셸, 네 생각은 어떠니?" 위
그냉이 물었다.

"삼촌, 전 그렇게 야심만만한 인간이 아니에요. 캥소
나가 말하는 200억 세제곱미터에 달하는 땅 같은 것에는
관심이 없어요!"

"하지만 1헥타르의 땅에서는 2,000 내지 2,500리터의
밀을 생산할 수 있고, 100리터의 밀로는 75킬로그램의
빵을 만들 수 있어. 하루에 1파운드씩 먹는다고 치면 반
년 치의 식량이 되지!" 캥소나가 말했다.

"아! 먹고사는 얘기군! 생계를 유지하는 것, 언제나 그
얘기뿐이야." 미셸이 소리쳤다.

"그래! 미셸, 먹고살아야 한다는 얘기야. 하다보면 서
글퍼지곤 하지."

"그렇다면 미셸, 넌 뭘 할 작정이니?" 위그냉이 물었다.

"제가 완전한 자유의 몸이라면요, 삼촌, 어디선가 읽은 행복의 정의를 실천하고 싶어요. 행복에는 네 가지 조건이 있다고 했어요." 청년이 대답했다.

"그게 뭔데?" 캥소나가 마뜩찮은 기색으로 물었다.

"자연 속의 생활, 여인과의 사랑, 모든 야망으로부터의 초탈, 새로운 아름다움의 창조야." 미셸이 대답했다.

"그렇다면 미셸은 이미 그 계획의 반은 이룬 셈이네." 피아니스트가 웃으며 소리쳤다.

"그게 무슨 소리요?" 위그냉이 물었다.

"자연 속의 생활? 저 친군 이미 거리로 쫓겨나 있잖아요!"

"그렇군." 위그냉이 수긍했다.

"여인과의 사랑은 어떨까요……?"

"그만해." 미셸이 얼굴을 붉히며 말했다.

"알겠다." 위그냉이 놀리는 듯한 어조로 말했다.

"다른 두 가지 조건은 좀 어렵겠는걸요. 저 친구에겐 상당한 야망이 있으니 모든 욕망을 초탈하기는 어려울 것 같고……." 캥소나가 말했다.

"하지만 새로운 아름다움을 창조하는 건 가능해요." 미셸이 열정적으로 외치며 자리에서 일어났다.

13장 20세기에 예술가들이 얼마나 쉽게 굶어 죽을 수 있는가

"저 친구라면 충분히 할 수 있을 거예요." 캥소나가 말했다.

"가엾은 미셸." 삼촌이 서글픈 어조로 중얼거렸다.

"삼촌······."

"너는 인생이 뭔지 전혀 모른다. 누구든 살아가는 법을 배워야 한다고 세네카가 말했지. 제발 당치도 않은 희망 같은 건 품지 마. 그 많은 장애물을 생각해보렴!"

"실제로 이 세상은 혼자 살아갈 수 없어. 기계공학에서처럼 주위 환경과의 접촉을 참작해야 해. 친구, 적, 훼방꾼, 경쟁자들과 부딪치며 살아가는 거야. 여자, 가정, 사회 안에서 말이야. 제대로 된 기술자라면 이 모든 것을 고려해야 해!" 피아니스트가 다시 말했다.

"캥소나 씨 말이 옳다. 좀 더 분명히 말해볼까, 미셸. 지금까지 넌 돈을 다루는 일에서는 실패한 셈이잖니!" 위그냉이 말했다.

"그래서 제 취향과 소질에 맞는 일을 하려고요!"

"네 소질이라! 이봐, 네 모습은 지금 굶어 죽어가면서도 꿈을 포기하려 들지 않는 시인 같은걸!" 캥소나가 외쳤다.

"캥소나, 이런 상황에서 날 놀리다니 당신 너무 심술궂다." 미셸이 말했다.

"널 놀리는 게 아니라 이치를 따지는 거야. 넌 예술이 죽어버린 시대에 예술가가 되려는 거잖아!"

"오! 예술이 죽어버렸다고?"

"죽어버렸지! 묘비와 유골 단지와 함께 묻혀버렸어. 예를 들어보자. 네가 화가라고 해볼까? 그런데 이제 그림이란 게 존재하지 않아. 루브르 박물관에도 그림이 없어. 지난 세기에 사람들은 아주 정교하게 명화들을 복원했지. 하지만 이제 그림들은 비늘처럼 떨어져 나가고 있어. 라파엘로의 〈성 가족〉에서 남은 것은 성모의 한쪽 팔과 성 요한의 한쪽 눈뿐이야. 이건 약과야. 〈가나의 혼인잔치〉를 들여다보면 바이올린이 공중에 떠 있고 역시 공중에 뜬 팔이 그걸 연주하고 있는 것 같아. 그뿐만이 아니야. 티치아노, 코레조[2], 조르조네[3], 레오나르도 다빈치, 뮤리오[4], 루벤스의 작품들이 복원하는 과정에서 옮은 피부병을 앓고 있어. 그렇게 죽어가고 있는 거지. 멋진 틀 속의 그림에는 알 수 없는 음영, 불분명한 선, 부패하고 더럽혀지고 뒤섞인 색채가 있을 뿐이야! 그림들은 방기된 채 썩어가고 있어. 화가들도 마찬가지야. 최근 50년 동안

---

2 안토니오 알레그리 다 코레조는 르네상스 시대의 이탈리아 화가.
3 르네상스 시대 이탈리아 화가.
4 바르톨로메 에스테반 무리요는 스페인의 바로크 화가.

13장 20세기에 예술가들이 얼마나 쉽게 굶어 죽을 수 있는가

전시회라고는 열린 적이 없어. 그게 차라리 다행인지도 몰라!"

"다행이라." 위그냉이 말했다.

"그렇습니다. 왜냐하면 사실주의[5]는 지난 세기에 큰 발전을 해서 더 이상 나아갈 데가 없거든요. 쿠르베[6]인지 뭔지 하는 화가가 마지막 전시회에서 벽에 그림을 거는 대신 그 앞에 서서 스스로를 전시한 걸 보면 알 수 있지요. 부패할 걱정은 안 해도 되지만 몹시 꼴불견인 행동이죠. 그건 '제욱시스의 새'[7]들을 날아가 버리게 할 겁니다."

"무서운 일이군." 위그냉이 말했다.

"요컨대 그는 오베르뉴인 같은 인물이었습니다.[8] 이렇

---

5 Realism: 낭만주의와 함께 19세기 중엽에 유럽에서 일어난 예술 사조. 이상과 공상 또는 주관을 배제하고 현실을 있는 그대로 객관적으로 묘사, 재현하려고 하는 예술상의 경향과 태도.

6 Gustave Courbet(1819~1877): 19세기 프랑스의 사실주의 화가 구스타브 쿠르베. 현실을 있는 그대로 보고 묘사해야 한다고 주장하였다. 그는 천사는 보이지 않기 때문에 그리지 않는다고 했다.

7 Zeuxis: 기원전 5세기경 그리스의 화가. 이오니아학파의 거장으로 신들의 모습이나 초상화를 주로 그렸다. 제욱시스가 그려놓은 포도송이를 새들이 날아와 쪼았다고 한다.

8 Auvergne(오베르뉴): 현재의 프랑스 중부에 있던 나라. 오베르뉴 공국의 전통적인 수도는 리옹이다. 통속극과 무대극에서 오베르뉴 사람들은 물지게꾼이나 석탄 장수로 등장해 특유의 억양과 투박하고 거친 태도, 순박한 욕설로 청중을 웃게 했다.

게 해서 20세기에는 그림도, 화가도 없게 되었습니다. 그럼 조각가는 있을까요? 더더욱 있을 리가 없지요. 루브르 앞뜰 한복판에 '산업의 뮤즈'가 세워진 이후론 말입니다. 무시무시한 메가이라[9]가 틀어 올린 머리채 속에 피뢰침을 꽂은 채 기계의 실린더 위에 웅크리고 앉아 초소형 열차들이 꿰어진 목걸이를 어깨까지 늘어뜨리고 무릎 위에 고가교를 올려놓고 한손으로는 펌프질을 하고 또 한손으로는 바람을 불러일으키고 있는 작품 말입니다!" 캥소나가 말했다.

"맙소사! 그 끔찍한 작품을 가서 꼭 봐야겠군." 위그냉이 말했다.

"그런 수고를 할 만하죠. 요컨대 이제 조각가도 없습니다! 그럼 음악가는 있을까요? 미셸, 넌 내가 이 문제에 대해 어떤 생각을 갖고 있는지 이미 알 거야. 문학에 열중하겠다고? 하지만 과연 지금 소설을 읽는 사람이 있을까? 소설을 쓰는 사람들조차도 소설을 읽지 않는다는 걸 문체를 보면 알 수 있어! 그래! 모든 게 끝났어, 이미 끝났어, 몰락해버렸어!" 캥소나가 말했다.

---

9 Megaera: 그리스 신화에 나오는 복수와 징벌의 여신들 중 한 사람. 뱀의 머리를 하고 두 날개가 있으며 눈에는 피가 흐르는 형상을 하고 있다.

"하지만 그렇다 해도 예술적인 소양을 필요로 하는 직업은 있잖아!"

"아! 그래! 지난날 사람들은 기자가 될 수 있었어. 네 말이 맞아. 언론을 믿는 층, 정치를 하는 중산계급이 있던 시절에 기자는 좋은 직업이었어. 하지만 지금 누가 정치에 관심을 갖나? 국제 문제? 아닐세! 이제 전통적인 의미의 전쟁은 일어날 리가 없고 외교는 시대에 뒤처진 것이 되었어! 국내 문제? 아주 평온하지! 이제 프랑스에는 정당다운 정당이 없어. 오를레앙 당원들은 장사를 하고 공화주의자들은 사업을 한다고. 나폴리의 부르봉 왕가와 연합한 정통 왕당파 몇몇이 보잘것없는 신문으로 겨우 명맥을 이어가고 있을 뿐이야! 정부는 노련한 협상가처럼 일을 처리하고, 규칙적으로 돈을 지불하지. 올해는 배당금 분배까지 했잖아! 아무도 선거에 지나치게 흥분하지 않아. 아버지에 이어 아들이 하원의원이 되어 별다른 소란 없이 입법자로서의 직분을 조용히 수행하는 거지. 마찬가지로 학자의 아들은 연구실에서 연구하고 말이야!

'캉디다'(후보자)라는 말이 '캉디드'(순진한 자)에서 나왔다는 게 실감되지. 이런 상황에서 신문이 무슨 역할을 하겠어? 아무짝에도 쓸모없다고!"

"불행히도 모두 맞는 말이군. 신문의 시대는 지나갔

소." 위그냉이 말했다.

"그렇습니다! 퐁트브로 수도원[10]이나 플룅 감옥에서 출감한 죄수처럼 재기할 수 없을 겁니다. 100년 전 신문의 권력이 지나치게 남용되었던 일을 우리는 기억하고 있죠. 거의 읽지도 않으면서 이 사람 저 사람 기사를 써댔어요. 1900년 당시 프랑스의 신문 수는 정치적인 것과 비정치적인 것, 삽화가 있는 것과 없는 것을 모두 포함해 총 6만 개에 달했습니다. 농촌을 교화한다는 명목으로 각종 지방말로 기사를 썼어요. 피카르 방언, 바스크어, 브르타뉴 방언, 아랍어 등으로 말입니다. 맞아요, 아랍어 신문도 있었어요! 〈상티넬 뒤 사라〉(사하라의 파수꾼)라는 그 신문을 당시 사람들은 우스갯소리로 '주간지 신문'이라고 불렀어요. 이런 신문의 남발은 곧 저널리즘의 죽음을 몰고 왔습니다. 기사를 쓰는 사람이 그것을 읽는 사람보다 훨씬 많아졌으니까요!"

"그 시대에는 겨우 이름만 있는 아주 소규모 신문사도 있었소." 위그냉이 말했다.

---

10 프랑스 중서부 퐁트브로에 위치한 대형 수도원. 프랑스와 영국 역사에서 가장 영향력이 큰 수도원이었으나 대혁명 후 국유화되어 분할 매각되었고 나폴레옹이 감옥으로 쓰기 시작해 오랫동안 감옥으로 사용되었다.

"그럼요. 내용이 충실한 신문 같은 건 롤랑의 암말[11]처럼 귀했죠. 기사를 쓰는 사람들이 재치를 지나치게 남용한 나머지 광산이 고갈된 겁니다. 아무도 그런 기사를 이해하지 못했고 읽는 이조차 없었어요. 게다가 이 대단한 필자들은 어느 정도 서로에게 폭력을 쓰기까지 했어요. 뺨을 때리거나 지팡이를 휘두르는 것 이상은 아니었지만요. 그런 폭력을 견뎌내기 위해서는 등과 뺨이 튼튼해야 했습니다. 지나친 번창이 재앙을 불러왔습니다. 소규모 신문들도 대형 신문처럼 잊히고 말았지요."

"하지만 비평가들은 상당히 벌이가 좋지 않았어?" 미셸이 물었다.

"그랬을 거야! 비평가들에겐 각자의 군주가 있었으니까! 재능이 넘쳐서 그걸 팔기까지 하는 그런 사람들이 있었어! 귀족의 저택을 찾아가 면회를 청하고 기다렸어. 좋은 평을 해준다는 조건으로 귀족들이 돈을 지불하면, 비평가들은 그들의 요구에 맞는 기사를 썼어. 그러다가 급기야는 기자들의 혹평으로 대사제들이 매도되는 뜻밖의 사건이 벌어졌지."

"어떤 사건이었는데?" 미셸이 물었다.

---

11 지상에 존재하지 않을 정도로 완벽한 미덕을 갖추었음을 뜻하는 표현.

"법의 특정 조항, 즉 '기사 중에 언급된 사람은 누구든 동일한 지면에 동일한 분량의 글로 반박할 권리를 갖는다'는 조항이 광범위하게 적용된 사건이었어. 극작가, 소설가, 철학자, 역사가들이 모두 비평을 통해 반격에 나섰지. 모두들 상당 분량의 글을 쓸 권리가 있었고 그 권리를 십분 활용했어. 신문들은 처음에는 그 싸움에 휘말리지 않으려 했지. 사람들은 신문의 그런 태도를 비난했어. 그러자 신문은 그런 요구를 충족시키기 위해 판형을 키웠지. 이어 발명가들이 이런저런 기계를 발명해 거기에 가세했어. 무엇에 대해서든 간에 기사가 나오기만 하면 그에 대한 대응이 다시 기사로 게재되었지. 그런 권리가 지나치게 남용된 나머지 얼마 지나지 않아 결국 비평가들도 도태되고 말았어. 그들의 도태와 더불어 기자라는 마지막 생계수단까지 사라졌고."

"그럼 이제 무엇을 해야 된다고 생각하시오?" 위그냉이 물었다.

"무엇을 할 것인가? 항상 그게 문제죠. 사업도 싫고 장사도 싫고 돈 다루는 일도 싫다면, 의사가 되지 않는 한 뭘 하겠습니까! 사실 의사라는 직업에도 문제가 있어요. 병들이 맥을 못 추는 듯해요. 새로운 병원균이라도 접종하지 않으면 머잖아 의사들도 할 일이 없어질 거예요! 판사나 변호사에 대해서는 말하지 않겠습니다. 이제 사람들은 웬만하면 소송을 하지 않고 타협을 하고 맙니다. 멋진 소송보다는 신통찮은 타협을 선호하죠. 훨씬 빠르고 실리적이니까요!"

"하지만 금융 신문들은 아직도 발행되고 있는 것 같소만!" 위그냉이 말했다.

"그렇습니다. 하지만 미셸이 그런 신문사에 들어가고 싶어 할까요? 카스모다주나 부타르댕의 제복을 입고 기사를 쓰고 버터기름, 유채기름, 연리 3퍼센트의 국채같은 것들을 다루면서 골머리를 앓고 매일같이 실수를 저질러 질책을 당하고 태연자약하게 결과를 예측하는 일을 과연 하려 들까요? 예측대로 되지 않으면 그 사람은 무시당하고, 예측대로 된다면 그 사람은 자신의 통찰력을 과시하는 게 그 업계의 관행인데 말입니다. 그렇게 해서 종국에는 특정 은행가에게 최대 이익을 가져다주기 위해 경쟁 회사들을 뭉개버립니다. 그건 청소부보다 못한 일이라고요! 미셸이 그런 일을 하려 들까요?"

"못해요! 절대로 못한다고요!"

"그럼 남은 건 공무원, 그러니까 정부의 직원이 되는 것뿐이야. 프랑스에는 1,000만 명의 공무원이 있어. 승진 기회를 기다리며 줄을 서라고!"

"맙소사, 하지만 어쩌면 그게 가장 영리한 처신인지도 모르겠소." 위그냉이 말했다.

"영리한 처신일지는 몰라도 절망적이죠." 미셸이 대답했다.

"어쩌겠니, 미셸."

"먹고살기 위해 가질 수 있는 직업을 논하면서 캥소나가 놓친 게 하나 있어요." 미셸이 말했다.

"그게 뭔데?" 피아니스트가 물었다.

"극작가라는 직업은 아직 살아 있잖아."

"아! 너 대본을 쓰고 싶어?"

"안 될 게 뭐겠어? 당신의 독설에 의하면 극작가 역시 밥벌이가 안 된다는 거야?"

"맙소사! 미셸, 그 질문에 대해 내가 어떻게 생각하는지 길게 말하는 것보다 너로 하여금 직접 체감하도록 하는 게 좋겠다. 내가 국립극본공사 사장 앞으로 추천서를 써줄 테니 한번 해보라고!"

"언제?"

"내일이 되기 전에."

"약속했다!"

"약속했어."

"정말이오?" 위그냉이 물었다.

"그렇습니다. 어쩌면 이 친구가 그 일을 잘해낼지도 모르죠. 어쨌든 공무원이 되는 건 6개월 후에도 가능하니까요."

"그럼 미셸, 한번 해보렴. 그리고 캉소나 씨, 지금까지 당신은 이 아이의 어려운 처지를 함께 걱정해주었소. 이제 당신 자신은 무슨 일을 하려는지 물어도 되겠소?"

"오, 위그냉 선생님. 제 걱정은 하지 마세요. 제 대단한 계획에 대해서는 미셸이 잘 알고 있답니다."

"맞아요. 캉소나는 이 시대를 놀라게 하고 싶대요." 청년이 대답했다.

"이 시대를 놀라게 한다고?"

"그게 제 일생일대의 숭고한 목표입니다. 저는 꼭 그 일을 해내고 말 겁니다. 외국에 가서 먼저 해보려고요! 외국에서라면 아시다시피 명성을 얻는 게 좀 더 쉬우니까요!"

"그럼 여길 떠날 거야?" 미셸이 물었다.

"몇 달 내로 떠날 거야. 하지만 곧 돌아와야지.' 캉소나가 대답했다.

"행운을 빌겠소. 그리고 미셸에게 보여준 우정에 감사하오." 하고 말하며 위그냉은 자리에서 일어나는 캉소나에게 악수를 청했다.

"이 친구가 원한다면 바로 추천서를 쓰겠습니다." 피아니스트가 말했다.

"좋아." 미셸이 말했다. "그럼 안녕히 계세요, 삼촌."

"잘 가라, 미셸."

"안녕히 계십시오, 위그냉 선생님." 피아니스트가 인사했다.

"안녕히 가시오, 캥소나 씨. 행운이 당신에게 미소 짓기를 바라오." 노인이 말했다.

"미소라고요! 그 이상이어야죠, 위그냉 선생님. 행운이 제게 활짝 웃어주기를 바랍니다."

13장 20세기에 예술가들이 얼마나 쉽게 굶어 죽을 수 있는가

14장

국립극본공사

기계 에너지는 물론 관념적인 것 또한 모두 중앙집권
화되는 이 시대에 '국립극본공사'의 창립은 필연적이라
고 할 수 있었다. 근면하고 실무 경험이 있는 사람들이
1903년 이 중요한 단체의 일원이 되는 특권을 누렸다.

　　그로부터 20년 후 이 단체는 국유화되어 콩세유데타[1]
의 참사관을 최고경영자로 삼고 그 지시하에 움직이기 시
작했다.

　　수도 파리의 50개 극장들은 이 기관으로부터 온갖 종
류의 대본을 조달받았다. 일부는 미리 제작되었고 일부

---

[1]　Conseil d'État(국참사원): 1799년 창설된 프랑스 최고행정법원.

는 주문해 의해 만들어졌으며 어떤 것은 특정 작가에 맞춰졌고 또 어떤 것은 특정 구상에 따라 만들어졌다.

이런 새로운 사태가 벌어지자 개개의 작품에 대한 검열은 자연스럽게 사라졌다. 명목만 남은 검열의 가위는 서랍 속에서 녹슬고 있었다. 가위는 그동안 하도 많이 사용되어서 날이 무뎌져 있었지만 이런 상황에서 정부는 군이 날을 갈 필요가 없었다.

파리 및 지방 극장의 극장장들은 공무원들로, 나이나 직급에 따라 급료, 연금, 은퇴, 훈장 서훈 등이 정해졌다.

배우들은 공무원은 아니었지만 정부 예산에서 급료를 받았다. 배우에 대한 이전 시대의 편견은 점차 사라져갔다. 이제 배우라는 직업은 좋은 직업 중의 하나로 간주되었다. 살롱에서 열리는 연극에 그들이 초대되는 일이 점점 많아졌다. 배우들은 사교계의 일원이 되어 살롱의 초대객들과 함께 공연을 하기에 이르렀다. 상류사회의 귀부인이 여자 배우의 상대역을 하는 일까지 있었다. 역에 따라 귀부인이 여배우에게 이런 대사를 읊기도 했다.

"저보다 훨씬 훌륭하시네요, 부인. 부인의 이마에서는 미덕이 빛나는군요. 저는 비천한 창녀에 지나지 않는데……."

또 다른 우호적인 분위기도 조성되었다.

심지어는 '코미디프랑세즈'[2]에 소속된 부유한 배우가 자기 집에 명문자제들을 불러 모아 사적으로 극을 공연하는 일도 있었다. 이 모든 것이 배우라는 직업의 격을 높이는 데 일조했다.

국립극본공사의 창설로 말썽 많았던 작가협회가 사라졌다. 작가협회 회원들에게 매달 지급되던 막대한 돈이 이제 국가의 수입이 되었다.

국가는 그렇게 극문학을 장악했다. 국립극본공사에서는 걸작까지는 아니지만 그런 대로 괜찮은 작품들을 생산해 그리 까다롭지 않은 대중을 만족시킬 수 있었다. 옛 작가들의 작품은 더 이상 상연되지 않았다. 이따금 예외적으로 팔레 루아얄에서 몰리에르의 작품을 배우들이 노래와 익살을 곁들여 공연하는 경우는 있었다. 하지만 위고, 뒤마, 퐁사르, 오지에, 스크리브, 사르두, 바리에르[3], 뫼리스, 바크리 같은 이전 세대 작가들의 작품은 깡그리 종적을 감추었다. 지난날 이들은 재능을 아낌없이 발휘해 시

---

2 La Comedie Francaise: 1680년에 설립된 프랑스의 국립극장. 팔레 루아얄 옆에 위치하며, 극장에 소속된 배우들에 의해 라신, 몰리에르, 코르네유처럼 프랑스의 고전 극작가들의 작품이 주로 상연된다.
3 테오도르 바리에르는 프랑스의 극작가로 1856년 쓴 무대극의 등장인물로 순진하고 멍청한 사람의 대명사가 된 '칼리노'라는 인물을 만들어냈다.

대를 이끌었던 이들이었다. 하지만 극도로 조직화된 오늘날의 사회 속에서 시대가 필요로 하는 것은 달음질이 아니라 기껏해야 걷는 것이었다. 그러니 과거의 작품을 현대에 연결시키는 것은 수레를 끄는 말에게 사슴의 다리와 폐를 장착하는 격이었다. 그것은 위험 소지가 있었다.

따라서 이제는 문명화된 사람들에 맞도록 모든 작품이 주문 제작되었다. 작가는 공무원 신분으로 창작의 산고를 치르지 않고도 충분한 대우를 받았다. 이런 사태에 끝까지 항의하는 자유로운 영혼의 시인, 불우한 천재들은 더 이상 찾아볼 수 없었다. 개성을 죽이고 대중의 요구에 맞는 문학작품을 공급하는 이런 조직체 속에서 누군들 상황을 개탄하는 용기를 낼 수 있겠는가?

이따금 신성한 열정을 가슴에 품고 이러한 흐름에 틈을 내려는 딱한 이들도 있었다. 하지만 국립극본공사와의 계약에 묶인 극장들은 그들에게 기회를 줄 수 없었다. 훌륭한 희곡을 썼으나 진가를 인정받지 못한 시인은 작품을 자비로 출간했다. 하지만 그런 책을 읽는 사람이 없었다. 그런 책은 '곤충류'급인 비루한 공사 직원들의 먹이가 되었다. 그들이 자신들에게 주어진 이런 작품을 충실히 갉아먹기만 했더라도 이 시대 최고 지성인이 되었으리라.

미셸 뒤프레누아이는 추천서를 손에 들고 국가 기관인 국립극본공사로 향했다.

기관 건물은 뇌브팔레스트로가, 지금은 쓰지 않는 병영 건물에 자리 잡고 있었다.

미셸은 사장실로 안내되었다.

사장은 자기 직분의 중요성을 잘 알고 있는 아주 진중한 인물이었다. 그는 상대에게 웃는 얼굴을 보이지 않았다. 아무리 우스운 무대극의 대사에도 눈썹 하나 까딱하지 않았다. 그를 가리켜 폭탄이 터져도 끄떡없을 사람이라고들 했다. 직원들은 기관을 군대식으로 이끌어간다며 그를 비난했다. 하지만 그러지 않고서 그 많은 사람들을 어떻게 이끌어 간단 말인가! 희곡 작가, 드라마 작가, 무대극 작가, 가극 작가들 외에도 200명에 달하는 인쇄부 직원과 박수부대가 있었다.

사실 당국은 극본의 성격에 따라 해당 극장에 박수부대를 파견하곤 했다. 이들은 아주 잘 훈련된 사람들로 박수를 치는 정교한 기교와 미묘한 차이를 살리는 법을 훌륭한 지도자에게서 배웠다.

미셸은 사장에게 캥소나의 추천서를 건넸다. 사장은 오만한 자세로 추천서를 읽어본 다음 말했다.

"선생, 당신을 추천한 사람은 내가 잘 아는 사람이오.

그가 당신에게 이렇게 호의를 갖고 있다니 나도 당신이 좋게 보이는군. 당신에게 그렇게 놀라운 문학적인 재능이 있다니 말이오."

"아직 성과를 낸 건 없습니다, 사장님. 하지만 몇 가지 새로운 아이디어들이 있습니다." 청년이 겸손한 어조로 대답했다.

"그런 건 필요 없소, 선생. 우리는 새로운 것에 관심이 없소. 여기에서는 개성 같은 건 묻어두어야 하오. 그건 그렇고 나로서는 규정을 무시하고 당신을 채용할 순 없소. 이곳에 들어오기 위해서는 시험을 통과해야 하오."

"시험이라고요?" 미셸이 놀라서 물었다.

"그렇소. 필기시험이오."

'알겠습니다. 말씀대로 하겠습니다."

"시험을 오늘 치러도 되겠소?"

"언제든 좋습니다, 사장님."

"그런 잠시 후에 시작하기로 합시다."

사장이 지시를 내렸다. 미셸은 곧 다른 방으로 안내되었다. 펜과 종이, 잉크와 시험지가 주어졌다. 사람들이 그를 혼자 두고 방을 나갔다!

미셸은 시험 문제를 보고 깜짝 놀랐다! 이야기를 짓거나 극의 기교를 담은 작품을 요약하거나, 자주 상연되는 걸작을 분석하라는 문제가 나올 것으로 예상했던 것이다. 얼마나 어린애 같은 생각이었던가!

실제로는 예문을 주고 그 상황 속에서 화려한 반전, 날카로운 기법을 동원한 문구, 동음이의어를 동원한 말장난 같은 것들을 생각해내라는 것이 아닌가!

미셸은 용기를 끌어모아 최선을 다해 답안을 작성했다.

그의 작문은 불완전하고 신통치 않았다. 능란한 솜씨, 이른바 '필력'이 부족했다. 사건의 반전에는 미흡한 점이 많았고, 문구는 무대극에 나오기에는 지나치게 시적이었으며 말장난 효과는 완전히 빗나가고 말았다.

하지만 추천서에 힘입어 그는 1,800프랑의 급료를 받는 조건으로 그곳에 취직되었다. 그의 답안 중에서 희곡 성적이 제일 좋았으므로 그는 극본부에 배치되었다.

효율을 자랑하는 국립극본공사는 다음 다섯 개의 부로 조직되어 있었다.

1부 정통극 및 통속극

2부 보드빌[4]

3부 역사 드라마 및 현대 드라마

---

4   17세기 말부터 시작된 버라이어티쇼 형태의 극.

4부 오페라 및 극오페라

5부 시사극, 환상극 및 행사극

비극부는 여전히 폐지된 채였다.

각 부에는 전문가 직원들이 배치되어 있었다. 직원 명부를 보면 이 거대한 기관의 구조를 파악할 수 있었다. 모든 것이 계획에 따라 지시대로 질서정연하게 이루어졌다.

36시간이면 통속극이나 연말 시사극 하나가 만들어져 나왔다.

미셸이 근무하게 된 부서는 1부였다.

재능 있는 직원들이 모인 곳이었다. 어떤 이는 극의 도입부를 맡고 어떤 이는 대단원을 맡았다. 등장인물의 퇴장을 맡은 사람이 있고 입장을 맡은 사람이 있었다. 어떤 사람은 꼭 필요한 대목에서 화려한 운율의 시를 지었고, 또 어떤 이는 구성상 간단한 대화에 쓰일 일상적인 시를 맡았다.

또 전문 영역을 가진 공무원들도 있었다. 미셸이 배치된 과가 바로 그런 곳이었다. 그들은 노련한 솜씨로 이전 세기의 극들을 그대로 모방하든가 인물만을 바꾸든가 하는 식으로 개작하는 임무를 맡았다.

당국은 이런 식으로 교묘하게 개작된 〈드미 몽드〉[5]를 짐나즈 극장에서 상연해 큰 성공을 거두었다. 순진하고 경험 없는 젊은 여인으로 탈바꿈한 앙주 남작 부인은 하마터면 낭자크의 함정에 빠질 뻔했다. 그녀의 친구이자 낭자크의 정부였던 잘랭 부인이 없었다면 실제로 그런 일이 벌어졌을 터였다. 이 극은 '아브리코'[6] 에피소드와 여자가 전혀 등장하지 않는 유부남 세계에 대한 묘사로 장내를 열광시켰다.

또한 〈가브리엘〉[7]도 개작되었다. 정부는 어떻게 해야 할지 난감한 상황에 빠진 여자들을 소재로 삼는 것에 관심이 있었다. 쥘리앙에게 정부가 생겨서 집에 들어오지 않자 그의 아내 가브리엘은 그가 있는 곳으로 찾아간다. 거기에서 그녀는 줄곧 공상에 잠기고 싸구려 포도주를 마시고 축축한 시트에 누워 잠을 청하며 남편의 부정을 지켜본다. 남편은 그녀의 숭고한 도덕적 분별력에 감동해 빗나간 삶을 포기하고 마침내 이렇게 외친다. "오! 한 가정의 어머니! 시인의 마음을 가진 이! 당신을 사랑해!"

---

5 1855년 발표된, 알렉상드르 뒤마의 아들 뒤마 피스의 사회적 성격이 드러난 작품. '드미 몽드'란 '절반의 세상'이라는 뜻으로 19세기 중엽의 특수한 사교계를 말한다.
6 원래의 뜻은 '살구', 속어로 '여성 성기'를 뜻한다.
7 에밀 오지에가 쓴 미사여구가 많은 5막짜리 시극.

〈쥘리앙〉이라는 제목으로 바뀐 이 극은 예술원상까지 받았다.

이 거대한 조직의 속내를 파악한 미셸은 희망이 꺾이는 것을 느꼈다. 하지만 그는 돈을 벌어야 했다. 얼마 지나지 않아 그에게 중요한 일이 맡겨졌다.

사르두의 〈노 쟁팀〉[8]을 개작하는 일이었다.

딱하게도 청년은 그 일을 해내느라 피땀을 흘렸다. 코사드 부인과 시기심 많고 이기적이고 방탕한 여자 친구들 사이에서 펼쳐지는 이 극을 그는 잘 알았다. 닥터 톨로장을 산파로 바꿀 수 있었고, 강간 장면에서 모리스 부인이 코사드 부인의 종을 깨뜨리게 하는 데까지는 별다른 어려움이 없었다. 하지만 결말을 어떻게 내야 한단 말인가! 도저히 결말을 낼 수 없었다! 머리를 쥐어짰지만 소용없었다. 그로서는 도저히 그 교활한 여자에게 코사드 부인이 죽임을 당하는 것으로 작품을 끝낼 수는 없었던 것이다!

그래서 청년은 그 일을 포기했다. 자신은 그 일을 할 수 없노라고 털어놓았다.

---

8 *Nos Intimes*: 1861년 빅토리앵 사르두의 희극. '우리의 친구들'이라는 뜻으로 이기적이고 저속한 부르주아지(자본가계급)를 조롱한다. 그의 작품에는 많은 사회적 풍자가 포함되어 있다. 우정의 진위라는 주제를 다루었다.

그의 말을 듣고 국장은 상당히 실망한 듯했다. 그는 청년의 능력을 드라마부에서 시험해보기로 했다. 혹시 그곳에서 능력을 발휘할지 누가 알겠는가!

　미셸 뒤프레누아이는 국립극본공사에 들어온 지 15일 만에 극본부에서 드라마부로 자리를 옮겼다.

　드라마부는 역사드라마과와 현대드라마과로 나뉘었다. 역사드라마과는 다시 전혀 다른 두 가지 분과로 나뉘었다. 하나는 실제의 역사를 다루는 것으로 위대한 작가들의 작품은 그대로 베끼는 곳이었고, 다른 하나는 19세기의 대극작가의 작품을 같은 기준으로 왜곡하고 변형하는 곳이었다.

　그러니까 작품을 낳기 위해서는 역사를 강간해야 했다.

　그리하여 혹시 멋진 작품을 낳았다 해도 작품은 그 어머니와 전혀 닮은 점이 없었다!

　역사드라마의 핵심 전문가들은 공무원들로 사건의 반전 부분, 특히 제4막을 맡았다. 그들은 전체적인 얼개가 잡힌 작품을 넘겨받아 꼼꼼하게 다듬었다. 길게 늘어지는 독백은 '귀부인들'이라는 은어로 불렸는데 이를 맡은 직원 역시 고위 공무원이었다.

　'현대드라마'는 다시 고급 드라마와 일반 드라마로 나뉘었다. 때로는 이 두 부문이 뒤섞이기도 했다. 하지만 당국은 두 가지를 섞는 것을 좋아하지 않았다. 그렇게 되면 직원의 작업 습관이 흐트러질 터였다. 그러다가 멋쟁이에게 무심코 하층민 말투를 갖다 붙일 수도 있었다. 그런 일은 통용어 연구의 전문성을 침해했다.

살인, 암살, 독살, 강간 장면을 맡은 다수의 직원들이 있었다. 강간 장면을 담당하는 어떤 이는 꼭 필요한 순간에 막을 내리는데 그 정확성을 따를 사람이 없었다. 막 내리는 시간을 조금만 잘못 맞추어도 해당 남배우와 여배우는 극도로 난처한 상황에 처할 터였다.

그 공무원은 50세의 선량한 남자로 한 가정의 가장이자 존경할 만하고 실제로 존경받는 인물이었다. 20년 전부터 그는 2만 프랑의 급료를 받으면서 누구도 따를 수 없는 정확한 솜씨로 그 일을 해오고 있었다.

미셸은 이 부서에서 1827년에 출간된 중요한 작품 〈아마장포 혹은 캥키나의 발견〉[9]을 완전히 개작하는 일을 맡았다.

그것은 만만한 일이 아니었다. 극을 완전히 현대적으로 개작해야 했는데 〈캥키나의 발견〉은 몹시 시대에 뒤떨어진 작품이었던 것이다.

---

9 1836년 발표된 아돌프 르무안몽티뉘의 4막짜리 극.

이 개작 작업을 맡은 공무원들은 피땀을 흘렸다. 작품 상태가 몹시 좋지 않았기 때문이었다. 효과는 너무 낡고 기교는 진부하고 뼈대는 창고 속에 너무 오래 처박혀 있던 나머지 삭아버리고 말았다. 개작이 아니라 새로 희곡을 써내는 것이나 다름없었다. 하지만 당국의 지시는 준엄했다. 정부는 파리에 복고 열풍이 불고 있는 이때 관객의 관심을 이 작품에 집중시키고 싶어 했다. 그러므로 오늘날의 취향에 맞춘 극본이 필요했다.

공무원들의 재능이 그 요구를 충족시켰다. 직원들은 돌아가며 일정한 몫을 해내야 했다. 하지만 미셸은 이 걸작을 만들어내는 데 안타깝게도 아무런 역할도 하지 못했다. 그는 작은 아이디어 하나도 낼 수 없었다. 상황을 타개하는 데 전혀 도움이 되지 못했다. 이런 일에 그는 전혀 쓸모가 없었다. 그래서 무능력자로 간주되었다.

국장에게 보고서가 올라갔다. 전혀 호의적인 내용이 아니었다. 드라마부에서 한 달을 보낸 후 그는 3부로 좌천되었다.

'나는 아무 짝에도 쓸모가 없어.' 청년은 생각했다. '내겐 상상력도 없고 재치도 없어. 하지만 희곡을 그런 식으로 갈기갈기 찢어서 제작하다니 어이가 없어!'

그는 절망했고 조직을 저주했다. 그는 모르고 있었지

만, 사실 19세기에도 공동편찬 작업이 있었고, 거기에서 오늘날의 국립극본공사 같은 싹이 배태되었는지도 몰랐다.

요컨대 그것은 100명의 능력을 종합하는 일종의 공동편찬 작업과 다름없었다.

미셸은 이번에는 보드빌부에 배치되었다. 그 부서에는 프랑스 최고의 익살꾼들이 모여 있었다. 노래를 맡은 직원들이 재담을 맡은 직원들과 능력을 겨루었다. 외설적인 장면이나 유혹하는 장면은 아주 매력적인 청년이 맡았다. 말장난 담당부서는 나무랄 데 없이 운영되었다.

또한 재치 있는 재담, 신랄하게 받아치는 독설, 길게 늘어놓는 장광설 등을 맡은 부서가 있었다. 그곳은 5개 부 모두에서 필요로 하는 해당 업무를 지원했다. 당국의 허용 기준은 사용된 지 적어도 18개월 이상 된 재담이어야 한다는 것이었다. 그런 지시에 따라 사람들은 끊임없이 사전을 뒤적였다. 그들은 관용어, 일반적인 의미와 달리 쓰이는 말 등 각종 언어를 가려내 만일의 사태에 대비했다. 최근 보고서에서 국립극본공사는 7만 5,000개의 동음이의어를 자산으로 소개했다. 그중 4분의 1은 완전히 새로운 말이었고, 나머지도 기준에 부합했다. 전자에 더 많은 비용이 들었다.

이렇게 효율화하고 대비하고 협조한 덕택에 3부는 탁월한 성과를 올렸다.

미셸이 상위 부서의 일을 제대로 해내지 못했다는 말을 듣고 사람들은 보드빌 극본 생산에서 가장 쉬운 일을 그에게 맡겼다. 그에게 아이디어를 요구하지도, 적절한 말을 찾아내라고도 하지 않았다. 주어진 상황을 전개시키기만 하면 되었다.

그것은 팔레 루아얄을 위한 단막극이었다. 보다 새롭고 효과가 가장 확실한 상황에서 이야기를 전개시켜야 했다. 초안은 스턴[10]이 쓴 《트리스트램 샌디》 제2권 73장에 나오는 푸타토리우스의 일화[11]였다.

〈바지 단추를 채워라……!〉라는 극본의 제목만으로도 극의 주제를 짐작할 수 있었다.

남자의 옷매무새에 있어서 가장 기본적인 바지 앞섶을 여미는 것을 잊어버린 한 남자의 흥미로운 상황으로부터 전체 줄거리가 시작되었다. 교외의 멋진 살롱에서 그를

---

10 Laurence Sterne(1713~1768): 18세기 영국의 작가이자 성직자. 작품에 《신사 트리스트램 샌디의 생애와 사상》(1759~1767)이 있다. 《트리스트램 샌디》라고도 알려진 이 책은 9권으로 출판되었으며, 처음 1권과 2권은 1759년 12월에 출판되었다. 그의 텍스트는 17세기와 18세기의 주요 사상가와 작가에 대한 암시와 언급으로 가득 차 있다.

11 이 작품 속에는 섹스중독자 푸타토리우스가 발기한 성기를 바지 속에 넣고 앞섶을 채우지 않은 장면이 나온다.

소개하던 친구가 아연실색하고 그 집의 부인이 당황한다. 거기에 매순간 관객을 아슬아슬하게 만드는 남배우의 능란한 연기를 더해보라. 그리고 여자들이 지르는 즐거운 비명들…… 그것은 대단한 성공이 약속된 소재였다 (이 극은 몇 달 후 상연되어 엄청난 수입을 올렸다)!

하지만 미셸은 이런 천박한 아이디어만 듣고도 끔찍한 공포에 휩싸였다. 그는 의뢰받은 대본을 찢어버렸다!

'오! 이런 악마의 소굴에서는 한순간도 더 있을 수가 없어! 그는 생각했다. '차라리 굶어 죽는 게 낫겠어!'

그의 말이 옳았다! 그가 무엇을 할 수 있었겠는가? 오페라 및 극오페라 부로 내려가는 것 외에! 하지만 거기에서도 그는 오늘날의 음악가들이 요구하는 터무니없는 가사 같은 건 도저히 쓸 수 없었다!

시사극, 환상극, 행사극 부서에서도 마찬가지였다!

그곳에서 원하는 것은 극작가가 아니라 기술자나 묘사가였고, 새로운 내용이 아니라 새로운 배경이었다! 물리학, 기계공학의 발전과 더불어 무대 설치가 혁신적으로 발전했기 때문이었다! 무대 위에 안 보이게 장치된 상자 속에 진짜 나무를 심고 실제 화단과 진짜 숲을 만들고 석재 건물을 세웠다! 무대에 대서양이 필요하면 진짜 바닷물을 가져와 매일 저녁 관객 앞에서 퍼내고 다음날 다시 채우는 식이었다!

'내가 이런 식의 아이디어를 낼 수 있을까?' 미셸은 생각해보았다. '대중의 마음을 움직여 돈을 지불하고 극장에 오게 할 수 있을까?'

그럴 수 없었다! 백번 생각해도 그런 일은 불가능했다!

그렇다면 그가 할 일은 하나뿐이었다. 그곳을 그만두어야 했다.

미셸은 국립극본공사를 사직했다.

15장

비참

4월부터 9월까지 다섯 달에 걸쳐 국립극본공사를 다니며 환멸과 혐오에 찬 나날을 보내면서도 미셸은 삼촌 위그냉이나 스승 리슐로를 소홀히 하지 않았다.

두 사람의 집에서 보낸 몇 차례의 저녁나절은 무척 행복했다. 스승과 함께일 때면 미셸은 삼촌 이야기를 했다. 그리고 삼촌과 함께 있을 때는 스승이 아니라 스승의 손녀인 뤼시를 화제로 삼았다. 그것은 설레는 감정이 곁들여진 기분 좋은 화제였다!

"내 시력이 별로 좋지 않은데, 네가 뤼시를 사랑하고 있다는 건 분명히 보이는구나!" 어느 날 위그냉이 말했다.

"맞아요, 삼촌. 미치도록 사랑해요!"

"사랑은 미치도록 해도 좋다. 하지만 결혼은 지혜롭게 해야 한단다. 때가 되었을 때……."

"그게 무슨 뜻이에요?" 미셸이 떨리는 목소리로 물었다.

"네 처지가 안정된 다음에 해야 한단 말이다. 너 자신을 위해서가 아니라 그 애를 위해서 넌 성공해야 해!"

미셸은 대답하지 않았다. 가혹한 아픔이 느껴졌다.

"그런데 뤼시도 널 사랑할까?" 어느 날 저녁 위그냉이 물었다.

"잘 모르겠어요! 그녀에게 제가 무슨 쓸모가 있겠어요? 그녀는 절 사랑할 리가 없어요!"

그날 저녁 미셸은 세상에서 가장 불행한 남자가 된 것 같은 느낌이 들었다.

하지만 뤼시는 이 가엾은 청년의 사회적인 위치가 불안정하다는 것에 그다지 신경 쓰지 않는 것 같았다! 사실 그런 것을 걱정하지 않았다. 그녀는 미셸을 만나면 곁에서 그의 이야기를 듣고, 그가 없을 때는 그를 기다리는 상황에 점차 익숙해져갔다. 이 두 젊은이는 서로 온갖 이야기를 다 하면서도, 끝내 말할 수 없는 것도 있었다. 두 노인은 그것을 막지 않았다. 그들이 서로 사랑하는 걸 막을 이유가 어디 있단 말인가? 미셸과 뤼시는 서로에게 품은 감정을 고백하지 않았다. 두 사람은 앞날에 대해 말하곤 했지만, 미셸은 마음속에서 타오르는 그 말을 감히 하지 못했다.

"언젠가 때가 오면 이 감정을 털어놓을게요." 하고 그는 나직이 중얼대곤 했다.

그 말에는 어떤 암시가 들어 있었고, 뤼시는 그것을 느낄 수 있었다. 문제는 그때가 언제인가 하는 점이었다.

청년은 깊은 시상에 잠겨 있었다. 뤼시가 그의 말을 들어주고 이해해주는 것을 느꼈고, 그런 뤼시의 마음에 흠뻑 빠져들었다! 그녀 곁에 있을 때에만 그는 진정한 자신이 될 수 있었다. 그렇다고 그녀에게 시를 바친 것은 아니었다. 현실의 그녀를 너무나도 사랑한 나머지 그럴 수가 없었다. 그로서는 사랑과 시를 결합시켜야 한다는 것도, 감정을 다스려 시의 운을 맞춰야 한다는 것도 납득할 수 없었다.

하지만 그의 시에 은연중 감미로운 사유가 배어들었다. 그의 시를 들을 때면 뤼시는 마치 자신이 그 시를 쓴 것 같은 느낌이 들었다. 그의 시는 자신이 아무에게도 할 수 없었던 은밀한 질문에 대한 대답 같았다.

어느 날 저녁 미셸이 그녀를 뚫어지게 바라보며 말했다.

"그때가 곧 와요."

"그때라니요?" 뤼시가 물었다.

"내 감정을 털어놓을 때 말이에요."

"아!" 뤼시가 외쳤다.

그 후에도 그는 이따금 그녀에게 같은 말을 반복하곤 했다.

"그때가 곧 올 거예요."

8월의 어느 아름다운 저녁이었다.

"오늘이 그날이에요." 그가 뤼시의 손을 잡으며 말했다.

"당신이 느끼는 감정을 털어놓을 수 있겠군요." 뤼시가 나직이 말했다.

"이제 당신을 사랑한다고 말할 수 있어요." 미셸이 대답했다.

위그냉과 리슐로는 두 젊은이의 관계가 그 정도로 진전된 것을 눈치 채고 말했다.

"그 감정을 더 발전시켜서는 곤란하다, 애들아. 이제 그만해. 미셸은 두 사람을 위해 일을 해야 해."

약혼식 행사 같은 것은 꿈도 꿀 수 없었다.

미셸은 자신이 느끼는 좌절감을 물론 내색하지 않았다. 국립극본공사에서 하는 일이 어떤지 질문을 받으면 적당히 얼버무렸다. 아주 좋다고는 할 수 없다고, 관례적인 것에 익숙해져야 한다고, 하지만 적응할 수 있을 것이라고.

두 노인은 더 이상 캐묻지 않았다. 미셸이 힘들어하고 있음을 눈치 챈 뤼시는 최선을 다해 그를 격려했다. 하지만 그의 일이 자신과 직접적인 관계가 있음을 느끼자 왠지 적극적으로 개입할 수가 없었다.

해고 통보를 받고 미래가 또다시 우연의 처분에 내맡겨지자 미셸은 몹시 낙심했다. 사람을 지치게 하고 조롱하고 환멸을 안겨주는 밑바닥 삶이 적나라한 모습을 드러내는 끔찍한 순간을 겪었다. 그는 그 어느 때보다도 스스로가 초라하고 쓸모없고 낙오된 존재로 여겨졌다.

"난 도대체 이 세상에 왜 태어났을까? 오라고 맞아주는 사람 하나 없는 이 세상에. 차라리 저세상으로 가는 게 낫겠어!'

하지만 뤼시를 떠올리자 마음이 약해졌다.

그는 캥소나의 집으로 달려갔다. 캥소나는 짐을 꾸리고 있었다. 트렁크에 여행 짐을 싸고 있는 듯했다.

미셸은 국립극본공사에서 겪은 일을 들려주었다.

"그럴 거라고 예상했어. 넌 그런 대규모 공동작업에 어울리는 사람이 아니야. 이제 무슨 일을 할 생각이야?" 캥소나가 물었다.

"혼자 일을 해보려고 해."

"아! 상당히 용감한걸." 피아니스트가 말했다.

"두고 봐. 그런데 어딜 가는 거야, 캥소나?"

"난 떠날 거야."

"파리를 떠난다고?"

"맞아. 멀리 떠나려고 해. 프랑스에서 명성을 얻기 위해선 프랑스에 있어선 안 돼. 사람들은 국내보다 외국에서 이룬 성취를 더 높이 평가하거든. 이렇게 하면 쉽게 인정받을 수 있을 거야."

"그런데 어디로 가는 거야?"

"독일로 가려고 해. 맥주를 마시고 파이프 담배를 즐기는 그 민족을 놀라게 해주려고. 내 이름이 입에서 입으로 전해질 거야."

"해낼 자신 있어?"

"그래. 하지만 내 얘긴 접어두고 네 얘기를 하자. 지금 어려운 상황일 거야. 돈은 좀 있어?"

"몇백 프랑 정도 있어."

"그걸로는 모자랄 텐데. 그래, 내가 이 집을 쓰게 해줄게. 3개월 치 집세를 치러놓았어."

"하지만……."

"네가 받지 않는다 해도 어차피 돌려받을 수 없는 돈인걸. 그리고 내게 1,000프랑의 저축이 있어. 그걸 둘이 나누자."

"그럴 수는 없어." 미셸이 말했다.

"바보 같은 소리 마, 미셸. 난 네게 많은 도움을 받았어. 그래서 나누겠다는 거야! 네가 내게 해준 걸 생각하면 500프랑 갖고는 어림도 없는걸."

"캥소나." 미셸이 눈물 어린 표정으로 그의 이름을 불렀다.

"너 지금 울고 있잖아! 그래, 네가 맞아! 이런 장면이 작별에 어울려! 하지만 진정해! 난 돌아올 거야! 자, 이제 이별의 포옹을 하자고!"

미셸이 캥소나를 와락 껴안았다. 캥소나는 자신의 감정을 자제하기로 마음먹고 그 결심을 무너뜨리지 않으려 서둘러 자리를 떴다.

미셸은 혼자 남았다. 우선 그는 이런 상황의 변화를 아무에게도 말하지 않기로 마음먹었다. 삼촌에게도, 리슐로 선생님에게도. 그들에게 이런 걱정까지 시킬 필요는 없었다.

"혼자 일을 해보자. 글을 쓸 거야. 고생 좀 안 해본 사람이 어디 있겠어? 무정한 시대가 믿어주지 않는 사람들 모두가 힘든 시절을 겪었잖아. 두고 보자고!" 그는 마음을 다잡기 위해 소리 내어 중얼거렸다.

다음날 그는 얼마 안 되는 짐을 꾸려 친구의 집으로 왔다. 그리고는 글을 쓰기 시작했다.

아무리 쓸모없다 해도 아름다운 시를 써서 한 권의 시집을 만들고 싶었다. 그는 열심히 썼다. 생각하고 몽상에 잠기느라 음식을 거의 먹지 않고 졸리면 잠자리에 들었다가는 곧 이내 일어나 다시 몽상을 이어갔다.

부타르댕 일가에 대한 소식은 더 이상 들을 수 없었다. 미셸은 그 근처를 피해서 다녔다. 그들이 자신을 다시 데려갈까 봐 두려웠다. 하지만 부타르댕은 자신이 보호를 맡은 미셸에 대해 그다지 신경을 쓰지 않았다. 그는 멍청한 처조카가 자기 집에서 나간 것이 차라리 잘 되었다고 기뻐했다.

미셸이 유일하게 즐겁게 외출하는 경우는 리술로를 방문할 때뿐이었다. 그 경우가 아니면 집에서 나가지 않았다. 그는 뤼시를 보며 기운을 얻고, 그 고갈되지 않는 시정의 샘에서 영감을 얻었다! 그는 사랑하고 사랑받고 있었다! 사랑은 그의 존재를 가득 채워주었다. 삶은 그것으로 충분하지 않은가, 그는 생각했다.

수중의 돈이 점차 줄어들었다. 하지만 미셸은 그다지 신경 쓰지 않았다.

10월 어느 날 늙은 스승의 집을 방문한 그는 몹시 마음이 아팠다. 침울해 있는 뤼시를 보고 이유를 물었다가 충격을 받았던 것이다.

교육기금공사의 새 학기가 시작되었다. 수사학 수업은 아직 있지만 없어진 것이나 다름없었다. 수강자가 단 한 사람뿐이었던 것이다! 그 학생조차 없었다면 재산이라곤 없는 리슐로 노인은 어떻게 되었을까! 하지만 어쨌든 그 일은 조만간 닥칠 터였다. 수사학 교사는 일자리를 잃을 터였다.

'난 괜찮아요. 가엾은 할아버지가 걱정이지요!" 뤼시가 말했다.

"내가 있잖아요." 미셸이 대답했다.

하지만 그의 말에 어찌나 기운이 없었던지 뤼시는 차마 그의 눈을 바라볼 수가 없었다.

미셸은 무력감에 얼굴이 붉어졌다.

혼자가 되자 그는 생각했다. '내가 있지 않느냐고 그녀에게 큰소리쳤지. 약속을 지켜야 해. 자, 일을 하자.'

그는 집으로 돌아왔다.

여러 날이 흘렀다. 청년의 머릿속에 떠오른 아름다운 구상이 펜 아래에서 매력적인 언어로 형상화되었다. 이윽고 시집이 완성되었다. 하지만 그런 책은 줄곧 퇴고가 필요했다. 그는 시집의 제목을 〈희망〉이라고 붙였다. 몹시 힘겨운 나날이었지만 희망을 포기해선 안 되었다.

미셸은 열심히 출판사를 찾아다녔다. 이런 무모한 시도에 어떤 결과가 기다리고 있었는지 자세히 말할 필요도 없으리라. 출판사들은 그의 원고, 그러니까 그가 종이와 잉크와 희망을 동원해 피땀 흘려 완성해낸 그 시들을 검토조차 하려 들지 않았다.

그는 다시 절망에 빠졌다. 이제 수중에 돈이 거의 남지 않았다. 그의 머릿속에 가엾은 스승이 떠올랐다. 막노동이라도 하고 싶었다. 하지만 오늘날에는 여러 분야에서 기계가 훨씬 유리한 조건으로 인간의 노동을 대신하고 있었다. 어떻게 해볼 여지가 없었다. 이전 시대였다면 징병 통보를 받은 명문가 자제를 대신해 군대에 갈 수도 있었을 터였다. 하지만 이제 그런 종류의 거래는 있을 수 없었다.

12월이 되었다. 생활비용을 많이 지불해야 하는 춥고 서글프고 우울한 달이었다. 고통의 한 해를 마무리 짓는 달이었다. 춥고 배고픈 존재들에게는 없어도 좋은 달이었다. 미셸의 머릿속에서 '데상브르(12월)'라는 단어는 프랑스어에서 가장 가혹하고 비참한 단어로 각인되었다. 그의 옷가지는 윤기가 없어지고 땅에 떨어진 겨울 낙엽처럼 해지고 말았다. 새순이 움트는 봄은 아득히 멀었다.

그는 스스로가 수치스러웠다. 스승을 방문하는 일이

전보다 훨씬 줄었고 삼촌을 방문하는 일 마찬가지였다. 그는 비참했다. 방문이 뜸해진 것에 대해 그는 긴하게 할 일이 있다는 구실을 댔다. 이기주의가 극에 달한 이 시대에 동정이란 게 남아 있다면 미셸은 그 동정을 받을 자격이 충분했다.

1961년부터 1962년에 이르는 프랑스의 겨울은 몹시 추웠다. 1789년, 1813년, 1829년의 겨울 추위를 능가하는 것이었다.

파리에서는 11월 15일에 추위가 시작되어 2월 28일까지 얼음이 녹지 않았다. 강설량은 75센티미터에 이르렀고, 연못과 시내에 70센티미터 두께로 얼음이 얼었다. 영하 23도의 강추위가 15일간 계속되었다. 센강이 42일 동안 얼어서 배의 운행이 전면 금지되었다.

무시무시한 한파가 프랑스뿐 아니라 유럽 대부분을 휩쓸었다. 론강, 가론강, 루아르강, 라인강이 얼어붙었다. 템스강은 런던에서 6리외(24킬로미터) 정도 떨어져 있는 그레이브샌드까지 얼었다. 오스텐드항은 표면이 꽁꽁 얼어서 그 위로 짐차들이 지나다녔고 '대수로' 위로 승용차들이 달렸다.

겨울 추위는 이탈리아까지 맹위를 떨쳐 많은 눈이 내렸다. 또 리스본에서도 4주 동안 영하의 기온이 계속되었으며, 콘스탄티노플에서는 한파로 모든 도시 기능이 정지되었다.

계속된 추위는 무서운 재앙을 불러왔다. 추위로 얼어 죽는 사람들이 속출했다. 실외 보초를 세우는 일이 금지되었다. 밤에 거리에서 얼어 죽는 사람도 있었다. 자동차가 달릴 수 없었고 열차도 운행을 중단했다. 눈 때문에 열차가 나아갈 수 없었을 뿐 아니라, 기관사가 치명적인 추위 때문에 기관실에 머물 수가 없었던 것이다.

이 재해로 특히 농업이 큰 타격을 입었다. 프로방스 지방의 올리브나무, 포도나무, 밤나무, 무화과나무, 나무딸기들이 대량으로 얼어 죽었다. 나무 밑동들이 갑자기 얼어터지기도 했다. 일반적으로 눈 속에서도 살아남는 가시양골담초, 히스까지 성한 것이 없었다.

밀과 건초의 수확량은 처참했다.

국가에서는 가난한 이들의 고통을 덜어주기 위해 여러 가지 방법을 동원했지만 그들의 어려움은 형언할 수가 없었다. 가혹한 추위의 기습 앞에서는 온갖 과학적인 수단이 무력했다. 과학은 벼락을 다스리고 거리를 뛰어넘고 시간과 공간을 여유 있게 넘나들고 신비한 자연의 힘을 통제하고 우주를 지배하는 듯했지만 추위라는 무적의 강적 앞에서는 속수무책이었다.

공공 구제사업은 상황을 조금 개선시켰지만 여전히 턱없이 부족했다. 비참이 절정에 이르렀다.

미셸의 어려움은 말로 다할 수 없었다. 집안에 온기라고는 없었다. 연료값이 턱없이 비쌌다. 그는 집에 불을 땔수가 없었다.

얼마 지나지 않아 그는 값싼 식품을 죽지 않을 정도로만 먹어야 했다.

몇 주 동안 그가 먹은 것이라고는 인스턴트식품뿐이었다. 이름은 감자치즈였지만 그것은 속에 아무것도 들어있지 않은 빵 같은 것으로, 500그램에 8수(5상팀) 정도였는데 미셸에게는 그것조차 비쌌다.

그래서 딱한 청년은 도토리 전분을 말려 만든 도토리빵으로 연명했다. 사람들은 그것을 '비상식량'이라고 불렀다.

하지만 때가 비상시여서 그것 또한 500그램에 4수(2.5상팀)로 값이 올랐다. 역시 미셸에게는 너무 비쌌다.

1월이 되자 미셸은 '석탄빵'을 먹고살아야 했다.

과학은 석탄을 탁월하고 꼼꼼하게 분석해냈다. 석탄은 정말이지 무엇이든 만들어낼 수 있는 '마법사의 돌'과도 같았다. 석탄에는 극미량의 다이아몬드, 빛, 열, 기름 등 많은 요소가 들어 있었고, 그 다양한 조합에는 700가지의 유기원소 또한 포함되어 있었다. 또한 수소와 탄소가 다량 함유되어 있었는데, 사실 밀의 주된 구성 요소 또한 이 두 가지였다. 거기에 맛과 향이 첨가되어 밀의 풍미가 만들어지는 것이다.

프랑클랑이라는 의사가 석탄 속의 수소와 탄소로 합성 빵을 만들었다. 빵의 가격은 1파운드(500그램)에 2상팀이 었다.

현대 사회에서 사람이 굶어죽는다는 것은 생각만 해도 끔찍했다. 과학은 그런 일을 용납할 수 없었다.

미셸은 굶지는 않았다. 하지만 어떻게 연명했던가?

아무리 싸다 해도 석탄빵 역시 그에게는 부담이 되었다. 문자 그대로 수입이 없을 때의 2상팀은 돈을 벌 때의 1프랑보다 몇 배 더 크게 느껴질 수 있다.

마침내 미셸에게 동전 하나밖에 남지 않은 날이 왔다. 그는 잠시 생각에 잠겼다가 서글픈 웃음을 터뜨렸다. 추위 때문에 머리에 철 테라도 끼워진 것 같았고 머릿속이 굳어져갔다.

"1파운드에 2상팀이야. 내가 하루에 1파운드를 먹지. 그렇다면 두 달분의 석탄빵을 살 돈이 남은 셈이군. 하지만 난 이제까지 뤼시에게 선물 같은 걸 한 적이 없어. 남아 있는 이 20수(1프랑)로 그녀에게 꽃다발을 사주고 싶어."

　미셸은 미친 듯이 거리로 뛰쳐나갔다.

　바깥 기온은 영하 20도였다.

전기의 악령

미셸은 인적 없는 거리를 걸었다. 그렇지 않아도 드문 행인들이 내린 눈 때문에 거의 보이지 않았다. 지나가는 자동차도 없었다. 밤이었다.

"지금 몇 시나 되었을까?" 미셸이 중얼거렸다.

"여섯 시구나." 생루이 병원의 시계가 그에게 시간을 알려주었다.

'시계의 효용이 고통을 재는 것뿐이라니.' 그는 생각에 잠긴 채 걸음을 계속했다. 뤼시가 떠올랐다. 하지만 그의 의지와는 달리 뤼시 생각을 이어갈 수가 없었다. 생각을 그녀에게까지 확장시킬 수가 없었다. 너무나도 배가 고팠던 것이다. 이제는 익숙해진 배고픔이었다.

추위로 얼어붙은 하늘에서 별들이 더할 수 없이 맑게 빛났다. 미셸의 눈길이 그 장관 속으로 잦아들었다. 그는 오리온자리 동쪽에서 반짝이는 '세왕자리'를 멍하니 응시했다.

그랑주오벨가에서 푸르노가까지는 멀었다. 과거의 파리였다면 끝에서 끝일 터였다. 미셸은 지름길을 통해 포부르뒤텅플가로 가서는 튀르비고가를 통해 '샤토도'(급수탑)에서부터 '레알'(파리중앙시장)에 이르는 오른쪽 길로 접어들었다.

몇 분 후 그는 팔레 루아얄에 이르렀고 비비엔가 끝으로 통하는 멋진 문을 통해 아케이드로 들어섰다.

안뜰은 어두웠고 아무도 없었다. 거대한 흰 양탄자 같은 눈이 뜰 전체를 틈 하나 없이 덮고 있었다.

'이 위에 발자국을 내야 하다니 안타깝군.' 미셸은 생각했다.

그 눈이 꽁꽁 얼어 있다는 걸 알아채지 못했던 것이다.

발루아 아케이드 저 끝에 불이 환하게 켜진 고급 꽃집이 있었다. 미셸은 서둘러 그곳으로 갔다. 그곳은 말 그대로 겨울 정원이었다. 진귀한 나무, 푸른 관목, 싱싱한 꽃다발 등 없는 것이 없었다.

사람들은 남루한 차림의 청년에게 눈길도 주지 않았

다. 상점 지배인은 형편없는 옷차림을 한 청년이 꽃집에 무슨 용무가 있는 것인지 이해되지 않는 모양이었다. 그는 그것을 일종의 모욕으로 받아들이는 듯했다. 미셸은 그가 자신을 보고 어떤 생각을 하고 있는지 알아차렸다.

"뭘 찾소?" 지배인이 퉁명스럽게 물었다.

"꽃을 20수(1프랑) 어치만 주실 수 있나요?"

"20수어치라니! 이 한겨울 12월에?" 지배인이 경멸에 찬 어조로 소리 높여 물었다.

"한 송이라도 좋습니다." 미셸이 말했다.

'그래, 적선하는 셈 치자.' 지배인이 생각했다.

그는 청년에게 반쯤 시든 오랑캐꽃 한 다발을 건넸다. 20수는 물론 잊지 않고 받았다.

미셸은 상점을 나왔다. 마지막 남은 돈을 써버렸다는 기묘하고도 역설적인 만족감이 차올랐다.

"이제 내겐 돈이 한 푼도 없어." 그는 가만히 미소를 지으며 중얼거렸다. 그의 눈빛이 혼란되어 있었다. "괜찮아! 뤼시가 좋아할 거야! 예쁜 꽃다발이잖아!"

그는 시든 꽃다발을 얼굴 가까이에 대고 희미한 향기를 취한 듯 들이마셨다.

"이 한겨울에 오랑캐꽃을 받으면 그녀는 무척 좋아할 거야! 가자!"

그는 강둑을 지나 루아얄 다리를 거쳐 앵발리드와 사관학교(그곳은 여전히 그 이름으로 불리고 있었다) 구역을 지났다. 그리고 그랑주오벨가의 집을 나온 지 두 시간 만에 푸르노가에 도착했다.

심장이 세차게 뛰었다. 추위도, 피로도 느껴지지 않았다.

"뤼시가 나를 기다리고 있을 거야! 만난 지 정말 오래 됐어!" 그가 중얼거렸다.

그러자 한 가지에 생각이 미쳤다.

'하지만 저녁 식사 시간에 들어가고 싶진 않아! 그러면 불편할 거야! 내게 식사를 권하지 않을 수 없을 테니까 말이야! 지금 몇 시지?' 그는 생각했다.

'여덟 시군.' 어둠 속에서 뚜렷하게 보이는 성니콜라 성당의 시계 바늘이 시간을 알려주었다.

"오! 지금쯤이면 모두 저녁 식사를 끝냈겠는걸!" 청년이 외쳤다.

그는 49번지로 갔다. 조심스럽게 건물 문을 두드렸다. 놀라게 해주고 싶어서였다.

건물 문이 열렸다. 그가 계단을 오르려는 순간 관리인이 그를 불러 세웠다.

"어딜 가시오?" 관리인이 청년을 머리부터 발끝까지 훑어보며 물었다.

"리슐로 씨 댁에 갑니다."

"그 사람은 이제 여기 없소."

"뭐라고요? 여기 없다뇨?"

"더 이상 여기 안 산다오. 없다는 말이 마음에 안 든다면 말이오."

"리슐로 씨가 여기 살지 않는다고요?"

"그렇소! 그는 떠났소!"

"떠나다뇨?'

"쫓겨났다오."

"쫓겨났다고요?" 미셸이 외쳤다.

"그는 대지에 대한 권리를 기한 내에 사지 못한 사람들 중 하나라오. 그래서 집을 압류당했소."

"집을 압류당했다니." 미셸이 팔다리를 떨면서 되물었다.

"압류당해서 쫓겨났소."

"어디로요?" 청년이 물었다.

"이 동네에서 극빈층 사정을 내 어찌 알겠소?" 공무원인 관리인이 대답했다.

미셸은 어안이 벙벙한 채로 거리로 나왔다. 머리카락이 쭈뼛 곤두섰다. 머리가 어질거렸다. 공포가 몰려왔다.

"집을 압류당하시다니. 내쫓기시다니!" 하고 중얼거리

며 그는 달렸다.

청년은 사랑하는 이들을 떠올리며 몹시 고통스러워했다. 이윽고 잊었던 허기와 추위가 몰려왔다!

'두 사람은 어디 있을까! 뭘 먹고 살까! 선생님께는 돈이 전혀 없을 텐데. 곧 학교에서도 해고당하시겠지! 혼자 수업을 들어야 하니 학생이 겁을 먹고 그 강의를 안 들으려 할 거야! 이렇게 막막할 데가! 내가 미리 알기만 했더라도 무슨 방법이든 생각해냈을 텐데.'

'두 사람은 지금 어디 있을까!' 그는 매순간 같은 생각을 반복했다. "두 사람은 도대체 지금 어디 있을까요?" 그는 종종걸음으로 걸어가는 행인을 붙잡고 불쑥 물었다. 행인은 그를 미친 사람으로 여기는 듯했다.

'뤼시는 내가 자신을 비참 속에 내버려두었다고 생각했겠네.'

그렇게 생각하자 그는 다리에 힘이 빠졌다. 꽁꽁 언 눈 위로 금방이라도 쓰러질 것 같았다. 그는 가까스로 넘어지지 않고 버텼다. 더 이상 걸을 수가 없었다. 달리기 시작했다. 고통이 극에 달하자 뜻밖에도 힘이 솟는 듯했다.

그는 생각도 목적지도 없이 달렸다. 이윽고 교육기금공사 건물들이 나왔다. 그는 공포에 질려 걸음을 돌려 달아났다.

"오! 끔찍한 과학! 끔찍한 기계 산업 같으니라고!" 그가 소리쳤다.

그는 다시 보통 속도로 걷기 시작했다. 그로부터 다시 한 시간 동안 그는 파리의 외곽 한구석에 모여 있는 자선 기관들을 돌아다녔다. 앙팡 말라드 병원, 국립맹인학교, 마리테레즈 병원, 앙팡 트루베 고아원, 마테르니테 산부인과병원, 미디병원, 라로슈푸코 종합병원, 코샹 병원, 루르신 병원 등이었다. 그는 환자들의 신음소리가 밖에까지 들리는 듯한 그런 병원들을 돌아다녔다.

'하지만 안으로 들어가고 싶진 않아. 어떤 힘이 나를 줄곧 앞으로 밀어대는 것 같아!' 그가 생각했다.

이윽고 몽파르나스 묘지의 담장이 나왔다.

'차라리 여기가 낫군.' 그는 생각했다. 그리고는 취한 사람처럼 묘지 주의를 돌아다녔다.

그는 자신이 어디를 가고 있는지도 모른 채 좌안의 세바스토폴 대로를 지나, 늘 젊은 모습으로 열정적으로 강의하는 플로랑[1]의 동상이 있는 소르본 대학 앞을 지나쳤다.

---

1 Marie-Jean-Pierre Flourens(1794~1867): 프랑스의 생리학자. 국립자연사박물관장(1856~1857) 역임. '콜레주 드 프랑스'에서 자연사를 강의했다.

청년은 딱하게도 여전히 정신을 차리지 못한 채 이윽고 생미셸 다리에 이르렀다. 평소의 멋진 모습을 두껍게 언 얼음 아래 완전히 감춘 분수가 흉물스러운 모습으로 서 있었다.

미셸은 오귀스탱 강둑을 따라 퐁네프 다리까지 터덜터덜 걸었다. 다리 위에 선 그는 흐릿한 눈빛으로 센강을 바라보았다.

"절망한 사람에겐 정말 고약한 날씨로군! 물이 얼어서 강에 빠져죽을 수도 없잖아." 그가 소리 내어 외쳤다.

실제로 센강은 꽁꽁 얼어 있었다. 차들이 마음 놓고 그 위를 지나다닐 정도였다. 낮 동안에는 그 위에 노점이 설치되고 여기저기에서 화톳불을 피우곤 했다.

센강의 웅장한 댐도 겹겹이 쌓인 눈에 덮여 보이지 않았다. 아라고[2]가 고안해낸 멋진 아이디어를 19세기에 실현해 만든 댐이었다. 둑으로 둘러싸인 강에는 최저수위 기준으로 4,000마력의 동력이 파리시의 관리하에 비용 한 푼 들이지 않고 줄곧 만들어지고 있었다.

터빈들이 1만 푸스도[3]의 물을 50미터 높이로 퍼 올렸다. 물 1푸스도는 24시간당 20세제곱미터 양이었다. 시

---

2 François Arago(1786~1853): 프랑스의 수학자·천문학자·물리학자.
3 pouce d'eau: 물의 인치. 과거 분수 건설 등에 사용되던 물의 단위.

민들이 사용하는 물값이 전에 비해 170배나 저렴해졌다. 물 1,000리터당 3상팀으로 1인당 50리터의 물을 사용할 수 있었다.

나아가 물이 수도관을 통해 상시 공급되었다. 관 입구를 통해 도로에 물이 공급되어 화재가 날 경우 각 가정에서 높은 압력의 물을 충분히 공급받아 불을 끌 수도 있었다.

댐 위로 올라가는 미셸의 귀에 '푸르네롱[4]과 케클랭[5] 터빈'이 두꺼운 얼음 아래서 줄곧 돌아가는 소리가 들려왔다. 하지만 미셸은 어디로 가야 할지 알 수 없었다. 논리적으로 생각을 할 수 없었다. 그는 발길을 돌렸다. 아카데미 프랑세즈 건물이 나왔다.

그때에야 그는 아카데미 프랑세즈에는 이제 문인이 한 사람도 없다는 사실을 깨달았다. 19세기 중반에 라프라드[6]가 생트뵈브를 무슨 벌레 보듯 했는데, 후에 두 명의 회원들이 각각 그 옹졸한 천재의 전례를 따랐다. 로렌스

---

4 브누아 푸르네롱은 프랑스의 기술자이자 정치인으로 1834년 수력 터빈을 발명했다.
5 프랑스의 실업가 가문.
6 Victor de Laprade(1812~1883): 프랑스의 시인이자 비평가. 1858년 알프레드 드 뮈세에 의해 '아카데미 프랑세즈' 회원으로 선출되었다. 1635년 리슐리외 추기경이 설립한 아카데미 프랑세즈(프랑스의 문학 아카데미)는 동료 회원들에 의해 선출된 40명의 회원으로 구성된다.

16장 전기의 악령

스턴은《트리스트램 샌디》제1권 21장 156면[프랑스어판, 르두 에 퇴레(Ledoux et Teure), 1818][7]에서 이에 대해 쓰고 있다. 문인들이 결정적으로 교육을 잘못 받은 탓에 귀족들만을 회원으로 받게 됐다는 것이다.

노르스름한 띠가 둘러진 그 흉측한 둥근 지붕 건물을 보자 미셸은 가슴이 죄어들었다. 그는 센강 쪽으로 방향을 틀었다. 머리 위 하늘에 전선들이 무슨 줄무늬처럼 지나가고 있었다. 전깃줄들이 센강 이쪽 기슭과 저쪽 기슭을 가로지른 다음 파리경찰국까지 거대한 거미줄처럼 드리워져 있었다.

미셸은 사람 하나 없는 얼어붙은 강물 위를 도망치듯 걸었다. 걸을 때마다 달빛을 받아 생긴 검은 그림자가 따라왔다.

오를로즈 강둑과 법원이 나왔다. 아치들이 거대한 얼음덩어리로 가득 차 있는 오샹주 다리를 건넜다. 트리뷔날 드 코메르스(상업법원), 노트르담 다리, 그리고 매우 긴 기둥 사이 거리 때문에 휘어지기 시작하는 레포름 다리를 지나 다시 강둑으로 올라왔다.

이윽고 밤이나 낮이나, 죽은 이에게나 산 이에게나 열

---

7 영국의 소설가 스턴이 쓴《트리스트램 샌디》최초의 프랑스어판은 1776년 '루오(Ruault)'에서 출판되었다.

려 있는 시체안치소 입구가 나왔다. 마치 사랑하는 이들이 그 안에 있기라도 한 것처럼 미셸은 반사적으로 그 안으로 들어갔다. 푸르스름하게 부풀어 오른 뻣뻣한 시신들이 대리석 판위에 누워 있었다. 미셸은 생명의 기미가 남아 있는 익사자들을 되살리기 위한 전기 장치가 한쪽 구석에 놓여 있는 것을 보았다.

"여기에도 전기잖아." 그가 소리쳤다.

그는 그곳에서 도망치듯 달려 나왔다.

미셸은 노트르담 성당에 이르렀다. 유리창이 불빛에 반짝이고 장엄한 미사곡이 흘러나왔다. 그는 오래된 대성당 안으로 들어갔다. 강복식이 끝나가는 중이었다. 거리의 어둠에 익숙해 있던 미셸은 눈이 부셨다!

사제가 들고 있는 성체현시대에서도 전등 불빛이 번쩍였다!

"또 전기야. 심지어 성당 안에서도." 미셸이 다시 절망에 찬 중얼거림을 내뱉었다.

그는 도망치듯 밖으로 나왔다. 하지만 문까지 걸어 나오는 동안 지하터널공사에서 공급되는 압축공기로 연주되는 장중한 오르간 소리를 들어야 했다!

미셸은 미칠 것 같았다. 전기의 악령이 자신을 따라다니는 듯했다. 그는 다시 그레브 강둑으로 올라가 황량한 미궁 같은 파리 거리를 헤매다가 빅토르 위고의 동상이 루이 15세의 동상을 밀어내고 서 있는 루아얄 광장에 이르렀다. 그의 눈앞에 새로 건설된 나폴레옹 4세 대로가 광장까지 뻗어 있었고 광장 한가운데에는, 프랑스 은행을 향해 전속력으로 말을 달리는 루이 14세 동상이 서 있었다. 그는 몸을 돌려 다시 노트르담 데 빅투아르가로 접어들었다.

길의 정면이 증권거래소 광장 한구석과 통했다. 미셸은 금빛 글자가 새겨진 대리석판에 힐긋 눈길을 주었다.

빅토리앵 사르두[8] 기념관
1859년부터 1862년까지
이곳 5층에서 살다.

마침내 미셸은 현대의 대성당, 신전 중의 신전이라 할 수 있는 증권거래소 앞에 이르렀다. 전기 시계의 자판이 밤 11시 45분을 알리고 있었다.

"밤이 더디게 가는군." 그가 중얼거렸다.

---

8 Victorien Sardou(1831~1908): 19세기 프랑스의 인기 극작가. 푸치니의 오페라로 유명한 〈토스카〉는 빅토리앵 사르두의 5막짜리 희곡 〈라 토스카〉가 원작이다.

그는 대로를 따라 걸었다. 가로등이 길 위로 눈부신 빛을 쏟아냈다. 전깃불로 환하게 밝혀진 눈부신 광고판들이 로스트랄 등대 위에서 번쩍이고 있었다.

미셸은 두 눈을 감았다. 그는 극장에서 쏟아져 나오는 군중 속에 휩쓸렸다. 오페라 극장 앞 광장에는 추운 날씨에도 캐시미어와 모피로 우아하게 몸을 감싸고 외출을 나온 부유한 이들이 모여 있었다. 미셸은 길게 늘어서 있는 가스 자동차들을 빙 돌아 라파예트가로 접어들었다.

눈앞에 1.5리외(6킬로미터)의 길이 직선으로 펼쳐져 있었다.

"이 인파로부터 벗어나자." 그가 중얼거렸다.

그는 다리를 끌면서 달리기 시작했다. 몇 차례 넘어져서 상처가 생겼지만 아픔조차 느끼지 못하고 즉시 일어나 다시 달렸다. 스스로도 알 수 없는 어떤 힘이 그를 밀어붙였다.

얼마나 달렸을까, 주위가 점차 조용해지고 한적해졌다. 하지만 저 멀리 또다시 거대한 불빛 같은 것이 보였다. 더불어 그 무엇과도 비교할 수 없는 귀청을 먹먹하게 하는 굉음이 들려왔다.

하지만 미셸은 걸음을 멈추지 않았다. 이윽고 굉음의 진원지가 모습을 드러냈다. 만 명의 청중이 충분히 들어갈 만한 대형 건물이었다. 건물의 박공 위에서 다음과 같은 글자들이 전깃불로 환하게 밝혀져 빛나고 있었다.

"전자연주회"

그랬다! 전자연주회가 열리는 중이었다! 얼마나 놀라운 연주회인가! 한 사람의 피아니스트가 헝가리 방식으로 하는 연주[9]가 서로 연결된 200개의 피아노에 전류를 통해 전달되어 한꺼번에 소리를 냈다! 피아노 한 대로 200대의 소리를 내는 것이다.

"도망치자! 도망쳐야 해! 전기의 악령이 나를 끈질기게 쫓아오고 있어! 파리를 벗어나야 해! 파리를 벗어나야 한다고. 그러면 쉴 수 있겠지!" 청년이 고통스러워하며 소리쳤다.

그는 다리를 질질 끌며 걸었다! 그렇게 피곤한 몸을 이끌고 걸은 지 두 시간 만에 빌레트호수[10] 근처에 이르렀다. 거기에서 그는 길을 잃었다. 오베르빌리에 문을 지났다고 여기고 생모르가를 따라 걷고 또 걸었다. 한 시간

---

9   전설적인 연주 솜씨로 듣는 이의 이해력에 도전했던 헝가리 피아니스트 리스트를 비꼰 듯하다.
10 파리에서 가장 큰 인공 호수.

후 그는 로케트가 모퉁이에 있는 소년원 주위를 배회하고 있었다.

거기에서 그는 불길한 광경에 맞닥뜨렸다. 교수대가 설치되어 있었다. 꼭두새벽부터 사람들이 교수형을 준비하고 있었다.

일꾼들이 흥얼거리며 벌써 기단을 만드는 중이었다.

미셸은 그 장면으로부터 도망치고 싶었다. 그는 서둘러 그 자리를 벗어나려다가 열려 있는 상자 하나에 걸려 넘어지고 말았다. 상자 안에는 전기 배터리가 들어 있었다.

미셸은 다시 퍼뜩 정신이 들었다! 어떻게 된 것인지 사태를 파악할 수 있었다. 이제 사형수는 단두대에서 목이 잘리지 않았다. 전류를 몸에 통하게 해서 감전사하는 것이다. 그것은 하늘의 심판과 훨씬 비슷한 것처럼 여겨졌다.

미셸은 외마디 비명을 내지르며 달리기 시작했다.

생트마르게리트 성당의 종이 네 시를 치고 있었다.

17장
너는 흙으로 돌아갈 것이다[1]

✳

---

1 Et in pulverem reverteris(창세기 3:19): 라틴어 경구, "기억하라 인간이
여, 너희는 흙에서 왔으니, 흙으로 다시 돌아가리라(Memento homo, quia
pulvis es, et in pulverem reverteris)."

그 불행한 청년은 그 나머지 밤을 어떻게 보냈을까? 정처 없는 발걸음이 그를 어디로 데려갔을까? 그는 끔찍한 수도, 저주받은 파리를 벗어나지 못한 채 그 안을 헤매고 돌아다녔을까? 알 수 없는 일이다!

그가 페르라셰즈 묘지 주위의 길들을 줄곧 배회했으리라는 것은 짐작할 수 있다. 이 오래된 묘지는 거주지 한복판에 있었다. 이제 파리는 동쪽으로 오베르빌리에 장벽과 로맹빌 장벽까지 확장되었다.

어쨌든 겨울의 아침 해가 온통 눈으로 하얗게 뒤덮인 도시 위로 떠올랐을 때 미셸은 그 묘지 안에 있었다.

기력이 떨어진 그는 더 이상 뤼시를 생각할 수 없었다.

생각까지 얼어붙은 듯했다. 그는 묘지의 이방인으로서가 아니라 죽은 이들과 똑같은 영혼으로 무덤 사이를 돌아다니고 있는 듯했다. 집에 온 듯한 편안한 기분이 들었던 것이다.

그는 큰길을 거슬러 올라가 오른쪽으로 꺾어 아래쪽 묘지로 통하는 축축한 오솔길로 접어들었다. 눈을 잔뜩 이고 있는 나뭇가지로부터 번들거리는 묘석 위로 떨어지는 물방울이 마치 눈물처럼 보였다. 눈이 비껴간 묘석의 수직면에서 죽은 이들의 이름을 읽을 수 있었다.

얼마 안 있어 폐허가 된 엘로이즈와 아벨라르의 묘지가 나타났다. 부식된 건축물을 지지하는 세 개의 기둥이 여전히 서 있는 포로 로마노의 '그레코스타시스'[2]를 연상시켰다.

미셸은 초점 없는 시선으로 눈앞을 응시했다. 조금 더 걷자 케루비니[3], 아베네크[4], 쇼팽, 마세, 구노, 레예르[5]의 이름이 새겨진 묘석들이 나왔다. 이 모퉁이는 음악을 위

---

2 Graecostasis: 포로 로마노(고대 로마 광장) 내에 위치한 외국 사절단이 머무는 공간.
3 루이지 케루비니: 피렌체 출신의 작곡가. 오페라 〈메데이아〉를 남겼다.
4 프랑수아 앙투안 아베네크: 프랑스의 작곡가이자 지휘자. 베토벤의 교향곡을 프랑스에 소개하는 데 큰 역할을 했다.
5 에르네스트 레예르: 프랑스의 서정 작곡가. 〈살랑보〉 등의 작품을 남겼다.

해 살고 음악을 위해 죽은 이들을 위한 곳이었다! 미셸은
그곳을 지나갔다.

이어 이름 하나만 달랑 새겨진 묘석이 나왔다. 생몰연
대도, 애도의 말도, 글귀도, 문장도, 장식도 없었다. 당대
에 영예를 누렸던 라로슈푸코의 무덤이었다.

이윽고 미셸은, 네덜란드의 마을을 연상시키는 말끔한
한 그룹의 무덤 안으로 들어섰다. 전면에 반짝이는 철책
이 둘러쳐지고 계단은 경석으로 다듬어져 있었다. 그 모
습이 그에게 들어가고 싶은 마음을 불러일으켰다.

'여기 머물었으면. 영원히 여기에서 쉴 수 있었으면.'
그는 생각했다.

그곳의 무덤들에는 여러 가지 건축 양식이 동원되어
있었다. 그리스식, 로마식, 에트루리아식, 비잔틴식, 롬바
르디아식, 고딕식, 르네상스식, 20세기식 등 양식은 다양
했지만, 거기에는 한 가지 공통점이 있었다. 대리석, 화강
암, 흑단, 십자가 아래 묻힌 이들이 모두 흙으로 돌아가고
있다는 사실이었다.

미셸은 계속 걸었다. 발아래의 땅이 점차 오르막이 되
었다. 피로에 지친 그는 베랑제와 마뉘엘[6]의 영묘에 몸을

---

6 자크 앙투안 마뉘엘: 프랑스의 정치가로 왕정복고 초기의 자유 야당을 상
   징하는 인물.

17장 너는 흙으로 돌아갈 것이다

기댔다. 장식도 조각도 없는 원추형 석조물이 죽어서 하나가 된 두 친구 위에 기제의 피라미드처럼 세워져 있었다.

20보쯤 더 가자 포이 장군[7]이 그들을 위해 불침번을 서고 있었다. 빳빳한 군복에 검은 휘장을 두른 장군이 그들을 가까이서 줄곧 지켜주는 듯했다!

문득 미셸은 묘비에 새겨진 이름들을 하나하나 읽어보고 싶은 충동에 휩싸였다. 하지만 세월의 마모를 견디고 살아남은 묘석의 이름 중에서 그가 아는 이름은 없었다. 많은 묘비들이 글자가 희미해져 알아볼 수 없었다. 호화로운 묘비의 조각에서도 문장이 사라지고 맞잡은 손이 흩어지고 방패꼴 무늬가 훼손되어 있었다!

미셸은 앞으로 나아갔다가 갈팡질팡하다가 다시 돌아와 철책에 몸을 기대고 흐릿한 눈으로 앞을 바라보았다. 프라디에[8]의 무덤에서 대리석 조각 〈멜랑콜리〉가 흙으로 돌아가고 있었고, 드조지에[9]의 청동상에서는 팔이 잘려 나가고 없었다. 가스파르 몽주[10]의 무덤에 제자들이 바친

---

7 프랑스의 군 지도자이자 정치가이자 작가.
8 제임스 프라디에: 프랑스의 조각가로 신화적 주제를 다룬 작품들을 남겼다.
9 마르크 앙투안 드조지에: 프랑스의 무대극작가.
10 앙투안 에텍스: 프랑스의 조각가이자 건축가로 에투알 광장의 개선문 부조 등 많은 묘비 작품을 남겼다.

기념물, 에텍스[11]의 무덤에 엎드려 우는 여자의 조각상이 눈에 들어왔다.

그는 멋진 기념물을 따라 계속 위로 올라갔다. 원주 둘레를 경쾌하게 뛰어다니는 반라의 젊은 여자들이 고급 대리석에 세련된 양식으로 조각되어 있었다. 미셸은 묘비를 읽었다.

클레르빌[12]에게 바친다.
감사드리며, 시민들이

미셸은 그곳을 지났다. 잠시 후 알렉상드르 뒤마의 미완성 무덤이 나왔다. 그는 평생 다른 이들의 무덤을 위해 모금 활동을 했던 사람 아니었던가!

이윽고 청년은 몹시 사치스럽게 꾸며진, 호화 무덤 구역에 들어와 있었다. 거기에는 정숙한 귀부인의 무덤과 유명한 창녀들의 무덤이 차별 없이 뒤섞여 있었다. 창녀들이 거기 잠들 수 있었던 것은 그곳에 묻히기 위해 저축을 했기 때문이었다. 소형 주택으로 착각할 만한 기념물

---

11 프랑스의 기하학자로 에콜 폴리테크니크의 창립 회원.
12 루이 프랑수아 클레르빌: 프랑스의 무대극작가로 〈코른빌의 종〉 등 많은 작품을 남겼다.

도 눈에 띄었다. 거기서 조금 떨어진 곳에는, 당대를 풍미하던 시인들이 눈물 젖은 시를 갖다 바치던 여배우들의 무덤이 있었다.

마침내 미셸은 묘지의 다른 쪽 끝을 향해 걸어 들어갔다. 소박한 X자형 쇠철책 옆의 웅장한 묘소에서 드네리[13]가 영원히 잠들어 있었다. 그곳은 시인들이 만남을 갖는 웨스트민스터 같은 곳, 발자크가 돌로 된 수의를 벗으며 여전히 자신의 조각상이 완성되기를 기다리는 곳, 들라비뉴[14], 슈베스트르[15], 베라[16], 플루비에[17], 방빌, 고티에, 생 빅토르 등이, 그리고 많은 이들이 때로는 묘석조차 없이 묻혀 있는 곳이었다.

조금 아래쪽 한쪽 귀퉁이가 떨어져 나간 알프레드 드 뮈세의 묘석 옆에서 버드나무 한 그루가 시들어가고 있었다. 뮈세가 자신의 시 속에서 아름답고 애절하게 무덤가에 심어달라고 했던 바로 그 버드나무였다.

그 순간 청년은 퍼뜩 정신이 들었다. 그의 품에서 오랑

---

13 아돌프 드네리: 프랑스의 작가로 1875년 쥘 베른의 《80일간의 세계일주》를 각색했다.
14 장프랑수아 카지미르 드라비뉴: 프랑스의 극작가로 〈시칠리아의 만과〉 등을 썼다.
15 에밀 슈베스트르: 프랑스의 문학가.
16 외스타슈 베라: 프랑스의 풍자 가요 가수.
17 에두아르 플루비에: 프랑스의 드라마 작가.

캐꽃 다발이 떨어졌다. 그는 꽃다발을 주워들었다. 그런 다음 눈물 젖은 눈으로 아무도 돌보는 이 없는 어느 시인의 무덤 위에 그 꽃을 내려놓았다.

그는 다시 오르막을 걸으면서 지난 일을 떠올리며 고통스러워했다. 실편백나무와 버드나무 사이로 파리가 내려다보였다.

몽마르트르 언덕 오른쪽으로 우뚝 솟아오른 몽발레리앙 언덕이, 아테네인들이라면 그 아크로폴리스 위에 세웠을 신전을 아직도 기다리고 있는 듯했다. 왼쪽으로는 팡테옹, 노트르담, 생트샤펠, 앵발리드 등이 보이고, 멀리 그르넬항 등대의 500피에(160여 미터) 높이의 첨탑이 하늘을 찌르고 있었다.

그 아래로는 10만 채의 집들이 빽빽하게 들어차 있고 그 사이사이로 1만 개의 공장 굴뚝들이 불쑥불쑥 솟아 있었다.

더 낮은 곳에는 일반 공동묘지가 있었다. 그곳에서 특정 그룹의 무덤들은 자체적으로 도로, 광장, 건물, 표지판, 소성당, 대성당을 갖춘 작은 마을 같았는데 그래서 더 허망해 보였다.

그 위로 피뢰침 달린 기구들이 떠 있었다. 무방비 상태의 건물들 위로 벼락이 떨어지는 것을 막아주어 무시무시한 재앙으로부터 파리를 보호해주는 장치였다.

미셸은 그 기구에 달린 밧줄을 끊어버리고 싶었다. 이 도시를 불의 폭우 속에 잠기게 하고 싶었다.

"오! 파리!" 그는 절망과 분노에 찬 손짓을 하며 외쳤다.

"오! 뤼시." 정신을 잃고 눈 위에 쓰러지며 그가 중얼거렸다.

옮긴이의 글

정교하고 절실한 과학적 상상력으로
그가 아니면 없었을 세상을 열다

1860년대의 과학적 토대에서 1960년대의 파리를 상상하고 쓴 소설을 2020년대에 서울에서 읽는다. 저자의 미래와 우리의 과거가, 상상 세계와 실제 세계가, 허구와 리얼리티가 기억과 정보를 바탕으로 교차되고 결합된다. 쥘 베른의 마지막 단편 《영원한 아담》의 주인공 '차르토크조프르아이스르'(정말이지 니체의 차라투스트라를 연상시키는 이름 아닌가)는 지구에 오직 하나의 대륙만이 있는 먼 미래에 산다. 그에게 800년 전에도, 또 그 전에도 인류가 살았음을 알려주는 것은 21세기 한 인간이 남긴 편지다. "인간의 모든 발명은 문자가 발명되어서 가능했다"는 것이다. 또한 인간이 정말로 뛰어난 점은 자연을 지배하고 정복하는 데 있는 것이 아니라, 그 무엇 앞에서도 자신의 자율성을 자각하는 데 있다고 말한다. 파리국립도서관에 틀어박혀 구체적인 과학 지식을 공부했던 쥘 베른은 그의 창조적 '상상'이 깊이 있는 감각 체험이 되기 위해서는 무엇보다도 치밀한 자료조사가 필요했음을 알고 있었다. 그에게 과학소설을 쓴다는 것은 이론과 수치의 벽돌을 하나하나 쌓아올려 백척간두에 오르는 것, 그리고 그 끝에서 허공으로 한 걸음을 내딛는 일이었다. 초인의 '진일보'는 한 세기를 뛰어넘어 우리 앞에 내려앉는다.

쥘 베른은 1828년 프랑스 서부 브르타뉴 지방의 항구도시 낭트의 페이도섬에서 태어났다. 12세 때 사촌누이에게 산호목걸이를 구해주려고 원양선에 몰래 탔다가 먼 바다로 나가기 전 부친에게 알려져 돌아왔다는, 미지의 세계에 대한 그의 호기심이 생래적인 것임을 보여주는 일화가 있다. 부모의 뜻에 따라 법학 공부를 위해 파리로 갔으나 법학 공부 대신 살롱에 드나들면서 알렉상드르 뒤마를 만나고 문학에 대한 꿈을 키웠다. 오페라 극장의 서기로 일하며 드라마를 썼으나 성과가 신통치 않았다. 그의 천성이나 재능과 관계된 뭔가의 발견이 절실했다.

그는 순문학으로부터 방향을 틀어 과학소설에서 가능성을 보았고, 국립도서관에서 과학적 교양을 벼리기 시작했다. 그 공부는 그가 자신이 잘해낼 수 있을 거라는 가능성을 포착한 작품을 써내는 데 꼭 필요한 것이었다. 과학소설을 쓰기로 마음먹은 것이다.

그의 상업적 성공은 편집자 피에르 쥘 에첼을 만남으로써 가능했다. 1863년 《기구를 타고 5주간》이 에첼의 조언에 따라 수정된 후 출판되어 성공을 거두었다. 이후 '경이의 여행' 연작으로 1년에 두세 권이라는 놀랄 만한 속도로 작품을 써내게 된다. 《해저 2만 리》, 《80일간의 세계일주》, 《신비의 섬》, 《황제의 밀사》, 《그랜트 선장의 아이들》 등 80여 편의 작품을 남겼고, 레지옹도뇌르 훈장, 아카데미 프랑세즈 문학상 등을 받았다. 1905년 당뇨병 악화로 77세로 세상을 떠난 쥘 베른은 과학소설의 아버지로 평가받는다. 실제로 1953년 미국이 만든 세계 최초의 원자력 잠수함은 쥘 베른 소설 속 잠수함 이름 '노틸러스'로 명명된다.

이 작품 《20세기 파리》는 초기에 쓰였으나 베른의 작품 중 가장 마지막으로 발표된다. 베른 연구자들에게 미지의 것으로 남아 있던 단 하나의 작품으로, 존재만 알려져 있었을 뿐 원고가 나타나지 않아서 베일에 싸여 있었다. 1905년 쥘 베른이 사망하자 아들 미셸 베른은 부친의 편집자 에첼의 아들(에첼은 쥘 베른보다 먼저 사망했다)의 충고에 따라 아버지의 미간행 소설 목록을 서둘러 발표한다. 베른학회 부회장이자 전공자로 다양한 자료와 원전을 연구하는 피에로 곤돌로 델라 리바에 따르면, 그 목록은 당시 〈피가로〉, 〈르 탕〉, 〈프티 레퓌블리캥 뒤 미디〉, 〈비엥 퓌블릭〉, 〈쿠리에 레퓌블리캥〉, 〈포퓔레르〉 등에 게재되었다. 이후 간행될 작품들이 틀림없는 쥘 베른의 작품임을 분명히 하기 위한 것이었다. 당시 미셸 베른은 이 작품이 《경이의 여행》의 전신이 된다는 점에서 무척 흥미롭다고 밝히고 있다. 한편 또 다른 베른 전문가 샤를 르미르의 쥘 베른 작품 목록에서 이 작품은 《기구 속 5주간》에 앞서 쓰인 미간행 작품으로 올라 있다. 다만 미국 남북전쟁(1861~1865)에 관한 언급이 있는 만큼 1863년 이후에 쓰인 것으로 보인다. 따라서 길고 지리한 무명 시기에 쓰인 이 작품에는, 성과 없는 문학에 대한 사랑을 접어야 할 것인지를 고민하면서 당시로서는 미지의 영역인 과학소설을 준비하는 한 젊은 작가의 자전적 요소가 담뿍 담겨 있다. 이 작품의 존재는 1986년 편집자 에첼의 상속인들이 에첼의 편지 더미에서 이 작품의 출간을 거절한다는 내용의 편지를 발견함으로써 재확인되었다. 그 후 열쇠가 분실되고 후 비어 있는 줄만 알고 방치되었던 미셸 베른의 금고에서 원고가 발견되어 1994년, 그러니까 작가가 죽은 지 거의 90년 만에 마침내 세상에 나오게 되었다.

아셰트 출판사에서 나온 이 작품의 편집을 맡은 베로니크 브댕은 이 작품을 과학소설의 압권이라고 평가하면서, 작품에 등장하는 가스 승용차의 모터는 막연하고 신비로운 공상 속의 에너지가 아니라 1859년 르누아르가 발명한 엔진을 1889년 다이믈레가 자동차에 적용한 것을 발전시킨 것이고, 팩시밀리도 서류의 글자와 그림이 공간을 날아가는 마술이 아니라 1859년 카셀리의 발명을 발전시킨 것이라고 짚는다. 종이의 제조 역시 1851년 고안된 와트와 버제스 방식을 기본으로 해서 나무 둥치 하나를 몇 시간 만에 종이 한 연으로 만들어낸다. 증기기관이 인간과 동물의 힘에 의존하지 않고도 사물의 움직임을 얻는 혁신적인 발명이었다면, 전기는 물질적인 연결이 없어도 기계장치를 움직이고 기요틴을 대신하며 한 사람의 피아노 연주를 200대의 피아노 음으로 들려준다. 오늘날의 지하철을 연상시키는 도시철도의 원리를 상술

하는 쥘 베른의 펜 끝은 치밀하고 엄정하다. 쥘 베른 연구자 I. O. 에번스에 의하면 그의 작품은 현재의 과학을 언급함으로써 미래의 과학을 '실재'시키는 '테크니컬 픽션'에 해당한다. 그리하여 무인도, 지구 속, 극지방, 공중, 바다 밑, 대기권 너머의 공간이 식물학, 동물학, 지리학, 천문학적 지식을 기반으로 독자 앞에 실감나게 펼쳐진다. 장르상으로도 모험, 괴기, 정치 풍자, 사회 코미디. 문학이라는 다양한 면모를 보인다. 따라서 "쥘 베른을 다시 읽음으로써 우리는 미래의 문을 여는 것이 이성과 동시에 시정이라는 사실을 환기하게 된다"고 베로니크 브댕은 짚고 있다.

이 작품의 한국어판은 1997년 한림원에서 처음 나왔다. 그동안 열림원에서 중요한 단편집을 비롯한 베른 작품들이 미더운 번역으로 출간된 것을 보고 든든했는데, 이제 다시금 알마 출판사의 기획으로 그동안 절판되었던 이 작품까지 볼 수 있게 되었다. 역자로서는 20여 년 만에 초판의 오류들을 바로잡을 수 있게 되어 부끄럽고 다행스럽다. 번역의 원본으로는 〈*Paris au XXᵉ Siècle*, Jules Verne, Hachette Livre, 1994〉를 사용했다. 원문의 오류조차 표시만 하고 그대로 번역했고 지나치게 많은 느낌표도 그대로 두었다. 다만 세미콜론은 문장으로 풀었다. 아셰트 편집자가 오늘날의 독자들에게 생소한 19세기 정보들을 따로 정리해 부록으로 실은 것을 한국어판에서는 필요한 부분만을 각주로 정리했다. 19세기의 발명 같은 과학기술 정보들 역시 역자 수준에서 독자를 고려하다보니 간략하게 달았음에도 주가 많아졌다.

베른 전공자들에 따르면 이 작품은 쥘 베른 문학세계의 빠진 부분을 채워주는 귀중한 작품이다. 편집자 에첼의 편지 내용을 보면, 그가 이 작품의 출간을 거절한 것은 과학기술적인 부분의 미흡함 때문이 아니라 조어 상의 어색함과 특정 장에서의 문학적 통속성을 경계해서였다. 전체적으로 보아 이 작품에는 베른 문학의 문체적 특성이 압축적으로 담겨 있다. 그의 장기인 열거법이 교육기관, 작가, 시인, 학자, 음악가 등 각 부문에서 적용되어, 《경이의 여행》에 나오는 물고기, 곤충, 식물 목록을 예고한다. 델라 리바는 이 작품을 베른 소설 세계의 백과사전 같은 것으로 상정하면서, 쥘 베른이 천성적으로 낙관주의자로서 과학의 진보에 믿음을 갖고 있었으나 후기에 와서 전쟁이나 집안 상황, 친구의 죽음 등을 겪으며 비관론으로 기울었다는 기존의 설에 이의를 제기한다. 젊은 시절 쓴, 가장 자전적인 색채가 짙은 이 소설 속에서 쥘 베른이 인간관계 전반과 과학의 진보에 대해 비관적인 시각을 드러내고 있다는 것이다.

그러나 베른의 비관론은 사람을 주저앉히는 것이 아니라 독자로 하여금 자신을 둘러싼 세상을 제대로 보게 한다. 엄청난 과학기술의 진보를 이룬 21세기의 우리는 지금 그만큼 마땅히 행복한가? 우리의 지구는 인간의 낭비와 잘못으로 몸살을 앓고 있는 한편, 《영원한 아담》(이 단편은 쥘 베른이 죽기 얼마 전에 쓴 마지막 작품이다)에서처럼 인간의 힘으로 어쩌지 못하는 원인으로 인한 멸종의 위기는 상존해 있다. 따라서 베른식 비관주의는 다 잘될 거라는 식의 어설픈 낙관론이나 '가짜 위로'를 딛고 현실을 새롭게 마주하도록 해준다. 죽어야 할 생명을 지닌 존재로서 우리는 매일같이 백척간두의 허공에 한 걸음을 내딛는지도 모른다.

《20세기 파리》 다시 쓰기

언리얼 퓨쳐: 22세기 서울

✷

정지돈

2013년 《문학과사회》 신인문학상을 수상하며 소설을 발표하기 시작했다. 소설집 《내가 싸우듯이》《우리는 다른 사람들의 기억에서 살 것이다》《농담을 싫어하는 사람들》, 중편소설 《야간 경비원의 일기》, 장편소설 《작은 겁쟁이 겁쟁이 새로운 파티》《모든 것은 영원했다》《…스크롤!》, 산문집 《문학의 기쁨》(공저) 《영화의 시》《당신을 위한 것이나 당신의 것은 아닌》 등을 썼다. 2015년 젊은작가상 대상, 2016년 문지문학상, 2022년 김현문학패 등을 수상했으며 2018년 베네치아 건축 비엔날레 한국관 작가로 참여했다.

✳

1

한 여자가 아기를 손에 들고 발코니 난간에 서 있다. 언뜻 봐도 이십 층 가까이 되는 높이다. 거리의 사람들은 여자의 행동에서 눈을 떼지 못한다. 여자가 조금만 움직여도 어, 어, 안 돼, 하는 소리가 군중들 사이에서 터져 나온다. 여자의 표정은 잘 보이지 않는다. 미소를 짓는 것 같기도 울고 있는 것 같기도 하다. 곧 현장에 도착한 경찰차와 구급차, 드론과 헬기가 여자와 아기를 둘러싼다.

지수는 라보리아와 광화문을 걷던 중 이 광경을 목격했다. 2122년 8월의 어느 날이다. 여자와 아기는 무사히 구출됐지만 지수의 기억에서 이 광경은 지워지지 않는

다. 저 여자는 무슨 목적으로 저런 행동을 한 것일까. 기
사를 뒤졌지만 제대로 된 정보를 찾을 수 없었다.

라보리아는 여자가 모유수유협회의 회원일 거라고 했
다. 지수는 모유수유가 뭔지 몰랐다. 처음 듣는 단어들의
조합이었다. '모유수 유'인지, '모 유수유'인지도 몰랐던
것이다.

여자가 아이에게 직접 젖을 먹이는 행위라고 라보리아
가 설명해준 뒤에야 지수는 알 수 있었다. 아카이브에서
본 기억이 났다. 일부 지역에서는 21세기 말까지도 이루
어졌던 야만적이고 원시적인 행위였다.

심지어 그때는 엄마, 아빠가 있을 때잖아.

라보리아가 말했다. 그렇지. 지수가 고개를 끄덕였다.
그때는 유전자를 중심으로 가족이 형성됐고 신체로 직접
아이를 낳았으며 개인들이 육아를 했다. 여성들의 몸은
망가졌고 남성들은 부채감에 시달리거나 도망쳤다는 내
용을 지수는 아카이브에서 배웠다. 아이가 자라는 과정
에서 서로 간에 집착과 구속, 질투와 욕망과 폭력이 끊이
질 않았고, 프로이트같이 지금은 잊힌 사이비 학자들이
혈연관계에 의거한 괴상한 이론을 퍼뜨렸다.

22세기, 인류는 드디어 생식과 양육의 압제로부터 탈
출했다. 국가는 출산과 개인 육아를 법으로 엄격하게 금

지했다. 모든 생식은 완전 자동화된 체외수정과 '바이오 백' 인공 자궁으로 이루어졌다. 육아 및 교육은 생식양육부의 AI가 통솔하는 메커니즘이 책임졌다.

최초에는 사람들의 저항이 컸다. 기계에서 태어난 부모가 없는 아이, 인간의 손에 자라지 않는 아이. 말 그대로 인간성의 종말이었다. 생식양육부는 여론을 생각해 모든 국민이 의무 육아 기간을 거치도록 했다. 메커니즘에서 랜덤으로 지정한 아이를 3년간 돌보는 것이다.

초기의 반발에도 불구하고 메커니즘은 금방 정착됐다. 아기들의 발육과 건강 상태에 문제가 없었고 인구 조절 및 교육 등 모든 요소가 인류 역사상 그 어느 때보다 안정되었다. 지수와 라보리아를 비롯한 그 또래의 사람들은 모두 메커니즘의 아이였다. 노인만이 메커니즘에서 태어나지 않았고 그들의 부모는 이미 죽고 없었다. 다시 말해, 세상에 더 이상 부모는 존재하지 않았다.

모유수유협회는 이 시스템을 망가뜨리고 인류를 퇴행시키려고 했다. 아기를 자연분만하고 엄마, 아빠라는 존재를 만들어 아이를 양육하려는 테러리스트 조직인 것이다.

미친 사람들은 언제나 있지. 라보리아가 딱하다는 듯 고개를 저었다.

지수는 고개를 끄덕였지만 그날 이후 출산과 육아에 대해 가능한 모든 자료를 찾기 시작했다. 대체 왜 모유수유협회가 그러한 행위에 집착하는지 궁금했기 때문이다. 마음속에 알 수 없는 욕망이 꿈틀거리기도 했다. 염소처럼 아이를 직접 질 밖으로 밀어낸다고? 그 끔찍한 광경이 지수의 무언가를 건드렸다.

2

지수는 메커니즘을 졸업하고 사회로 나온 14세 때부터 줄곧 시인이 되고 싶었다. 그리고 바로 시인이 되었다. 2100년대에는 일과 취미의 경계가 없었다. 완전 자동화 사회가 되면서 인구의 대부분이 생업의 의미에서 직업을 갖지 않아도 되었기 때문이다. 그러므로 취미가 곧 직업이 되었다. 작가가 되기 위해 통과해야 하는 절차도 없었다. 글을 공개하면 누구나 작가였다. 단지 유명한 작가인가 아닌가로 나뉠 뿐이다.

지수는 유명세엔 관심 없었다. 구식 로얄펜필드 스쿠터에 포터블 턴테이블을 싣고 홀로 카나리아제도 등지를 돌아다녔고 대부분의 사람에게 잊힌 20세기 풍의 시를 SNS에 업데이트하며 자족적인 세계에 살았다.

시를 쓰고 거의 10년이 지난 뒤 알게 됐지만 지수는 혼자가 아니었다. 소수였지만 아카이브를 뒤져서 과거를 모사하고 패러디하고 재창조하는 사람들이 있었고 그들 사이에서 지수는 알려지기 시작했다. 시간이 흘러 지수의 이름은 소그룹 너머까지 퍼졌다. 사람들은 외로웠고 연결되는 감각을 필요로 했다. 과거의 시를 재조립한 지수의 시는 노스탤지어를 자극하는 면이 있었다. 한번 알려지기 시작하자 유명해지는 건 순식간이었다.

지수의 유명세를 눈여겨본 생식양육부는 지수를 직원으로 채용했다. 기관은 언제나 언어를 필요로 했다. 다른 일은 모두 AI와 프로그램이 대체해도 의미화의 영역은 인간의 몫이었다. 마지막에는 인간의 터치가 있어야 하는 것이다. 그렇지 않으면 사람들은 불안에 떨었다.

지수는 생식양육부의 언어 파트에서 하루 4시간, 주 3일 일했다. 이로써 그녀는 관리자 계급이 되었고 직업이 없는 대부분의 중산층보다 월등히 나은 혜택을 누렸다.

하지만 뭔가 부족했다. 남녀 할 것 없이 다양한 연인들, 친구들이 그녀를 거쳐 갔지만 어딘가 텅 빈 느낌을 지울 수 없었다. 시에 대한 애정도 예전만 못했다. 지수는 몇 달 만에 짧은 시를 써 SNS에 업데이트했다.

그는 서 있기가 지겨워졌다[1]
그는 앉아 있기도 지겨워졌다
그는 누워 있기도 지겨워졌다
그는 삶이 끝장난 걸로 생각했다

파드레에게 연락이 온 건 그날 밤이었다. 파드레는 메커니즘 성동-73반에서 삼 년간 함께한 친구였다. 그때는 모두 모델명으로 불렸기 때문에 파드레는 vhi-9878/865였고 지수는 cdg0-24216/278이었다. 둘은 서로를 팔육오, 이칠팔로 불렀다. 친한 사이였고 가끔 애무도 했지만 섹스는 하지 않았다. 파드레와는 대화가 더 좋았다. 이유는 알 수 없지만 파드레는 열두 살 때 다른 지역구로 이송되었다. 그리고 더는 볼 수 없었다. 메커니즘 동기 모임에도 나오지 않았고 소식을 아는 사람도 없었다. 듣기로는 테러리스트가 되어 수배자로 쫓기고 있다는데 죄명이 뭔지 알 수 없었다. 그랬는데 십여 년 만에 연락이 온 것이다.

파드레의 메시지는 간명했다. 보고 싶다는 거였다.

---

1 마세도니오 페르난데스, 《계속되는 무》, 엄지영, 워크룸프레스, 2014.

3

파드레가 만나자고 한 곳은 한강공원의 끝자락인 이산 포였다. 지수는 한강을 좋아해 종종 자전거를 탔지만 이산포까지 간 적은 없었다. 정부는 한강과 임진강이 만나는 탄현면까지 한강공원을 개발하겠다고 발표했지만 아직은 이산포가 마지막이었다.

풍경은 한적했다. 지수는 김포 방면에 늘어서 있는 빌딩숲을 바라보며 강바람을 맞았다. 멀리 개를 데리고 산책을 하는 여자가 보였다. 갈대숲이 바람에 이지러졌고 구름에 가린 빛들이 산란하며 산책로에 떨어졌다.

지수는 종종 이쪽으로 와야겠다고 생각했다. 자전거를 타면 사오십 분 정도면 올 수 있었다. 라보리아와 함께 오기 딱 좋은 거리였다. 그때 그녀 뒤에서 인기척이 났다. 돌아보기 무섭게 목덜미 쪽에 짜릿한 느낌이 났고 지수는 그 자리에서 정신을 잃었다.

지수는 비명을 지르며 정신을 차렸다. 온몸이 식은땀으로 젖어있었다. 그녀 앞에 파드레가 웃으며 앉아 있었다.

괜찮아? 파드레가 말했다.

악몽을 꿨어.

무슨 악몽?

지수는 기억을 더듬었다. 아직 꿈의 잔상이 남아있었다. 그녀는 낡고 축축한 호텔방에서 구식 텔레비전으로 드라마를 보고 있었다. 드라마의 주인공은 지수였고 드라마 속 지수는 드라마를 보고 있었다…….

지수가 뻐근한 목을 만지며 주변을 둘러봤다. 잘 가꾸어 놓은 정원이 있는 몇몇 주택과 그 사이로 난 길이 보였다. 평화로운 분위기에도 불구하고 어딘지 모르게 음산한 사이비 종교 집단의 소굴 같은 인상이 풍겼다. 지수는 테라스의 흔들의자에 앉아 있었다. 그녀는 무릎에 놓인 퀼트 담요를 만졌다. 가슬가슬한 천의 촉감이 낯설게 느껴졌다.

나 납치된 거야?

지수가 파드레에게 말했다. 파드레는 어깨를 으쓱했다.

모유수유협회에 온 걸 환영해. 파드레가 말했다.

왜 하필이면 나냐고 지수는 물었지만 명확한 대답은 듣지 못했다. 구체적으로 말하면, 왜 하필 파드레가 아이의 엄마로 자신을 선택한 것인지에 대한 이유를 듣지 못했다는 것이다.

파드레가 설명하지 않은 건 아니었다. 어린 시절부터 지수를 좋아했고 성인이 된 이후에 지수가 쓴 시들을 늘 좋아 읽어왔다고 했다. 스스로도 명확한 이유를 알 수 없지만 어느 순간 그런 확신이 들었단다. 지수라면 모유수유협회의 철학을 이해할 수 있을 거야. 아이의 엄마가 될 수 있을 거야.

지수는 그런 범법 행위에 동참할 생각이 없다는 걸 분명히 했다. 자신의 관심은 단지 호기심일 뿐이라고 말이다. 파드레는 상관없다고 했다.

우리가 제일 중요하게 생각하는 건 자유의지야. 파드레가 말했다. 임신과 출산은 선택의 영역이지 강제가 아니잖아. 가족을 이루고 싶은 사람도 많아.

가족은 지금도 이룰 수 있어. 지수가 말했다.

그런 가족 말고 진짜 가족. 유전자로 맺어진 진짜 가족 말이야.

파드레가 말했다. 지수는 파드레의 생각에 동조할 수 없었다. 유전자는 미확정적인 정보일 뿐이다. 그걸 근거로 사람들이 무리 짓기 시작하면 과거처럼 폭력적인 시대로 돌아갈 뿐이었다.

파드레는 슬픔이 가득 담긴 눈으로 지수를 바라봤다.

네가 왜 그렇게 생각하는지 생각해봐. 지금의 겉만 번지르르한 평화를 위해 네가 잃은 게 무엇인지를.

파드레는 지수에게 언제든지 모유수유협회의 마을에 올 수 있다고 말했다. 임신과 출산을 결심하기까지 시간

은 충분하다고 여유 있게 생각하자고 말했고 그녀에게
작은 파우치를 건넸다.

파우치 안에는 임신한 여성의 사진과 작은 크기의 호
신용 총, 한 달 정도 복용할 수 있는 알약들이 있었다. 이
약을 꾸준히 복용하면 임신할 수 있는 신체를 다시 가질
수 있다고 했다. 물론 외과적 시술도 필요했다. 하지만 호
르몬 변화가 우선이었다.

.

4

불안정한 이중생활이 시작됐다. 지수는 오전에는 생식
양육부에서 일하고 오후에는 모유수유협회 사람들을 만
났다. 라보리아와 함께 호르몬 테크놀로지와 '실험적 코
드-시'를 결합한 '젠더폐지운동'을 계획한 뒤 파드레와
만나 임신과 태교, 출산, 가족애 따위에 대한 과거의 문헌
을 뒤적였다.

시간이 흘렀다. 겨울이 왔고 이례적인 추위가 환태평
양 지역 전반을 덮쳤다. 눈부신 얼음과 셔벗처럼 아삭아
삭해진 눈. 한강이 꽁꽁 얼자 몇몇 정신 나간 사람들이
스케이트를 타러 나갔고 병원을 들락거리며 취미도 없이
백수 생활을 하는 젊은 이성애자 남성들이 시내를 어슬

렁거리다 얼어 죽곤 했다.

파드레와 만나고 돌아오는 오후, 구름이 분홍빛으로
바뀌었고 양화대교 위를 천천히 지나가는 자동차 행렬의
오렌지색 헤드라이트를 본 지수는 시대가 바뀌고 있음을
알아차렸다. 아무리 발버둥 쳐도 종말은 피할 수 없을 거
라는 생각이 들었다. 그게 아니라도 이 무력감, 공허감은
계속 될 것이었다.

그 세계는 뒤집혀[2]
왼쪽이 항상 오른쪽이고
그림자가 육체이며
우리는 밤새 깨어 있다.

지수는 생리를 시작했다는 사실을 깨달았다. 아카이브
에서만 봐왔던 바로 그 현상이었다. 구역질이 나왔지만
침착을 유지했다. 어쩌면 이게 자연스러운 것일지도 몰
라. 내 몸이 원래의 모습을 찾아가는 것일지도 몰라. 그렇
다고 현기증이 가는 건 아니었다. 지수는 모유수유협회

---

[2] 에이드리언 리치, 《우리 죽은 자들이 깨어날 때》, 이주혜 옮김, 바다출판사,
2020.

에서 받은 생리대를 했다.

그날 저녁, 파드레에게 연락이 왔다. 내일 생식양육부 앞에서 대규모 시위가 있을 거라고 했다. 유전자 정보를 공개하고 엄마와 아빠를 찾을 권리를 사람들에게 돌려달라는 구호를 외칠 예정이었다.

파드레는 그때를 틈타 생식양육부 산하의 체외수정국에 침입해 데이터를 빼올 생각이라고 말했다. 지수가 도와주면 어렵지 않은 일이었다.

할 수 있지?

지수는 대답하지 않았다. 미친 짓이었고 걸리면 감옥에 가는 건 당연했다. 하지만 더욱 무서운 건 라보리아와 같은 친구들의 반응이었다. 네가 왜 모유수유협회의 일을 도와줘? 라보리아의 목소리가 귀에 쟁쟁 울렸다. 지수는 아직 파드레의 철학을 이해할 수 없었다. 그렇지만 그들의 행위에는 이상한 힘이 있었다. 그게 뭘까. 파드레에게 다시 메시지가 왔다.

이번 일 도와주면 출산하는 모습을 보게 해줄게.

출산일이 다가온 산모가 모유수유협회의 마을에 있다고 했다. 외부인은 절대 접근할 수 없는 벙커에. 구 개월 동안 모든 마을 사람들이 그녀의 출산을 기다려왔다.

역사적인 날이 될 거야.

"유전자 정보 폭로! 부모를 찾아 떠난 사람들." 파드레와 모유수유협회가 데이터를 인터넷에 공개한 뒤 큰 파문이 일었다. 원하는 사람 누구나 데이터에 접속해 자신을 수정시킨 정자와 난자 코드를 확인할 수 있었고 해당 정자와 난자를 공급한 사람들도 자신의 유전자가 어디로 전해졌는지 알 수 있었다. 언론, SNS는 이 소식을 끊임없이 퍼 날랐고 사람들은 혼돈에 휩싸였다. 지금이라도 정자와 난자의 주인을 찾아야 하나? 수정된 아이가 잘 자랐는지 확인해야 하나? 내 난자와 결합한 정자의 주인은 누굴까? 그런데 그걸 왜 알아야 하지? 무엇을 위해서? 생물학적 부모를 찾은 사람들의 후기, 자식을 찾을 사람들의 후기가 업데이트 됐고 정자 난자가 이어준 연인들도 생겼다. 생식양육부는 유전자 찾기를 통한 만남이 우생학적 퇴보라는 성명을 발표했다. 20세기의 끔찍한 폭력 속으로 돌아가길 원하는 테러리스트들의 소행이라는 내용이었다.

그러나 지수는 이 모든 소란이 멀게 느껴졌다. 그녀는 벙커에서 자연분만을 목격했고 그날 이후 모유수유협회의 마을에서 나오지 않았다.

자연분만은 아름답지 않았다. 사실 끔찍했고 산모는

생사를 오갔다. 임신중독에 걸린 산모는 열 시간이 넘게 통증에 시달렸고 쉬지 않고 비명을 질렀다. 지수는 참지 못하고 경찰에 신고하려 했지만 파드레가 그녀를 붙들었다. 이 고통을 기억해야 해. 파드레가 지수의 귀에 속삭였다.

피와 태반, 점액질 불순물들. 질 밖으로 아기가 밀려나오기 시작했을 때 지수는 반쯤 기절할 뻔 했다. 인공 자궁에서 태어난 아기는 이런 모습이 아니었다. 언제나 깨끗하게 씻겨 건강한 모습으로 인큐베이터에 잠들어 있었다. 그러나 지금 산모의 질 밖으로 나온 이 아기는 인간이 아닌 것처럼 느껴졌다. 완전한 동물이었고 송아지나 새끼 도롱뇽과 다를 바 없었다. 조산사는 탯줄을 자르고 아기의 엉덩이를 몇 차례 두드렸다. 아기가 꿈틀거리며 울기 시작했다. 모유수유협회 회원들은 경건한 자세로 돌아가며 아기를 품에 안았다. 지수도 파드레가 건네주는 아기를 안았다. 구역질과 눈물이 함께 나왔다. 파드레가 지수를 조심스럽게 부축했고 모유수유협회 사람들이 박수를 치고 환호성을 질렀다. 탈진한 모습의 산모가 보였다. 그녀는 초점 없는 눈으로 아기와 지수를 바라보고 있었다.

6

내 이름은 라보리아 큐보닉스[3]다. 친구들은 보리야라고 부르지만 보통은 큐보닉스라고 부른다. 이 이름은 메커니즘을 졸업한 열네 살 때 스스로 지었다. 지수처럼 의무 양육자가 지어준 이름을 그냥 사용하는 경우도 있는데 나는 솔직히 말해 이해할 수 없다. 왜 자신의 이름을 남에게 맡기는가. 옛날에는 태어나기도 전에 부모라는 존재가 지어준 이름을 달고 평생 살았다고 한다. 거울을 볼 때마다 내가 아닌 다른 사람이 보이는 셈이다. 그렇지 않나? 내가 나로 살아도 내가 될 수 없는데, 거추장스러운 장식들까지 질질 끌고 다녀야 했던 셈이다.

모유수유협회가 드디어 일을 쳤다. 유전자 정보를 공개한 것이다. 이 여파가 어느 정도 갈지 모르겠다. 어차피 랜덤으로 추출하고 수정한 정자와 난자다. 여기에서 어떤 의미를 찾을 수 있을까. 지병이 같은 사람을 만난 정도?

그렇지만 모유수유협회의 테러가 사람들의 마음속에

---

3 Laboria Cuboniks: 20세기 초 프랑스 출신 수학자 그룹인 '니콜라스 부르바키(Nicolas Bourbaki)'의 철자를 에니어그램(enneagram)으로 재배치하여 만들어 사용된 그룹명이자 가상의 인격체. 2015년《제노페미니즘: 소외를 위한 정치학》을 공동으로 저술해 발표했다. 한국어판(미디어버스, 2019) 참조.

뭔가 심어준 것은 분명하다. 반동의 조짐은 처음부터 있었고 어쩌면 인류는 중세 시대로 회귀할지도 모른다.

하지만 이런 거시적인 문제보다 더 골치 아픈 건 지수가 모유수유협회에 들어갔다는 사실이다. 나는 경찰의 부름을 받고서야 그 사실을 알았다. 생식양육부의 데이터를 빼돌리는 데 지수가 협조했다는 거였다. 경찰은 나를 이틀 동안이나 취조했고 지금도 사찰하는 것 같다.

나는 다른 라보리아 큐보닉스와 지수를 찾기로 했다. 지수를 경찰에게 넘길 순 없다. 모유수유협회 역시 경찰들의 처분에만 맡겨 둘 문제가 아니었다. 모유수유협회는 스스로를 해방군, 저항군으로 생각하는 경향이 있었고 사람들 사이에도 그런 인식이 퍼지고 있다. 이런 상황에서 경찰이나 정부가 나선다면 거대 집단과 맞서 싸우는 소수자의 이미지만 더 강해질 것이다. 라보리아 큐보닉스는 상황을 이대로 둬선 안 된다고 생각한다.

혼란이 있을지 모르니 잠깐 부가 설명을 하고 넘어가야겠다. 나 말고도 열한 명의 라보리아 큐보닉스가 더 있다. 우리는 동명이인이다. 우리는 개별적 정체성을 멀리하고 누구도 특별하지 않은 보편성을 지향한다. 어떤 사람들은 우리의 작명과 지향에서 전체주의나 파시즘의 그림자를 본다. 터무니없는 소리다. 라보리아 큐보닉스는 본질적 자연주의를 거부하고 젠더와 신체적 자율성을 확보하기 위해 행동한다. 그러나 세부적인 지점에서 우리는 모두 다르다. 우리는 쌍둥이도 아니고 가족도 아니고 동거인도 아니다. 이질적인 미래를 달성하기 위한 유동적인 합류 지점일 뿐이다.

아무튼, 중요한 건 지수다. 지수는 오랜 친구지만 처음부터 나와 달랐다. 어딘가 우수에 젖어 있다고 할까. 내가 삶에 충족감을 느끼는 것과 달리 지수는 결핍을 느꼈고 수동성을 예찬했다. 스스로 움직이고 길을 찾으면서도 알 수 없는 힘에 의해 어딘가로 끌려가길 원했다. 신비주의적이기도 하고 영성적이기도 한 그녀의 사상이 내겐 혼란스럽고 낯설었지만 어떤 의미에서 지수에게 그것은 필연적인 것일지도 모른다고 생각했다. 하지만 이를 설명하긴 무척 힘들다. 어쩌면 내가 평생 탐구해야 할 과제 중 하나가 이러한 다름과 결핍을 설명하는 것일지도 모른다.

그래서인지 지수가 테러 조직에 합류했을 때 나는 놀라기도 했지만 납득하기도 했다. 물론 내가 곁에 있었다면 만류했을 것이다. 하지만 지수는 내 의견을 묻지 않았다. 묻지 않아도 내가 뭐라고 말할지 알고 있었을 테니까. 그런 점에서 보면 나는 스스로가 옳다고 생각하는 말만 할 줄 알 뿐 타자의 언어에 조금도 귀를 기울이지 않는 멍청이였다. 가장 가까운 친구조차 나를 논의 대상으로 생각하지 않으니까. 옳지 않은 일(내 기준에서)을 하는 사람과 어떻게 대화할 수 있을까. 그게 가능할까.

지수가 사라지고 열 달이 지났나, 그동안 우리 라보리아 큐보닉스는 지수와 모유수유협회의 흔적을 찾아 부지런히 움직였지만 아무것도 발견할 수 없었다. 두어 달 전에 발견한 모유수유협회의 마을은 유령의 근거지가 된 지 오래였다. 출산을 한 흔적이 남아있긴 했다. 경찰들은 이 사실을 심각하게 받아들였다. 불법 의료시술일 뿐만 아니라 사회의 근간을 뒤흔드는 범죄인 것이다. 앞으로 생물학적 여성들의 월경이 다시 시작되고 그에 따른 신체적 고통이 뒤따를지도 모른다. 여성 할례가 다시 부활하는 수준의 퇴보라고 라보리아 3이 말했다.

그러던 중 지수에게 메시지가 도착했다. 겹겹으로 암호화가 되어 있어 지수의 메시지인지도 몰랐다. 자칫하면 스팸 보관함에 들어가 삭제됐을지도 모르는 메시지였다.

지수는 아기를 출산하기 직전이라고 했고 고통이 심하다고 말했다. 파드레는 도망자 신세라서 임신 초기부터 곁에 없었고 모유수유협회 회원 중 하나가 그녀와 함께 도주 생활을 했지만 이제는 그마저도 없었다. 혼자서 모든 걸 감당해야 하는 상황이라고, 시시각각 덮쳐오는 공포에 질식할 것 같다고 말했다.

나는 라보리아들과 함께 지수가 보내준 좌표로 향했다. 놀랍게도 그곳은 서울 시내였다. 나는 결심했다. 우선 지수를 찾고 그 다음엔 파드레인가 뭔가 하는 자식을 찾으리라. 찾아서 죽여버리리라. 아주 씹어먹어 버리리라.

7

라보리아 큐보닉스들과 파드레를 비롯한 모유수유협회 일행이 지수가 숨어있는 오피스텔의 문을 부수고 들어갔을 땐 이미 출산이 끝난 뒤였다. 거실에 놓인 미니 풀장의 귀퉁이는 무너져 있었고 바닥은 핏자국과 얼룩, 타월과 휴지, 아무렇게나 구겨진 옷가지와 날카로운 빛의 은색 도구들이 널려 있었다.

지수는 발코니에 있었다. 한 손에는 총을 들고 다른 손으로는 아기를 품에 안고 있었다. 곧이어 경찰 헬기와 드론이 공중에서 지수를 둘러쌌고 지상에는 구급차와 경찰차가 도착했다.

지수가 무슨 생각을 하고 있는지 라보리아는 알 수 없

었다. 파드레도 알 수 없었다. 배가 불러오기 시작한 내
내 무슨 생각을 했는지, 부모와 자식을 다룬 수많은 자료
들을 보며 무슨 생각을 했는지, 음식을 보고 구역질을 하
고 복대로 배를 가리고 오버사이즈 옷을 입고 사람들의
시선을 피해 다니며 무슨 생각을 했는지 알 수 없었다.
처음으로 사람이 사람을 낳는 광경을 봤을 때 무슨 생각
을 했고 월경을 하게 됐을 때, 가임 기간에 파드레와 섹
스를 했을 때, 임신 사실을 알게 됐을 때 무슨 생각을 했
는지 알 수 없었다. 지수 스스로도 알 수 없었다. 무슨 생
각으로 이 일을 저지르기 시작했는지. 어쩌면 그것을 알
기 위해 일을 저질렀는지도 모른다. 우리가 하는 일의 의
미를 알 수 있는 건 그 일이 끝나고 난 뒤야. 지수는 총을
버리고 아기를 두 손으로 들었다. 라보리아는 지수가 했
던 말을 떠올렸다. 그것들이 완전한 실수라는 사실을 왜
몰랐을까. 뭐가? 라보리아가 물었지만 지수는 대답하지
않았다. 파드레가 손을 뻗어 아기를 넘기라고 했다. 태
명이 뭐야? 뭐라고 부르지? 파드레가 말했다. 지수는 고
개를 저었다. 강한 바람이 지수의 눈살을 찌푸리게 했다.
지수는 발코니 아래를 내려다봤다. 사람들이 고개를 들
고 하늘을 쳐다보고 있었다. UFO라도 나타난 것처럼 허
공에서 눈을 떼지 못했다. 지수는 그들이 자신을 쳐다보

고 있다는 사실을 깨달았다. 지수는 손에 들린 그것을 쳐
다보았다.

지은이..쥘 베른 Jules Verne

프랑스 서부 브르타뉴 지역 항구도시 낭트에서 태어났다. 부모의 뜻에 따라 법학대학 시험을 보기 위해 파리로 갔으나 법학 공부 대신 문학 살롱에 드나들면서 알렉상드르 뒤마를 만나고 문학에 대한 꿈을 키웠다. 뒤마를 통해 통찰력과 상업성을 겸비한 편집자 피에르 쥘 에첼을 만나 《기구를 타고 5주간》을 출간해 큰 성공을 거두었다. 이 작품 《20세기 파리》는 그즈음 쓴 것으로 보인다. 이후 《지구 속 여행》《해터러스 선장의 모험》《지구에서 달까지》《해저 2만 리》《표류하는 도시》《80일간의 세계일주》《신비의 섬》 등 많은 작품을 남겨 프랑스뿐 아니라 전 세계 과학소설의 선구자로 자리 잡았다. 이 책은 저자의 죽음 이후 목록에서 제목만을 확인할 수 있었을 뿐 원고의 존재 자체가 확인되지 않다가 1980년대에 아들 미셸 베른의 금고 속에서 발견되었다. 이 작품은 쥘 베른의 작품세계에 대한 백과사전이라는 평가를 받으며 과학의 진보와 인간의 운명에 대한 저자의 근본 사상을 짚어보게 만든다. 요컨대 그의 후기 작품에서 보이는 베른식 비관주의가 초기 작품부터 내재되어 있었음을 신랄한 유머와 함께 환기한다. 19세기에 20세기를 상정하고 쓴 소설을 21세기에 읽으면서 우리를 둘러싸고 있는 시간과 공간, 그 너머의 관점을 확보한다.

옮긴이..김남주

국문학과 프랑스 문학을 공부하고 프랑스 현대문학 및 영미 문학 작품을 번역해왔다. 우리말로 옮긴 책으로 귀스타브 플로베르의 《마담 보바리》, 로맹 가리의 《새들은 페루에 가서 죽다》《여자의 빛》, 프랑수아즈 사강의 《브람스를 좋아하세요》《슬픔이여 안녕》, 야스미나 레자의 《행복해서 행복한 사람들》《함머클라비어》, 가즈오 이시구로의 《나를 보내지 마》《녹턴》, 벨마 월리스의 《두 늙은 여자》《새소녀》, 제임스 설터의 《스포츠와 여가》 등이 있다. 그리고 《나의 프랑스식 서재》《사라지는 번역자들》을 썼다.

20세기 파리

1판 1쇄 찍음 2022년 10월 26일
1판 1쇄 펴냄 2022년 11월 15일

지은이 쥘 베른
옮긴이 김남주
펴낸이 안지미
CD 니하운
편집 양성숙
표지그림 소만
표지채색 니하운

펴낸곳 (주)알마
출판등록 2006년 6월 22일 제2013-000266호
주소 04056 서울시 마포구 신촌로4길 5-13, 3층
전화 02.324.3800 판매 02.324.7863 편집
전송 02.324.1144

전자우편 alma@almabook.com / alma@almabook.by-works.com
페이스북 /almabooks
트위터 @alma_books
인스타그램 @alma_books

ISBN 979-11-5992-367-8 04800
ISBN 979-11-5992-366-1 (세트)

알마는 아이쿱생협과 더불어 협동조합의 가치를 실천하는 출판사입니다.